KB156511

그리고 아무도 없었다

그리고 아무도 없었다

2022년 1월 1일 초판 중쇄 발행

지은이   애거서 크리스티
옮긴이   이가형
펴낸이   이경선
펴낸곳   해문출판사

등록 1978년 1월 28일 제3-82호
서울시 강남구 테헤란로216 5층 151호(역삼동, 신용타워)
전화 325-4721
팩스 0502-989-9473

값 12,000원

ISBN 89-382-0101-5

ISBN 89-382-0100-7 (세트)

※잘못 만들어진 책은 구입하신 곳에서 바꾸어 드립니다.

AGATHA CHRISTIE

그리고 아무도 없었다

애거서 크리스티/이가형 옮김

해문출판사

And Then There Were None

Copyright © 1975 Agatha Christie Ltd.

Korean translation edition is published by arrangement with
Agatha Christie Ltd., a Chorion group company.

이 책은 Agatha Christie Ltd., a Chorion group company와
적법한 계약을 통해 출간되었습니다.
저작권법에 의해 한국 내에서 보호를 받는 저작물이므로
무단 전재와 무단 복제를 금합니다.

And Then
There Were None

•등 장 인 물 •

워그레이브 판사 — 법정과 신문지상에서 교수형 판사로 소문난 차가운 노인. 그는 수없이 많은 사람들에게 사형을 언도했다. 그들 중에는 과연 몇 명이 죄가 있을지…….

베라 클레이슨 — 여학교 교사. 자신에게는 아무런 죄가 없다고 주장한다. 그러면서도 사건 당시의 상황을 떠올리면서 불안하게 몸을 떤다.

필립 롬바드 대위 — 과거가 확실하지 않은 군인 출신의 건장한 남자. 인디언 섬에 총을 가져온 유일한 사람이다.

에밀리 브렌트 — 65살의 독신녀. 불안한 꿈과 산만한 일기로 그녀의 마음이 복잡하고 위험한 상태라는 것을 알 수 있다.

매카서 장군 — 제1차 세계 대전에 참가했던 장군. 「나는 인디언 섬을 빠져 나갈 수 없을 거요.」하고 이상한 말투로 중얼거린다.

암스트롱 의사 — 사인을 진단하고 진정제를 조제해 준다. 그러나 사람들은 그가 독약을 가장 쉽게 다룰 수 있는 인물이라는 사실을 알고 있다.

앤소니 마스턴 — 젊은 미남으로 자동차 드라이브를 즐긴다. 감각과 행동만으로 생활하며, 한번 결정한 일은 반드시 해야만 직성이 풀린다.

블로어 — 런던 경시청 형사 출신의 무뚝뚝한 사립 탐정.

프레드 내러코트 — 데번 주의 뱃사공으로, 캐론이 스틱스 강을 건너는 것처럼 불운의 사람들을 인디언 섬으로 실어다 준다.

로저스 부부 — 조금 말을 더듬는 하인 부부. 인디언 섬에 모인 사람들에게 훌륭한 음식을 대접하고 극진하게 보살펴 준다.

토머스 레그 경 — 런던 경시청의 부경시총감. 검시관의 보고서와 고백서, 그리고 10명의 시체를 조사한다.

메인 경감 — 런던 경시청의 경감. 부경시총감과 함께 침착하고 세밀하게 범죄 자료를 수집한 끝에 인디언 섬 살인사건은 도저히 믿어지지 않는다고 결론내린다.

제 *1* 장

1등 열차 흡연실에 몸을 실은 전직 판사 워그레이브는 시가를 피우면서 타임지의 정치면 기사를 흥미롭게 읽어 내려갔다. 잠시 뒤, 그는 신문을 내려놓고 시선을 창 밖으로 향했다. 지금 열차는 서머싯을 달리고 있었다. 그는 손목시계를 보았다. 목적지에 도착하려면 아직 두 시간 정도 남았다.

그는 인디언 섬에 대해서 신문에 실렸던 기사들을 마음속에 떠올려 보았다. 첫번째로 보도된 기사는 요트광인 어느 미국인 백만 장자가 데번 해안 근처에 있는 그 섬을 사들인 뒤에, 그곳에다 사치스러운 현대식 저택을 지었다는 것이었다. 그러나 불행히도 그 미국인 백만 장자의 세 번째 부인이 뱃멀미를 하기 때문에 어쩔 수 없이 그 섬과 집을 팔기 위해 내놓아야 했다고 한다. 이것에 관련된 여러 가지 화제의 광고가 몇 차례 신문에 실렸었다.

처음에는 오언이라는 사람이 그것을 샀다는 보도가 나돌았다. 그리고는 여러 가지 소문이 꼬리를 물고 떠돌았다. 실제로 인디언 섬을 산 사람은 할리우드의 영화 배우인 가브리엘 툴 양이라고 했다. 그녀는 그 섬에서 세상 사람들의 눈을 피해 자유롭게 몇 개월을 보내려고 했다는 것이다. 한편, '비지 비'지(誌)는 어느 신분이 높은 사람이 사들였다고 보도했다. 다른 신문은 신혼 여행을 위해 팔렸다고 보도하며 다음과 같은 기사를 실었다.

'——젊은 L 경은 마침내 가슴에 큐피드의 화살을 맞고 말았다!'

또한 어떤 신문은 극비의 실험을 하기 위해서 해군성이 사들였다고도 했다. 아무튼 인디언 섬은 대단한 화제 거리였다.

워그레이브 판사는 주머니에서 편지 한 통을 꺼냈다. 알아보기 힘들게 쓰여진 것이었으나, 군데군데 분명한 글귀가 눈에 띄었다.

'보고 싶은 로렌스 님……제가 당신의 소식을 듣지 못하게 된 지도 여러 해……꼭 인디언 섬에 오세요……굉장히 매력적인 곳……드릴 말씀이 너무도 많아……옛일들……자연을 즐기며……햇빛을 받으며 ……패딩턴에서 12시 40분……당신을 오크브리지에서 만났으면 …….'

그리고 발신인은 '당신의 콘스탄스 컬밍턴'이라고 예쁘게 사인을 했다.

워그레이브 판사는 콘스탄스 컬밍턴 양을 마지막으로 본 것이 정확히 언제였는지를 머릿속에 떠올려 보았다. 7년 전이었던가? 아니, 8년 전이 틀림없다. 그때 그녀는 햇빛과 자연을 만끽하며 농부들과 어울리고 싶다면서 이탈리아로 여행을 떠나려던 때였다. 그 뒤에 그는 그녀가 더 강한 햇빛을 쬐고, 자연과 농부와 일체감을 맛보기 위해서 다시 시리아로 떠났다는 소식을 들었다.

이런 것을 생각해 보면, 그녀는 능히 그 섬을 사 가지고 신비스러운 생활을 할 수 있는 여자라고 생각되었다. 워그레이브 판사는 자기의 논리가 틀림없다는 듯이 고개를 몇 번 끄덕이다가 이내 잠이 들고 말았다.

2

　다섯 명의 다른 승객들과 함께 3등 열차에 타고 있는 베라 클레이슨 양은 머리를 뒤로 기대고 눈을 감았다. 기차 여행을 하기에는 너무 무더운 날씨였다. 바다에 도착하면 얼마나 멋있을까! 정말로 이번 일을 얻은 것은 대단한 행운이었다. 휴가 때의 일자리는 거의 대부분 아이들을 돌보는 것이었다. 비서일을 얻기는 무척 힘들다. 게다가, 직업 소개소에 부탁해도 거의 희망이 없었다.

　그럴 때에 편지 한 통을 받게 되었던 것이다.

　직업 소개소를 통해서 당신을 소개받았습니다. 그 직업 소개소에서 당신의 신상에 대해 상세히 알려 주더군요. 당신이 요구한 보수를 지불하겠으니, 8월 8일부터 일해 주십시오. 패딩턴발 기차는 12시 40분에 있습니다. 그럼, 당신을 오크브리지 역에서 뵙겠습니다. 이곳까지 오시는 비용으로 5파운드를 동봉합니다.

친애하는
유나 낸시 오언

　그리고 편지지 위쪽에 '데번 주, 스티클헤이븐, 인디언 섬'이라는 스탬프가 찍혀 있었다.

　인디언 섬! 최근의 신문에는 그것에 관한 기사 이외에는 읽을 거리가 없을 정도로 떠들썩한 섬이다. 여러 가지 추측과 소문이 나돌았다. 하지만 모두 불확실했다. 그러나 그곳에 있는 저택은 어느 백만 장자가 세웠고, 또한 으리으리하다는 것만은 확실했다.

학교에서 교사 생활로 피곤했던 베라 클레이슨은 언제나 이렇게 생각했었다.

'삼류 학교 교사는 보수가 너무 적어……좀더 좋은 학교에 가면 괜찮을 텐데. 하지만 냉정하게 생각해 보면 지금 다니고 있는 학교의 일자리도 운이 좋은 거야. 내가 검시관에게 심문을 받았던 사실이 어디에서나 사람들에게 나쁜 인상을 주고 있기 때문이지. 비록 검시관이 무죄라고 인정해 주었지만.'

검시관이 그녀의 침착한 태도와 용기를 칭찬했던 것이 생각났다. 검시관의 심문을 받고 나서 그렇게 좋은 말을 듣기도 매우 어려운 일이었다.

그리고 해밀턴 부인은 그녀에게 무척 친절했다. 단지 휴고만은.(그러나 그녀는 더 이상 휴고를 생각하고 싶지 않았다.)

그녀는 열차 안의 더위에도 불구하고 갑자기 몸이 떨리면서 바닷가에 가고 싶은 마음이 사라졌다. 왜냐하면 그녀의 마음속에 그때의 광경이 너무도 분명히 떠올랐기 때문이었다. 시릴의 머리가 떠올랐다가는 가라앉고 하면서 바위 쪽으로 가고 있었다……떠올랐다가는 가라앉고, 또 떠올랐다가는 가라앉고……그리고 그녀는 부드럽고 유연한 동작으로 그의 뒤를 따라 헤엄쳤다. 그녀는 시릴을 구조하지 못하리라는 사실을 뻔히 알면서도 물을 가르면서 나아갔다.

바다——그 깊고 따뜻한 푸르름——모래 위에서 보낸 그날 아침——휴고——그녀를 사랑한다고 말한 휴고……그를 생각해서는 안된다…….

그녀는 눈을 뜨고 맞은편에 앉아 있는 남자를 힐끔 쳐다보았다. 갈색 피부와 밝은 빛깔의 눈, 그리고 잔인하게 보이는 입을 가진 키가 큰 사람이었다. 그녀는 혼자 생각했다.

'세계의 여러 곳을 다니며 흥미로운 일들을 수없이 많이 본 남자 같군……'

3

마주앉아 있는 처녀를 힐끔 쳐다본 필립 롬바드는 생각했다.

'매력적인데――어딘지 교사 같기도 하고……아마 냉정한 여자일 거야――자기의 마음을 단단히 지키는 여자――사랑에서나 싸움에서도.'

그는 그녀를 사귀어 보았으면 하고 생각했다.

그는 눈살을 찌푸렸다. 아니야――모든 잡념을 떨쳐 버려야 해. 나에게는 일이 있어. 그 일에만 마음을 써야 한다.

도대체 그것은 무슨 일일까? 그는 무척 궁금했다. 모리스는 수수께끼 같은 말을 했다.

「그 일을 맡을 건가 안 맡을 건가, 롬바드 대위?」

롬바드는 신중하게 말했다.

「100 기니(영국의 옛 금화로 21 실링에 해당함.)라고?」

그는 100 기니는 자기에게 대수롭지 않은 것처럼 태연하게 말했다. 하지만 식사조차 제대로 하지 못하고 있는 처지에 100 기니라니! 그러나 자신의 대수롭지 않은 반응에도 불구하고 결코 모리스를 속일수 없다는 것을 잘 알고 있었다――돈 문제에 관한 한 그를 속일 수 없는 일이다.―― 모리스는 자기의 궁핍한 사정을 속속들이 잘 알고 있다.

롬바드는 다시 태연한 말투로 물었다.

「좀더 자세한 내용을 말해 줄 수 없나?」

모리스는 그의 벗겨진 머리를 매우 크게 옆으로 흔들었다. 그리고는 딱딱한 표정을 지으며 말했다.

「안되네, 롬바드 대위. 그 문제는 더 이상 이야기할 수 없어. 나한 테 부탁한 사람은 자네가 꼭 적합한 사람이라고 했어. 나는 자네가 데 번 주의 스티클헤이븐에 가겠다면 자네에게 100 기니만 주면 되는 거야. 가장 가까운 역은 오크브리지일세. 거기에서 마중 나온 사람이 자네를 스티클헤이븐으로 데려다 줄 것이고, 자네는 모터보트로 인디언 섬으로 가게 될 거야. 그리고, 인디언 섬에서 자네는 나에게 부탁한 사람의 명령에 따르기만 하면 된다네.」

롬바드가 느닷없이 물었다.

「얼마 동안?」

「기껏해야 일 주일 정도라네.」

롬바드는 구레나룻을 만지면서 말했다.

「불법적인 일이라면 맡을 수 없어.」

그는 이렇게 말하면서 매우 날카롭게 상대방을 쏘아보았다. 모리스 가 두꺼운 입술 위에 희미한 미소를 지으면서 무거운 목소리로 대답 했다.

「만일 불법적인 일을 요구한다면 그만두어도 좋아.」

모리스는 능글맞게 야릇한 미소를 지었다. 그 미소에는 롬바드의 과거 행적이 결코 올바르지 않았다는 것을 알고 있다는 뜻이 담겨 있 었다.

롬바드의 입술도 미소를 지으면서 약간 벌어졌다. 사실, 그는 한두 번 위험스러운 일을 해 본 적이 있었다. 그러나 항상 무사히 끝냈었 다. 게다가 내심으로 그는 불법적인 일이라도 괜찮다고 생각하고 있 었다. 아니, 전에도 몇 번 경험해 본 적이 있었지. 그는 인디언 섬에서 재미있는 일이 있을 것 같다고 생각했다.

4

에밀리 브렌트는 기차 안 금연석에서 평소의 습관대로 매우 꼿꼿하게 앉아 있었다. 그녀는 65살이지만, 몸을 이리저리 뒤척이는 것을 좋아하지 않았다. 고리타분한 성격을 지닌 그녀의 아버지는 특히 예의 범절에 관해서는 무척 엄격했었다. 요즈음 젊은이들은 너무 버릇이 없어——기차 안에서건 다른 곳에서건…….

자기가 늘 옳다고만 생각하는 브렌트는 붐비는 3등 열차 안의 불편함과 더위에도 불구하고 꾹 참고 앉아 있었다. 요즈음에는 아무것도 아닌 일 가지고도 사람들이 소란을 피운단 말이야! 이를 뽑을 때도 주사를 맞으니 원——또 잠이 오지 않는다고 해서 약을 먹지를 않나——그리고 편안한 의자나 쿠션만을 좋아하고, 여자들이 하고 다니는 차림새도 가관이고——여름에는 바닷가에서 반나체로 누워 있지를 않나. 브렌트는 입을 굳게 다물었다. 그녀는 사람들을 흉보는 것을 좋아했다.

지난 여름의 휴가가 기억났다. 올해는 그때와는 좀 다를 것이다. 인디언 섬……머릿속으로 벌써 여러 번 읽은 편지를 기억해 냈다.

친애하는 브렌트 양

저를 기억하고 있을 줄 압니다. 우리는 몇 년 전의 8월에 벨헤이븐 게스트 하우스에서 함께 지내면서 많은 공통점을 발견하고 친해졌습니다. 저는 데번 해안 근처의 어떤 섬에 손님들을 초대해서 모임을 갖고자 합니다. 조촐하고 맛있는 식사와, 고풍스럽고 멋진 분들의 훌륭한 모임이 될 것이라고 생각합니다. 이곳에서는 노출된 옷을 입는 사람도 없을 것이며, 밤새도록 전축을 틀어 놓는 사람도 없을 겁니다.

저는 당신이 인디언 섬에서 여름 휴가를 보낸다면 매우 기쁘겠습니다
——물론 비용은 들지 않습니다——저의 손님으로서 오시기만 하
면 됩니다. 8월 초가 어떻겠습니까? 8일쯤.

당신의 친구
U.N.——

이름이 뭐라고 했더라? 서명을 읽기가 너무도 어려웠다. 에밀리 브
렌트는 짜증스럽게 생각했다. 많은 사람들이 서명을 알아볼 수 없게
쓴단 말이야.

그녀는 전에 벨헤이븐에서 만났던 사람들을 생각해 보았다. 그녀는
두 해 계속해서 여름 휴가로 그곳에 갔었다. 그곳에는 어떤 멋진 중년
부인이 있었다——그 부인은——부인은——이름이 무엇이었더
라?——아버지가 고위 관직에 있다고 했었지. 그리고 올튼 양이라
는 사람도 있었다——오멘이었나——아니야, 올리버가 틀림없어!
그래——올리버였어.

인디언 섬! 그곳에 관한 기사는 가지각색이었다——영화 배우가
샀다느니——또, 미국인 백만 장자가 샀다고도 했던가? 물론, 뜻밖
에 그러한 곳이 값싸게 팔리는 경우도 있다——섬은 모든 사람에게
적합한 곳이 아니기 때문이다. 사람들은 낭만적으로만 생각하고 섬을
사들였다가, 막상 살기 위해 가 보았을 때 많은 불편을 깨닫고 다시
처분하기도 한다. 에밀리 브렌트는 혼자 생각했다.

아마 자유로운 휴가를 보내게 될 것이다. 마침 수입도 줄고 있고,
받아야 할 돈도 받지 못하고 있는 지금, 이 기회는 정말로 놓칠 수 없
어. 단지 그 부인에 대해서 조금만 더 기억해 냈으면 좋을 텐데——
부인이 아니라 처녀였던가?——올리버였나?

5

매카서 장군은 열차의 창문으로 밖을 내다보고 있었다. 열차는 그가 갈아타야 할 곳인 엑세터로 달려가고 있었다. 제기랄, 지선 기차는 너무 느려! 직선 거리로 볼 때 인디언 섬은 매우 가까운 곳이었다.

그는 오언이라는 사람이 누구인지 잘 알지 못했다. 분명히 스푸프 리가드의 친구이고──조니 다이어의 친구일 텐데.

'──당신의 옛 친구들도 오십니다──옛 시절을 이야기하시면 즐거우실 거라고 생각되는군요.'

사실 그는 옛날 이야기 나누는 것을 좋아했다. 최근에는 사람들이 그를 꺼려하고 있긴 하지만 말이다. 모두 그 빌어먹을 놈의 소문 때문이야! 그것은 매우 오래 된 것이다──거의 30년 전의 일이야! 분명히 암스트롱이 이야기했을 거라고 그는 생각했다.

'그 못된 젊은 놈 같으니라고! 그가 도대체 무엇을 안단 말인가? 아니지, 그 따위 일에 신경을 써 봤자 전혀 이로울 게 없지! 사람들은 가끔 하찮은 일에 신경을 쓴단 말이야──남에게서 좀 이상한 낌새만 맡으면.'

인디언 섬은 그에게 흥미를 느끼게 해주었다. 그 섬에 관계된 소문도 많이 떠돌았다. 소문으로는 해군인가 육군, 아니면 공군에선가 그 것을 사들였다고 했다.

미국의 백만 장자인 엘머 로브슨이라는 젊은 사람이 그 저택을 지은 것은 사실인 것 같았다. 그것을 짓는 데는 막대한 돈이 들었다고 했다. 여러 가지의 호화스럽고 멋진 장식들…….

엑세터! 여기에서 한 시간을 기다려야 하다니! 그는 기다리고 싶지 않았다. 그는 한시 바삐 그곳에 가고 싶었다.

6

암스트롱 의사는 샐리스버리 평원을 가로질러 그의 모리스 차를 운전하고 있었다. 그는 피로에 지쳐 있었다……오늘날처럼 성공하기까지 그는 많은 대가를 치러야 했다. 그는 할리 거리에 있는, 현대적이고 호화스러운 가구로 장식되어 있는 병원에서 자신의 일이 성공하느냐 실패하느냐 하는 기로에 서서 지낼 때가 많았다.

그러나 다행히도 성공했다! 운도 따라 주었다. 물론 운 못지않게 훌륭한 기술도 가졌다. 그는 자기 분야에서는 아주 뛰어났다——그러나 기술만 뛰어나다고 해서 성공하는 것은 아니다. 역시 운도 따라야 하는 것이다. 그는 운도 가졌었다! 정확한 진단, 그에게 유익했던 많은 부인 환자들——돈과 지위를 가진 부인들——소문이 확 퍼져 갔다.

「암스트롱 의사에게 진찰을 받으세요——젊은 사람이기는 하지만——무척 똑똑한 의사예요——여태까지 여러 의사에게 진찰을 받아 보았지만, 그처럼 빠르고 정확하게 병을 알아내는 사람은 없었어요!」

이렇게 소문은 계속 퍼져 나갔던 것이다.

마침내 암스트롱 의사는 야망을 달성했다. 그는 매우 바쁜 몸이 되었다. 거의 쉴 틈이 없었다.

그러나 이 8월에 런던을 떠나 며칠 동안 데번 해안 근처의 어떤 섬에서 지내게 된 것은 그에게 매우 즐거운 일이었다.

하지만 그것이 휴가가 될 것인지는 확실치 않았다. 그가 받은 편지만으로는 석연치 않은 점이 있었기 때문이다. 하지만 거기에 동봉된 수표는 확실했다. 그것도 대단한 액수였다. 아마 이 오언이라는 인물은 굉장한 부자인 모양이다. 그 사람은 자기 부인의 건강을 염려해서, 부인 몰래 진찰을 해 달라고 했기 때문에 약간의 어려움은 있을 것이다. 그 부인은 무척이나 의사를 꺼리는 모양이다. 그녀의 신경성——.

신경성! 암스트롱 의사의 눈썹이 올라갔다. 이러한 신경성 질병을 가진 부인들! 그것은 결국 그의 사업을 위해선 좋은 것이었다. 그에게 진찰을 받으러 온 태반의 부인들은 몸에는 전혀 이상이 없고, 약간 권태로움만을 느끼고 있을 뿐이었다. 그러나 그들에게 그렇다고 말해서는 곤란하다. 그것에 대해서는 대강 둘러대야 한다.

「약간 이상이 있습니다만——좀 긴 병명을 대고——그렇게 심각한 것은 아닙니다——약간의 치료만 받으면 됩니다. 약간의 치료만.」

약은 마음을 안정시켜 주는 역할을 한다. 그리고 그는 환자들에게 좋은 태도를 보여 주었다——그는 환자들에게 희망과 믿음을 북돋워 주었다.

그러나 10년 전에 있었던 그 사건 뒤에 재기할 수 있었던 것은 정말 운이 좋았다——아니 15년 전의 사건이지. 정말 아슬아슬한 일이었다! 그는 거의 파멸할 뻔했었다. 그 충격이 그를 정신차리게 해주었다. 그 뒤로 그는 술을 끊었다. 정말로 그것은 아주 아슬아슬한 위기였다.

귀가 찢어질 것 같은 클랙슨 소리와 함께 슈퍼 스포츠 데일메인 차가 시속 80마일(약 130km)로 그를 추월해서 달려갔다. 암스트롱 의사는 하마터면 길 모퉁이를 들이받을 뻔했다. 시골길을 마구 휘젓고 다니는 그런 젊은이들 중의 하나였다. 그는 그런 녀석들은 딱 질색이었다! 하마터면 사고날 뻔했잖아! 빌어먹을 놈 같으니라고!

미어에 들어서고 나서 토니 마스턴은 혼자서 생각했다.

'왜 이렇게 느리게 달리는 차들이 많지! 늘 방해가 된단 말이야! 게다가 길 한복판에서 달리고 있으니 원! 어쨌든 영국에서는 드라이브를 즐길 수가 없어……프랑스와는 다르단 말이야…….'

여기서 목 좀 축이고 갈까, 아니면 계속 갈까? 시간은 충분한데…이제 100마일 (약 160km) 정도만 가면 된다. 그는 진한 진 한 잔과 맥주를 마시고 가기로 했다.

'정말 무더운 날씨야!'

그 섬은 정말 재미있는 곳이겠지 ──이런 날씨가 계속된다면 말이야. 그는 오언이란 사람이 누구일까 하고 생각해 보았다. 아마 돈은 많겠지만 성격은 고약한 사람일 거야. 배저는 정말 그런 인간들을 알아보는 데는 귀신이란 말이야. 물론 그는 빈털터리니까 그렇게라도 해야 되겠지.

하여튼 술이라도 마음껏 마실 수 있었으면 좋겠어.

처음부터 돈이 많은 사람이 아니라 나중에 긁어 모은 사람들은 뭘 모르단 말이야. 가브리엘 툴이 인디언 섬을 샀다는 이야기가 헛소문이었다는 것은 정말 유감이야. 영화 배우들과 함께 지낸다면 정말 재미있을 텐데. 아니면, 젊은 여자들이라도 있으면 참 좋겠는데…….

그는 호텔에서 나와 하품을 하며 푸른 하늘을 올려다보고는 잽싸게 데일메인 차에 올라탔다. 젊은 처녀들 몇 명이 반한 듯이 그를 쳐다보았다──잘 균형잡힌 6피트(약 180cm)의 체구, 곱슬곱슬한 머리카락, 검게 그을린 얼굴, 그리고 불타는 듯 강렬한 푸른 눈.

그는 자동차에 시동을 걸고 좁은 길을 따라 달렸다. 노인들과 심부름하는 소년들이 얼른 길을 뛰어 건넜다. 그리고는 부러운 듯이 그 차를 바라보았다.

앤소니 마스턴은 승리감을 맛보며 계속 달려갔다.

8

블로어는 플리머스에서 오는 느린 기차에 타고 있었다. 그가 탄 칸에는 그 외에도 나이가 들어 보이며 침침한 눈을 가진 선원처럼 보이는 사람이 타고 있었다. 그 노인은 잠에 곯아떨어져 있었다. 블로어는 작은 수첩에다 조심스럽게 무엇인가를 쓰고 있었다.

「이 사람들이 전부야.」

그는 혼자서 중얼거렸다.

「에밀리 브렌트, 베라 클레이슨, 암스트롱 의사, 앤소니 마스턴, 워그레이브 판사, 필립 롬바드, 매카서 장군——무공 훈장을 받았군——그리고 하인인 로저스 부부.」

그는 수첩을 덮고는 주머니에 넣었다. 그리고는 한쪽 구석에서 잠자고 있는 노인을 바라보았다.

「분명히 아홉 명이군.」

블로어는 신중하게 생각했다.

그는 머릿속으로 그들에 관해 하나하나 주의 깊게 다시 생각해 보았다.

「그렇게 힘든 일은 아닐 거야.」

그는 중얼거렸다.

「조금이라도 실수해서는 안돼. 이상하게 보여서도 안돼.」

그는 일어나 거울 앞에 서서 자신을 면밀히 살펴보았다. 구레나룻을 기른 그의 얼굴에는 군인다운 모습이 있었다. 표정은 거의 없었다. 눈동자는 회색이고, 눈과 눈 사이는 좁은 편이었다.

「소령이라고 할까?」

블로어는 중얼거렸다.

「아니야, 내가 깜박 잊었군. 거기에는 노장군이 있지. 그는 나를 곧 수상히 여길 거야. 남아프리카——맞아, 그것이 좋겠어! 거기에 있는 사람들 중에는 남아프리카와 관계가 있는 사람은 아무도 없을 거야. 그리고 여행 안내서를 잘 읽어 두었으니, 그곳에 관해선 정확하게 이야기할 수가 있단 말이야.」

다행히도 식민지 사람에겐 가지각색의 유형이 있다. 남아프리카 사람이라고 하면 블로어는 의심받을 염려가 없다.

인디언 섬——그는 소년 시절부터 그곳에 대해 알고 있었다. 갈매기들이 많이 날아다니고 바위가 유난히 많은 섬——해안에서 1마일(약 1.6km) 정도의 거리에 있다. 그 섬은 사람의 머리를 닮았기 때문에 그런 이름이 붙여졌다——미국 인디언의 옆모습을 닮은 것이다.

그 섬에다 저택을 짓다니, 참 희한한 일이야! 날씨가 나쁘면 위험할 텐데! 그러나 백만 장자들은 원래 별스러운 데가 있는 법이지!

한쪽 구석에서 자고 있던 노인이 깨어나서 말했다.

「바다는 알 수 없는 존재요——정말이오!」

블로어는 침착히 말했다.

「맞아요. 정말 알 수 없지요.」

노인은 두 번 딸꾹질을 하고는 음산한 표정으로 말했다.

「폭풍우가 올 거요.」

블로어가 말했다.

「천만에요. 날씨가 이렇게 좋은데요.」

22

노인은 약간 화를 내듯이 말했다.

「폭풍우가 올 거요. 나는 알 수 있소.」

블로어는 담담하게 대꾸했다.

「영감님의 말이 맞을지도 모르지요.」

기차가 정거장에 서자 노인은 비틀거리며 일어섰다.

「나는 여기서 내린다오.」

그는 창가를 더듬거렸다. 블로어는 노인을 도와 주었다.

노인은 통로에 서서 엄숙하게 한 손을 올리고 흐린 눈을 깜박거리며 말했다.

「조심하고 기도하는 게 좋을 거요.」

그는 다시 덧붙여 말했다.

「조심하시오. 심판의 날이 가까워졌소.」

그는 통로를 지나 플랫폼으로 내려서다가 그만 쓰러지고 말았다. 노인은 쓰러진 채 블로어를 올려다보면서 말했다.

「지금 당신에게 이야기하고 있는 거요, 젊은이. 심판의 날이 가까워졌어.」

자리로 다시 돌아온 블로어는 혼자 생각했다.

'나보다는 자기가 심판의 날에 더 가까워질걸!'

그러나 그의 생각은 잘못되어 있었다.

제**2**장

　오크브리지 역 밖에는 몇 사람이 모여서 어떻게 할지를 몰라 엉거주춤 서 있었다. 그들 뒤에는 여행 가방을 든 역의 인부가 서 있었다. 그들 중에서 한 사람이 소리쳤다.

　「짐!」

　어떤 택시 운전사가 앞으로 걸어왔다.

　「인디언 섬으로 가시지요?」

　그는 부드러운 데번 지방 사투리로 물었다. 네 사람이 동시에 대답을 했다——그리고는 서로의 얼굴을 힐끔 쳐다보았다.

　운전사는 그 사람들 중에서 가장 나이 들어 보이는 워그레이브 판사에게 말을 걸었다.

　「여기에 택시가 두 대 있습니다. 그 중 한 대는 엑세터에서 오는 기차를 기다려야 합니다——5분이면 됩니다——어떤 신사분이 그 기차로 오시거든요. 손님들 중에서 한 분이 그때까지 기다려 주시지 않겠습니까? 그렇게 하는 쪽이 더 편하실 겁니다.」

베라 클레이슨은 자기가 비서직으로 왔다는 것을 깨닫고는 즉시 말했다.

「제가 기다리지요.」

그녀는 또다시 말했다.

「여러분은 먼저 떠나세요.」

그녀는 다른 세 사람을 쳐다보았다. 그녀의 눈빛과 목소리에는 권위 있는 지위에서 나오는 듯한 명령투가 깃들어 있었다. 마치 여학생들에게 어느 테니스 코트를 사용하라고 지시하는 것 같았다.

브렌트가 의젓하게 말했다.

「고마워요.」

그녀는 머리를 숙이며 운전사가 문을 열고 기다리고 있는 택시에 올라탔다. 워그레이브 판사도 뒤를 따라 탔다.

롬바드 대위가 말했다.

「나는 당신과 함께 기다리겠소, 미스——.」

「클레이슨이에요.」

베라가 자기의 이름을 대주었다.

「내 이름은 롬바드입니다. 필립 롬바드.」

인부가 짐을 택시에 실었다. 차 안에서 워그레이브 판사가 조심스럽게 말했다.

「정말 좋은 날씨군요.」

브렌트가 대답했다.

「정말이에요.」

그녀는 그가 매우 점잖은 노신사라고 생각했다. 바닷가 여관에 있는 평범한 사람들하고는 달라. 올리버 부인인지 올리버 양인지는 잘 모르지만, 그녀는 훌륭한 사람들과 교제를 하는 모양이군…….

워그레이브 판사가 물었다.

「이 지방을 잘 아십니까?」

「콘월과 토케이는 가 본 적이 있습니다만, 이 데번 지방은 처음이에요.」

판사가 말했다.

「저도 역시 이 지방은 처음입니다.」

브렌트와 워그레이브 판사를 태운 택시는 계속 달렸다.

한편, 역에서 기다리고 있던 두 번째 택시 운전사가 말했다.

「차 안으로 들어가서 기다리시겠습니까?」

베라가 딱 잘라서 말했다.

「아니에요. 여기에 있겠어요.」

롬바드 대위는 웃으면서 말했다.

「햇빛이 정말 매혹적이군요. 햇빛이 따가우면 역 안으로 들어가실까요?」

「아니에요, 괜찮아요. 그 지긋지긋한 기차 옆에는 가기도 싫어요.」

그가 대꾸했다.

「정말 그래요. 이런 날씨에 기차 여행은 정말 괴롭습니다.」

베라는 담담하게 다시 말했다.

「저는 이런 날씨가 계속되었으면 좋겠어요──영국의 여름은 너무 변덕스러워요.」

롬바드는 상투적으로 물었다.

「이 지역에 대해 잘 아십니까?」

「아뇨, 이곳은 처음이에요.」

그녀는 솔직하게 자기의 신분을 밝히는 것이 좋겠다고 생각하며 빨리 덧붙였다.

「저는 아직까지 고용주를 보지 못했어요.」

「고용주요?」

「예. 저는 오언 부인의 비서예요.」

「아, 그래요?」

그 말에 그의 태도에는 어딘가 모르게 변화가 있었다. 그 태도에는 좀 여유가 있었다――말하는 투도 좀 편해졌다.

「이거 좀 묘한데요.」

베라가 웃었다.

「아, 아니. 저는 그렇게 생각하지 않아요. 오언 부인의 비서가 갑자기 병이 나서 직업 소개소에 부탁했는데, 제가 뽑히게 되었나 봐요.」

「아, 그렇게 된 거군요. 거기 도착해서, 그 자리가 마음에 안 들면 어떻게 하겠습니까?」

베라는 다시 웃었다.

「괜찮아요. 비서는 임시직인걸요. 휴가 동안만. 여학교의 교사거든요. 사실 저는 인디언 섬에 흥미가 많아요. 신문에도 그곳에 관해 많은 기사가 실려 있더군요. 정말 매혹적인 곳인 모양이지요?」

롬바드가 말했다.

「나도 잘 모르겠습니다. 가 본 적이 없으니까요.」

「어머, 그래요? 오언 씨 부부는 그 섬을 굉장히 좋아하나 보죠? 그 부부는 어떤 분들인가요?」

롬바드는 생각했다.

'난처하게 되었는데――그들을 안다고 해야 하나, 아니면 솔직하게 모른다고 할까?'

그는 얼른 말했다.

「팔에 벌이 앉았군요. 안돼요――가만히 있어요.」

그는 그럴듯하게 그녀의 팔을 살짝 털었다.

「됐습니다. 이젠 날아갔어요!」

「어머, 고마워요. 이번 여름에는 벌이 유난히 많군요.」

그리고 아무도 없었다   27

「그런 것 같아요. 더위 때문인 모양입니다. 그런데, 우리가 누구를 기다리고 있는지 아십니까?」

「저는 전혀 몰라요.」

기차가 다가오는 크고 길게 끄는 소리가 들렸다. 롬바드가 말했다.

「지금 오는 모양입니다.」

2

역의 출구에 모습을 드러낸 사람은 키가 크고 군인티가 나는 노인이었다.

그는 회색빛 머리를 짧게 깎았고, 허연 수염을 입 주위에 기르고 있었다. 역의 인부가 가죽으로 된 그의 여행용 가방을 받아 들고 베라와 롬바드가 있는 곳으로 안내했다.

베라는 부드럽게 그를 맞이했다.

「저는 오언 부인의 비서입니다. 당신을 기다리고 있었어요. 이분은 롬바드 씨입니다.」

나이에 어울리지 않게 굳건하고 푸른 그의 눈이 롬바드를 올려다보았다. 잠시 동안 그들은 서로를 탐색하기라도 하는 듯한 시선을 교환했다──누구나 그것을 알아차릴 수 있을 정도로.

'꽤 단정한 용모를 가졌군. 하지만 어딘가 이상한 데가 있어……'

세 사람은 기다리고 있던 택시에 탔다. 그들은 작은 오크브리지 거리의 조용한 길을 지나 넓은 플리머스 거리를 약 1마일쯤 달려갔다. 마침내 그들은 가파르고 좁은 시골길로 들어섰다.

이윽고 매카서 장군이 입을 열었다.

「나는 데번의 이 지역에 대해서는 전혀 아는 게 없소. 도싯 경계 근처의 데번 동부 지방에 작은 별장을 갖고 있긴 합니다만.」

베라가 말했다.

「정말 아름다운 곳이에요. 저 언덕들과 불그스름한 땅, 그리고 모든 것이 저렇게 초록빛이면서 멋지게 보이잖아요!」

롬바드는 약간 비꼬듯이 말했다.

「하지만 좀 답답한 감도 있지요……저는 앞이 탁 트인 시골을 좋아합니다. 멀리까지 내다볼 수 있는 곳 말입니다.」

매카서 장군이 말했다.

「당신은 여러 곳을 여행해 본 모양이군요. 그렇지 않습니까?」

롬바드는 꼭 그렇지도 않다는 듯이 어깨를 으쓱하고는 말했다.

「그저 여기저기 지나다니기만 했습니다.」

롬바드는 속으로 생각했다.

'이 사람은 아마 내가 전쟁에 나간 적이 있는지 물어 보겠지. 이런 노인들은 대개 그렇거든.'

그러나 매카서 장군은 전쟁에 관해서는 언급하지 않았다.

3

그들은 가파른 언덕을 넘어 스티클헤이븐으로 이어진 구불구불한 길을 달려갔다. 해안에는 어선 한두 척이 대기하고 있었고, 주위에는 작은 집들이 옹기종기 모여 있었다. 그들은 바다 남쪽에서 처음으로 인디언 섬을 볼 수 있었다. 그 섬은 지는 태양빛을 받고 있었다.

베라가 놀라며 말했다.

「생각보다는 섬이 멀리 떨어져 있군요.」

그녀는 해안에서 가까운 곳에 아름답고 흰 저택이 솟아 있는 섬으로 생각했었다. 그러나 저택은 보이지 않고, 인디언의 머리를 닮은 거대한 그림자가 짙게 드리워진 바위투성이의 섬이 눈에 들어왔다. 어쩐지 음산한 모습이었다. 그녀는 약간 움찔했다.

세븐 스타즈라는 여관 앞에 세 사람이 앉아 있었다. 허리가 구부정하고 나이가 들어 보이는 판사와, 자세가 꼿꼿한 브렌트, 그리고 또 한 사람은 체격이 크고 어딘지 거칠게 보였다. 그 거칠게 보이는 사람이 그들을 맞이하며 말했다.

「기다리고 있었습니다. 함께 타고 가려고요. 제 이름은 데이비스입니다. 고향은 남아프리카 나탈입니다. 허허허!」

그는 이렇게 말하면서 웃었다.

워그레이브 판사는 불쾌하다는 듯이 그를 바라보았다. 그는 이 세련된 신사 숙녀들 앞에서 우월감을 나타내려는 것같이 보였다. 에밀리 브렌트는 그 식민지 태생의 사람이 아무래도 마음에 들지 않았다.

「배가 떠나기 전에 한잔 하실 분 없습니까?」

데이비스가 부드럽게 물었다.

그러나 아무도 그의 말에 대꾸를 하지 않자 데이비스는 돌아서서 한 손가락을 들어올리고 말했다.

「그럼, 더 이상 지체하지 맙시다. 우리를 초대하신 부부가 기다리고 계실 겁니다.」

그는 모여 있는 사람들 사이에 이상야릇한 긴장감이 감도는 것을 눈치챘다. 그들을 초대한 사람이 마치 그들 위에서 신비한 힘을 발휘하는 것 같았다.

데이비스의 손짓에 따라 벽에 기대어 있던 어떤 남자가 그들 옆으로 다가왔다. 양옆으로 흔드는 걸음걸이로 보아 뱃사공인 것 같았다. 그는 그을린 얼굴에다 약간 신비스러운 듯한 검은 눈을 가지고 있었다. 그는 부드러운 데번 지방의 사투리로 말했다.

「손님들, 이제 섬으로 떠날 준비가 되었습니까? 배가 기다리고 있습니다. 자동차로 두 신사분이 오기로 되어 있습니다만, 언제 도착할지 모르니 오언 씨 부부가 기다리지 말라고 하셨습니다.」

일행은 일어섰다. 뱃사공은 그들을 작은 부두로 안내했다. 거기에는 모터보트가 한 척 있었다. 브렌트가 말했다.

「매우 작은 배로군요?」

배의 주인이 설득조로 대꾸했다.

「하지만 아주 훌륭한 배랍니다, 부인. 플리머스까지도 단숨에 갈 수 있는 배지요.」

이때, 워그레이브 판사가 날카롭게 말했다.

「하지만 인원이 너무 많은 것 같소.」

「이 배는 손님들의 두 배도 태울 수 있습니다, 선생님.」

롬바드는 유쾌하고 편안한 목소리로 말했다.

「맞습니다. 괜찮을 거예요. 날씨도 좋고——파도도 없으니.」

브렌트는 좀 의심스럽다는 듯이 부축을 받으며 그 배에 올라탔다. 다른 사람들도 그 뒤를 따라 탔다.

그 일행 사이에는 아직까지도 거북스러움이 감돌고 있었다. 그것은 서로에 대해 불안감을 느끼고 있기 때문이었다.

그들이 막 떠나려고 했을 때, 뱃사공이 갑자기 손에 밧줄을 쥔 채로 멈추어 섰다. 차 한 대가 가파른 길 아래로 마을을 향해 달려오고 있었다. 그 자동차는 환상에서나 볼 수 있는 것처럼 웅대하고 아름다운 모습이었다. 그 차에는 바람 때문에 갈색 머리카락이 휘날리는 어떤 젊은 남자가 앉아 있었다. 오후의 햇빛을 받은 그는 인간이 아니라 북유럽의 전설에 나오는 젊은 영웅신처럼 보였다. 그가 클랙슨을 울리자 그 큰소리가 만의 바위에 메아리쳤다. 그것은 환상적인 순간이었다. 그때의 앤소니 마스턴은 인간 이상의 존재 같았다. 나중에도 거기에 있던 몇 사람은 그 순간을 기억하고 있었다.

4

프레드 내러코트는 엔진 옆에 앉아서 이것 참 이상한 일이라고 생각했다. 그가 예상한 오언 씨의 손님하고는 너무도 달랐기 때문이다. 그는 멋진 사람들일 거라고 생각했다. 아름다운 옷을 입은 여인들과 멋있는 요트복을 차려입은 신사들을 생각했던 것이다.

엘머 로브슨의 손님들하고는 전혀 달랐다. 그는 로브슨의 손님들을 생각해 내고는 희미한 목소리를 떠올렸다.

'그 사람들은 정말 재미있는 사람들이었지——게다가 술도 굉장히 마셔댔어!'

이 오언 씨는 좀 색다른 사람인 게 틀림없다. 그것은 정말 희한한 일이라고 프레드는 생각했다. 게다가, 그는 오언 씨나 그 부인을 본 적이 없었다. 그 부부는 한 번도 이곳에 오지 않았다. 모든 일은 모리스가 처리했다. 그의 지시는 항상 정확했고 지불도 신속했다. 그러나 이것은 정말 이상한 일이었다. 신문에도 오언 씨가 수수께끼의 인물이라고 보도된 적이 있었다. 내러코트도 그렇게 생각했다.

아마 이 섬을 산 것은 가브리엘 툴 양일지도 모른다. 그러나 저 손님들로 보아서 그럴 가능성은 희박하다. 저들 중에는 영화 배우와 관계있어 보이는 사람은 아무도 없다.

그는 차갑게 일행을 살펴보았다. 노처녀가 한 사람——분명히 성깔이 있을 것이다——그는 그것을 알 수 있었다. 그녀는 분명히 꽤나 까다로운 여자일 것이다.

군인 같은 노신사——그의 외모로 보아 진짜 군인인 것도 같았다.

아름다운 젊은 처녀——하지만 화려하지 않고 평범했다——물론 그녀에게도 할리우드의 냄새는 풍기지 않았다.

체격이 좋고 쾌활한 남자——하지만 그는 신사 같지는 않았다. 아마 전에는 무역업자였던 것 같았다.

또 한 신사는 몸이 가냘프고 날카로운 눈을 가졌으나, 어딘지 초췌해 보이는 사람이었다. 그는 무척 이상한 느낌을 주는 남자였다. 어쩌면 영화와 관계있는 사람 같기도 했다.

그러나 그 배에는 괜찮아 보이는 사람이 한 명 있었다. 그는 차를 몰고 온 신사였다.(그 차는 스티클헤이븐에서는 볼 수 없는 차였다. 값도 매우 비싸리라.) 그는 오언 씨의 손님으로는 제법 어울렸다. 아마 부잣집에서 자란 모양이었다. 저 일행이 모두 이 사람과 같았다면 프레드는 당연하게 생각했을 것이다.

정말 생각해 보면 기묘했다——모든 것이 참으로 이상했다——매우…….

5

배는 암초를 피하며 나아갔다. 마침내 섬의 저택이 시야에 들어왔다. 섬의 남쪽은 매우 이색적인 모습이었다. 섬이 바다에 접한 곳은 완만했다. 저택은 남쪽을 향해 있었으며, 낮고 네모진 현대식 건물이었고, 모든 햇빛을 받아들일 수 있는 둥근 창문을 가지고 있었다. 한마디로 훌륭했다——사람들이 생각했던 것보다도 훨씬 더 훌륭한 집이었다!

내러코트는 보트의 엔진을 껐다. 보트는 바위 사이로 자연히 생긴 섬의 입구로 부드럽게 나아갔다.

롬바드가 날카롭게 말했다.

「험한 날씨에는 이 섬에 배를 대기가 힘들겠는데.」

내러코트가 쾌활하게 말했다.

「남동풍이 불 때는 전혀 불가능하답니다. 그것 때문에 이 섬은 일주일도 넘게 교통이 차단되기도 하지요.」

클레이슨은 이렇게 생각하고 있었다.

'음식을 장만하기가 매우 힘들겠어. 그것이 정말 가장 어려운 문제일 거야. 집안일도 무척 걱정되겠는데.'

배는 바위를 피해서 정박했다. 내러코트가 먼저 뛰어내려서 롬바드와 함께 다른 사람들이 내리는 것을 도와 주었다. 내러코트는 배를 바위에 단단히 묶었다. 그런 뒤에 바위로 되어 있는 계단을 따라서 그 일행을 안내했다.

매카서 장군이 외쳤다.

「아, 정말 아름다운 곳이군!」

그러나 한편으로는 불안감도 느꼈다. 좀 음산한 느낌이 드는 곳이었기 때문이다.

일행이 계단을 올라가서 위에 있는 넓은 곳에 닿았을 때 그들의 기분은 새로워졌다. 저택의 열려 있는 현관문 앞에서 말쑥한 차림을 한 하인이 그들을 기다리고 있었다. 그리고 그의 정중한 태도가 그들을 안심시켰다. 또한 그 저택은 정말로 신비스러웠고, 마당에서 바라보는 경치는 너무도 아름다웠다.

하인은 그들에게 가볍게 인사를 했다. 그는 키가 크며 좀 마른 편이었고, 회색 머리카락에 어딘지 기품이 있어 보였다.

「이쪽으로 들어오시지요.」

넓은 홀에는 마실 것이 준비되어 있었다. 많은 병들이 놓여 있었다. 앤소니 마스턴의 기분은 조금 쾌활해졌다. 그는 이것들이 술 종류일 거라고 생각했다. 하지만 그와 마음이 맞을 만한 사람은 아무도 없을 것 같았다.

'그 늙은 배저 녀석이 무슨 생각으로 나를 여기에 보냈을까?'

그러나 술만은 괜찮은 것 같았다. 게다가 얼음도 충분하다. 하인이 무슨 말인가를 하고 있잖아?

「오언 씨는——죄송하지만, 좀 늦으실 겁니다——내일쯤에야 오실 겁니다. 연락이 왔습니다——무엇이든지 하시고 싶은 대로 하셔도 좋습니다——각자 방으로 들어가시겠습니까? 저녁식사는 8시에 있을 겁니다.」

6

베라는 로저스 부인을 따라 위층으로 올라갔다. 그 부인은 복도의 맨 끝에 있는 방문을 열고 그녀를 안내했다. 베라의 방에는 바다를 향해 난 큰 창문이 하나 있고, 동쪽으로 향한 또 하나의 창문이 있었다. 그녀는 탄성을 질렀다.

로저스 부인이 입을 열었다.

「시키실 일이 있으면 무엇이든지 말씀하세요.」

베라는 주위를 둘러보았다. 그녀는 운반되어 온 짐을 풀었다. 방 한쪽 구석에 있는 문이 열린 채로 있어서 목욕탕의 연푸른 바닥이 환히 보였다.

「예, 그렇게 하겠어요.」

「시키실 일이 있을 때는 이 벨을 누르세요.」

로저스 부인은 억양이 없는 단조로운 목소리를 가지고 있었다. 베라는 그녀를 호기심에 찬 눈으로 살펴보았다. 참으로 희고도 핏기 없는, 마치 유령 같은 여자야! 머리카락을 온통 뒤로 빗어 넘기고 검은 옷을 입은 모습은 무척 정중해 보였다. 그러나 그녀의 기묘한 눈은 항상 이리저리 움직이고 있었다.

베라는 속으로 생각했다.

'저 여자는 자기 자신의 그림자에도 공포를 느끼는 것 같아. 맞아, 정말이야——항상 겁에 질려 있어! 마치 죽음의 두려움에 떨고 있는 것 같단 말이야.'

희미한 전율이 베라의 등줄기를 타고 내려갔다. 도대체 저 부인은 무엇을 두려워하는 것일까? 베라는 쾌활하게 말했다.

「저는 오언 부인의 새 비서예요. 물론 알고 계시겠지만요.」

로저스 부인이 대꾸했다.

「아닙니다. 저는 아무것도 몰라요. 저는 단지 손님들의 이름과 지내실 방에 관해서밖에는 모릅니다.」

베라가 말했다.

「오언 부인이 제 이야기를 하시지 않던가요?」

로저스 부인의 눈빛이 조금 흔들렸다.

「저는 오언 부인을 아직 만나뵙지 못했습니다——아직까지는요. 이틀 전에 이곳에 왔거든요.」

베라는 오언 부부가 좀 이상한 사람들이라고 생각했다. 그녀는 약간 크게 말했다.

「그럼, 이곳에는 지금 누가 있나요?」

「저와 남편뿐입니다.」

베라는 눈살을 찌푸렸다. 이 집에는 지금 여덟 사람의 손님이 있다——주인 부부를 합치면 열 사람——우리를 시중드는 사람이 부부 한 쌍뿐이라니!

로저스 부인이 말했다.

「저는 요리를 잘하고, 남편은 저택에 관계된 일은 모두 잘한답니다. 저는 이렇게 많은 손님이 오실 줄은 몰랐어요.」

베라가 물었다.

「하지만 당신들만으로는 일이 벅차지 않을까요?」

「오, 아니에요. 할 수 있습니다. 만일, 자주 이렇게 많은 손님들이 오신다면 오언 부인은 일하는 사람을 더 고용하실 거예요.」

베라가 말했다.

「저도 그렇게 생각해요.」

로저스 부인은 나가려고 돌아섰다. 그녀의 발걸음은 소리가 나지 않았다. 그리고 그림자처럼 방에서 사라졌다.

베라는 창가로 가서 창문 옆에 있는 의자에 앉았다. 그녀는 어딘지 모르게 기분이 조금 꺼림칙했다. 모든 것이 ——어쩐지——이상했다. 주인인 오언 씨는 없고, 창백하고 유령 같은 로저스 부인. 그리고 저 손님들! 저 손님들도 이상했다. 어쩐지 이상하게 보이는 일행이란 느낌이 들었다. 베라는 생각했다.

'오언 부부를 빨리 만나 보았으면…….'

그들이 어떤 사람인지 몹시 궁금했다.

그녀는 일어서서 방안을 거닐었다. 방은 완전히 현대식으로 장식되어 있었다. 깨끗하게 빛나는 바닥 위에 깔린 흰 융단——밝은 색으로 칠해진 벽——많은 전등으로 장식된 긴 거울. 곰 모양이 조각된 흰 대리석 벽난로, 그 현대식 조각 안에는 시계가 달려 있다. 그 위에는 반짝거리는 크롬테의 액자 안에 크고 네모난 양피지가 들어 있었다——그리고 거기에는 동요가 한 편 적혀 있었다.

그녀는 벽난로 앞으로 다가가서 그 동요를 읽어 보았다. 그것은 그녀가 어릴 때부터 들어왔던 동요였다.

열 명의 인디언 소년이 식사를 하러 밖으로 나갔다.
한 명이 목이 막혀 죽어서 아홉 명이 되었다.
　아홉 명의 인디언 소년이 밤늦게까지 자지 않았다.
　한 명이 늦잠을 자서 여덟 명이 되었다.
여덟 명의 인디언 소년이 데번을 여행했다.
한 명이 거기에 남아서 일곱 명이 되었다.
　일곱 명의 인디언 소년이 장작을 패고 있었다.
　한 명이 자기를 둘로 잘라 여섯 명이 되었다.
여섯 명의 인디언 소년이 벌집을 가지고 놀았다.
한 명이 벌에 쏘여서 다섯 명이 되었다.
　다섯 명의 인디언 소년이 법률을 공부했다.
　한 명이 대법원으로 들어가서 네 명이 되었다.
네 명의 인디언 소년이 바다로 나갔다.
한 명이 훈제된 청어에 먹혀서 세 명이 되었다.
　세 명의 인디언 소년이 동물원을 걷고 있었다.
　한 명이 큰 곰에게 잡혀서 두 명이 되었다.
두 명의 인디언 소년이 햇빛을 쬐고 있었다.
한 명이 햇빛에 타서 한 명이 되었다.
　한 명의 인디언 소년이 혼자 남았다.
　그가 목을 매어 죽어서 아무도 없게 되었다.

　베라는 미소를 지었다. 물론, 이곳은 인디언 섬이야! 그녀는 다시 창가로 가서 바다를 내다보며 창문 옆에 앉았다. 아, 정말 넓은 바다야! 여기서는 육지의 모습이 전혀 보이지 않았다――단지 오후의 햇살에 반짝이는 한없이 넓고 푸른 바다만이 눈에 들어왔다.
　바다……오늘은 너무도 평온했다――하지만 가끔씩 거칠어진다

……저 깊은 곳까지 우리를 끌어들이는 바다. 바다에 빠져 죽었다. 시체가 발견되었다……바다에서 죽었다……빠져 죽었다──빠져 죽었어……바다에……아니야, 기억해서는 안돼……생각해서는 안돼! 모든 것은 이미 끝난 일이야.

7

암스트롱 의사는 태양이 바다 쪽으로 기울고 있을 때 인디언 섬에 도착했다. 배를 타고 오는 도중에 그는 뱃사공에게 말을 걸었다──뱃사공은 그 고장 사람이었다. 의사는 인디언 섬의 주인에 관해서 좀 알고 싶었으나, 내러코트라는 그 사나이는 이상하게도 그 사람들에 대해서 잘 모르는 것 같았다. 아니, 어쩌면 일부러 이야기를 하지 않는지도 모르지. 그래서 암스트롱 의사는 날씨와 낚시에 관한 이야기로 화제를 돌렸다.

그는 긴 자동차 여행으로 피곤했다. 그의 눈은 충혈되어 있었다. 서쪽으로 자동차를 몰고 가는 것은 태양을 향해 달려가는 것과 다름이 없다. 그는 매우 지쳐 있었다. 바다, 그리고 평온함──이것은 그가 원하는 것이다. 그는 정말로 여기에서 긴 휴가를 보내고 싶었다. 그러나 그럴 여유가 없다. 물론, 경제적으로는 여유가 있지만 일 때문에 시간이 충분치 못했다. 요즈음은 사람들이 너무 쉽게 잊으려는 경향이 있어──아니야, 지금은 여기에 와 있다. 그는 지금의 상황에만 신경을 쓰기로 하고 생각에 잠겼다.

'지금 이 순간은 돌아갈 것에 대해서는 생각지 말자──런던과 할리 거리나, 그 밖의 모든 것에 대해서도 신경쓰지 말아야지.'

섬이라는 것은 언제나 신비스러운 느낌을 준다──말 자체부터

환상적이다. 섬에 있을 때는 세상과의 접촉을 끊어도 된다——섬이
바로 하나의 세계가 되기 때문이다. 어쩌면 다시는 세상으로 돌아갈
수 없을지도 모른다. 그는 또 생각에 잠겼다.

'여기에서는 모든 일을 잊어야겠어.'

그리고는 마음속으로 미소지으면서 앞으로 지낼 환상적인 계획을
세우기 시작했다. 그는 바위 계단을 오르면서도 계속 미소를 짓고 있
었다.

저택의 마당에 놓인 의자에 어떤 노신사가 앉아 있었는데, 암스트
롱 의사는 그를 어디에서 본 적이 있는 것 같았다. 개구리 같은 얼굴,
거북을 닮은 목, 구부정한 자세——맞아, 저 엷은 빛의 날카롭고 작
은 눈——바로 워그레이브 판사로군! 암스트롱 의사는 그 사람 앞
에서 증언을 한 적이 있었다. 항상 졸린 듯한 모습이었지만, 법률 문
제를 다룰 때는 매우 날카로웠다. 그는 배심원에게 큰 영향력을 행사
할 수 있는 사람이었다. 또한, 어느 때라도 배심원의 마음을 조종할
수 있는 인물이었다. 실제로 그는 배심원으로부터 뜻밖의 판결을 유
도한 일도 있었다. 사람들은 그를 '교수형 판사'라고 불렀다.

이런 곳에서 그를 만나다니……여기에서——세상과의 접촉이 끊
어진 이런 곳에서.

8

워그레이브 판사는 마음속으로 생각했다.

'암스트롱이군.'

그는 법원의 증인석에 앉아 있던 그를 기억해 냈다. 그때, 그는 매
우 정확하고 조심스러웠다. 대개의 의사들은 어리석은 바보다. 할리

거리의 의사들은 특히 더 그런 것 같았다. 그는 그 거리의 어떤 연약한 의사와 최근에 이야기를 나눈 것이 생각이 나서 속으로 그를 비웃었다.

워그레이브 판사가 크게 말했다.

「마실 것이 홀에 준비되어 있는가 보오.」

암스트롱이 대답했다.

「먼저 주인 부부에게 인사를 드리고 싶은데요.」

워그레이브 판사는 다시 눈을 감고 교활한 표정을 살짝 지으면서 말했다.

「지금은 그렇게 할 수가 없다오.」

암스트롱 의사는 깜짝 놀라면서 물었다.

「저런, 왜 그렇죠?」

「지금 주인 부부가 안 계신 모양이오. 나도 매우 이상하게 생각하고 있고, 또 이해할 수 없는 일입니다.」

암스트롱 의사는 그를 잠시 쳐다보았다.

의사는 이 노신사가 잠든 모양이라고 생각했다. 그런데 워그레이브 판사가 불쑥 말했다.

「혹시 콘스탄스 컬밍턴 양을 아시오?」

「아니오, 잘 모르겠는데요.」

「하긴 몰라도 상관없는 일이오만……나도 잘 모르지요. 특히, 글씨체는 더욱 알아볼 수가 없습니다. 나는 혹시 내가 집을 잘못 찾아온 것이 아닌가 하고 생각하는 중이라오.」

암스트롱 의사는 머리를 양옆으로 흔들면서 저택 안으로 들어갔다.

워그레이브 판사는 콘스탄스 컬밍턴이라는 이름을 생각해 보았다. 아무튼 여자는 모두 믿을 수가 없단 말이야.

그는 이 저택에 있는 두 명의 여자를 생각해 보았다. 입을 굳게 다물고 나이가 많은 독신녀와 젊은 처녀. 그는 비서라고 하는 그 젊은 처녀가 마음에 들지 않았다. 그녀는 너무 냉정한 것 같았다. 아니지, 로저스 부인까지 치면 여자는 모두 세 명이다. 그 부인은 좀 이상한 것 같았다. 마치 죽음의 공포에 질려 있는 것 같단 말이야. 하지만 그들 부부는 일을 꽤 잘했다.

그때, 로저스가 마당으로 나왔기에 판사는 그에게 물어 보았다.

「혹시 콘스탄스 컬밍턴 양을 알고 있나?」

로저스는 그를 바라보았다.

「아니오, 모르겠는데요.」

판사의 눈썹이 약간 올라갔다. 그러나 그는 단지 마음속으로 중얼거렸다.

'인디언 섬이라——어떤 의미가 있을 법한 말이군.'

9

앤소니 마스턴은 목욕탕에 들어가 있었다. 그는 김이 나는 따뜻한 물속에서 매우 기분이 좋았다. 긴 자동차 여행으로 인해 그의 손발은 경련이 날 정도였다. 몇 가지 생각이 그의 머릿속에 떠올랐다. 앤소니는 흥분과 활동을 좋아하는 사람이었다.

그는 혼자 생각했다.

'그것을 꼭 해치워야 한단 말이야. 그런 뒤에 모든 것을 잊으면 되는 거야.'

김이 무럭무럭 나는 따뜻한 물——피로해진 손발——먼저 면도를 하고——술을 한 잔 마신 뒤에——저녁식사……그리고 그 뒤에는——?

10

블로어는 넥타이를 매고 있었다. 그는 이런 일에는 소질이 없었다. 이 정도면 괜찮을까? 그는 무난하다고 생각했다. 아무도 나에게 관심을 쏟지는 않겠지……그들 모두가 서로를 바라보는 태도가 우스웠다——마치 서로를 잘 알고 있다는 듯이……하지만 그것은 그에게 달려 있다.

그는 자기 일을 허술하게 하고 싶지는 않았다. 그는 벽난로 위에 있는 액자 속의 동요를 바라보았다. 저곳에 저런 것을 걸어 둔 것은 정말 멋진 아이디어야!

'어렸을 때 와 본 이 섬을 지금도 기억할 수 있어. 이 섬에 있는 저택에서 내가 이런 일을 하게 될 줄은 정말 몰랐었지. 사람이 미래를 예상할 수 없다는 것은 어쩌면 좋은 일인지도 몰라……'

11

매카서 장군은 기분이 좀 언짢았다.

모든 것이 너무도 이상하단 말이야! 모든 것이 그가 예상했던 것하고는 너무 달랐다……사람들에게 변명을 하고서 돌아가고 싶었다……모든 걸 포기하고……그러나 모터보트는 이미 육지로 돌아가고 없었다. 그는 이곳에 어쩔 수 없이 머물러야 했다.

롬바드라는 남자——그는 좀 이상한 사람이라는 생각이 들었다.

정직한 사람은 아닐 거야. 그는 그렇게 확신했다.

12

저녁식사를 알리는 종소리가 울리자 롬바드는 방에서 나와 계단 쪽으로 걸어갔다. 그는 표범처럼 살며시, 그리고 소리 없이 걸었다. 정말로 그의 모습은 표범 같은 인상을 풍기고 있었다. 먹이를 찾는 맹수——그의 눈에는 유쾌한 빛이 감돌았다.

그는 속으로 미소를 지었다. 1주일이라——.

그는 이 1주일간을 충분히 즐기고 싶었다.

13

에밀리 브렌트는 식사를 하기 위해 검은 비단옷으로 갈아입고 침실에 앉아서 성경을 읽고 있었다. 그녀는 입으로 중얼거리면서 읽어 내려갔다.

「신앙이 없는 자들은 그들이 만든 함정에 스스로 빠지게 되리라. 그들이 숨겨 놓은 올가미에 그들 자신의 발이 잡히게 되리라. 주님은 언제나 스스로에게 심판을 하신다. 사악한 자들은 자기가 만든 함정에 빠지게 되리라. 사악한 자들은 지옥으로 떨어질 것이다.」

그녀는 입술을 굳게 다물었다. 그리고는 성경책을 덮었다.

그녀는 자리에서 일어나 연수정 브로치를 목에 달고는 식사하기 위해 아래층으로 내려갔다.

제 **3** 장

저녁식사는 거의 끝나 가고 있었다. 음식은 훌륭했고 술도 매우 좋은 것이었다. 로저스 부부도 매우 친절하게 시중들어 주었다.

모든 사람들의 기분이 전보다는 조금 나아졌다. 그들은 이제는 자유스럽고 친숙하게 서로 이야기를 나누었다. 훌륭한 포도주를 마신 워그레이브 판사도 기분이 조금 누그러져서 허심탄회하게 대화를 나누었다. 암스트롱 의사와 토니 마스턴이 그의 말을 진지하게 들어주었다. 브렌트는 매카서 장군에게 가끔씩 말을 걸었다. 그들은 어느 정도 서로에게 어울리는 친구들을 찾을 수 있었다. 베라 클레이슨은 데이비스에게 남아프리카에 관해서 물었다. 데이비스는 그곳에 관해서는 거의 모르는 것이 없었다. 롬바드는 그들의 대화를 귀담아듣고 있었다. 롬바드는 이따금 눈을 가늘게 뜨고 위를 쳐다보곤 했다. 또한, 식탁 주위를 둘러보기도 하고 다른 사람들을 쳐다보기도 했다.

마스턴이 불쑥 말을 꺼냈다.

「여기에 이상한 것이 있는데요!」

둥근 식탁의 한가운데에 유리 받침이 있고, 그 위에 몇 개의 도기 인형이 놓여 있었다.

「인디언 인형이군요.」

토니가 말했다.

「인디언 섬이라서 그런 것을 놓아 둔 모양이지요?」

베라는 몸을 앞으로 내밀면서 물었다.

「모두 몇 개인가요? 열 개?」

「예——열 개입니다.」

베라가 외쳤다.

「정말 재미있군요! 동요에 나오는 열 명의 인디언 소년인 것 같아요. 제 방 벽난로 위의 액자에 그 동요가 적혀 있거든요.」

롬바드도 맞장구를 쳤다.

「내 방에도 있소.」

「내 방에도요.」

「내 방에도 걸려 있소.」

모든 사람이 일제히 이렇게 말했다. 그러자 베라가 말했다.

「그거 정말 재미있는데요.」

워그레이브 판사가 베라의 말을 듣고 대꾸했다.

「어린애 같은 소리 마시오.」

그리고는 포도주를 마셨다.

브렌트는 베라 클레이슨을 바라보았다. 그러자 클레이슨도 브렌트를 쳐다보았다. 그리고 두 여자는 자리에서 일어섰다.

응접실은 프랑스식 창문이 열려 있어서 마당이 내다보이고, 바위에 부딪치는 파도 소리가 들렸다. 브렌트가 말했다.

「상쾌한 소리지요?」

베라가 날카롭게 대꾸했다.

「저는 저 소리가 별로 좋지 않아요.」

브렌트는 약간 놀란 기색으로 그녀를 바라보았다. 베라의 얼굴이 붉어졌다. 그녀는 전보다 좀 침착하게 말했다.

「폭풍우가 밀려오면 이곳이 안전할 것 같지 않아서요.」

이 말에 브렌트도 동의했다.

「이 저택은 겨울에는 사용하지 못할 거예요. 무엇보다도 하인을 구할 수 없을 테니까요.」

베라도 맞장구쳤다.

「아니, 꼭 겨울이 아니더라도 하인을 얻기가 힘들 거예요.」

에밀리 브렌트가 말했다.

「올리버 부인이 로저스 부부를 구할 수 있게 된 것은 정말 행운이에요. 게다가 요리 솜씨도 뛰어나잖아요.」

베라는 마음속으로 생각했다.

'나이 먹은 사람들은 우습게도 항상 이름을 틀리게 알고 있단 말이야.'

그녀는 말했다.

「맞아요, 저도 오언 부인이 행운을 얻었다고 생각해요.」

에밀리 브렌트는 그녀의 가방 속에서 수 놓는 천을 꺼내면서 이 말을 무심코 들었다. 그리고는 막 바늘을 움직이려고 하다가, 갑자기 손을 멈추고는 베라에게 날카롭게 물었다.

「오언? 방금 오언이라고 했나요?」

「예.」

에밀리 브렌트는 날카롭게 말했다.

「나는 오언이라는 사람은 만난 적이 없어요.」

베라는 의아하다는 듯이 그녀를 쳐다보았다.

「하지만, 분명히 ──.」

그녀는 말을 잇지 못했다. 그 순간에 문이 열리고 남자들이 들어왔기 때문이다. 로저스도 커피 쟁반을 들고 뒤를 따라 들어왔다.

판사는 에밀리 브렌트 옆에 와서 앉았다. 암스트롱은 베라 곁으로 왔다. 토니 마스턴은 열려 있는 창문 쪽으로 다가갔다. 블로어는 신기하다는 듯이 청동으로 된 작은 여인상을 유심히 바라보았다——이런 이상한 모습의 여인도 있을까 의아해 하면서. 매카서 장군은 벽난로를 등지고 서 있었다. 그는 희끗희끗한 흰 수염을 만지작거리면서 서 있었다.

'정말 훌륭한 식사였어!"

그는 기분이 매우 좋았다.

롬바드는 탁자 위에 다른 신문들과 함께 놓여 있던 펀치라는 잡지를 펼치고 있었다.

로저스는 쟁반을 들고 사람들 사이를 돌면서 커피를 따랐다. 커피는 매우 훌륭했다——아주 검고도 따뜻했다.

모든 사람이 만족하게 저녁을 즐겼다. 그들은 매우 흡족해 하고 있었다. 시계 바늘이 9시 20분을 가리키고 있었다. 방안엔 고요함이 감돌았다——편안하고 아늑한 고요함이었다.

그때 갑자기 이 정적을 깨고 이상한 목소리가 들렸다. 느닷없이 들려 온 그 소리는 사람의 목소리라고는 할 수 없는 것이었다.

「여러분! 조용히 하시오!」

사람들은 이 소리에 깜짝 놀랐다. 그들은 서로를 둘러보았다. 도대체 누가 한 말이야!

목소리는 계속되었다——크고 뚜렷하게.

너희들은 모두 다음과 같은 죄를 저질렀다.

에드워드 조지 암스트롱, 너는 1925년 3월 14일 루이자 메리 클리스를 죽였다.

에밀리 캐롤라인 브렌트, 너는 1931년 11월 5일 비어트리스 테일러의 죽음에 책임이 있다.

윌리엄 헨리 블로어, 너는 1928년 10월 10일 제임스 스티픈 랜더를 죽게 했다.

베라 엘리자베스 클레이슨, 너는 1935년 8월 11일 시릴 오길비 해밀턴을 죽였다.

필립 롬바드, 너는 1932년 2월 어느 날 동아프리카의 마을에서 원주민 21명을 죽인 죄가 있다.

존 고든 매카서, 너는 1917년 1월 4일 네 부인의 정부였던 아서 리치몬드를 죽였다.

앤소니 제임스 마스턴, 너는 작년 11월 14일 존과 루시 컴베스 형제를 죽였다.

토머스 로저스와 에델 로저스, 너희들은 1929년 5월 6일 제니퍼 브래디를 죽였다.

로렌스 존 워그레이브, 너는 1930년 6월 10일 에드워드 세튼을 죽였다.

피고들이여, 너희들은 변명의 여지가 있는가?

2

그 목소리는 거기에서 멈추었다. 잠깐 동안 침묵이 흘렀다. 바로 그때 무엇이 부서지는 소리가 났다! 로저스가 커피 쟁반을 떨어뜨린 것이다! 동시에 밖에서 비명 소리가 들리더니 사람이 쓰러지는 소리가 났다.

롬바드가 잽싸게 달려갔다. 그는 문으로 달려가서 얼른 열었다. 밖에는 로저스 부인이 쓰러져 있었다. 롬바드가 소리쳤다.

「마스턴!」

마스턴은 그를 돕기 위해 달려갔다. 사람들이 몰려온 가운데 두 남자가 로저스 부인을 들어서 응접실로 데리고 왔다. 암스트롱 의사도 얼른 달려와서 부인을 소파로 운반하는 것을 거들며 말했다.

「대단치는 않습니다. 단지 기절했을 뿐이오. 조금 있으면 깨어날 겁니다.」

롬바드가 로저스에게 말했다.

「브랜디를 좀 가져오지요.」

얼굴이 하얗게 질린 채 손을 떨고 있던 로저스가 겨우 대답을 하고는 방을 나갔다.

베라가 외쳤다.

「그건 누가 말한 것일까요? 어디에서 난 소리지요? 분명히 소리가 났는데 —— 분명히 ——.」

매카서 장군은 흥분해서 말했다.

「도대체 이것이 무슨 일이야! 이런 몹쓸 짓을 누가 하는 거지?」

그의 손은 떨리고 있었고, 어깨는 축 늘어져 있었다. 그 모습은 갑자기 10년은 더 늙어 보였다.

블로어는 손수건으로 얼굴을 닦았다. 단지 워그레이브 판사와 브렌트만이 비교적 담담했다. 에밀리 브렌트는 머리를 쳐들고 꼿꼿하게 앉아 있었다. 그녀의 양볼은 상기되어 있었다. 판사는 목을 조금 움츠린 채 평상시대로 앉아 있었다. 그는 태연하게 한 손으로 귀를 가볍게 긁었다. 단지 그의 눈만이 소동이 일어난 방안을 날카롭게 둘러볼 뿐이었다.

다시 행동을 시작한 것은 롬바드였다. 암스트롱이 쓰러진 부인을 간호하는 동안 롬바드는 소리의 정체를 알아내려고 했다. 문득 그가 말했다.

「분명히 방안에서 들린 것 같은데.」

베라가 외쳤다.

「누가 말한 것일까요? 도대체 그게 누구죠? 우리들 중에는 없었어요.」

롬바드도 판사처럼 천천히 방안을 살펴보았다. 그는 열려 있는 창문을 잠시 바라보다가, 그곳은 아니라고 생각하며 고개를 옆으로 흔들었다. 그때, 갑자기 그의 눈빛이 빛났다. 그리고는 옆방으로 통하는 벽난로 옆에 있는 문 쪽으로 재빨리 달려갔다.

그는 빠른 동작으로 그 문의 손잡이를 잡고 힘껏 열었다. 그리고는 그 방으로 달려들어가서는 소리쳤다.

「바로 이거다!」

다른 사람들도 뒤따라 들어갔다. 단지 브렌트만이 의자에 몸을 꼿꼿이 세우고 앉아 있었다.

그 방안에는 응접실과 접하고 있는 벽 가까이에 탁자가 하나 놓여 있었다. 탁자 위에는 전축이 놓여 있었다——큰 확성기가 붙어 있는 구식이었다. 확성기는 벽을 향해 놓여 있었다. 롬바드가 그것을 옆으로 밀어내자 작은 구멍 몇 개가 사람들의 눈에 띄지 않게 벽에 뚫려 있는 것이 보였다. 전축을 다시 제자리에 놓고 롬바드가 그 전축을 틀자, 곧 다시 그 소리가 들렸다.

「너희들은 모두 다음과 같은 죄를 저질렀다.」

그러자 베라가 날카롭게 외쳤다.

「그만 끄세요! 끄란 말이에요! 너무 무서워요!」

롬바드가 스위치를 껐다.

암스트롱 의사는 아까보다는 침착하게 말했다.

「정말 고약하고 터무니없는 장난이로군.」

워그레이브 판사가 작고 또렷하게 말했다.

「당신은 저것이 장난이라고 생각하시오?」

의사는 그를 똑바로 쳐다보며 말했다.

「그럼, 장난이 아니면 뭐란 말입니까?」

판사는 부드럽게 윗입술을 만지며 말했다.

「아직까지 나도 잘 모르겠소.」

이때 마스턴이 끼여들었다.

「우리는 한 가지 잊고 있는 사실이 있소. 도대체 전축을 튼 것은 누구일까요?」

워그레이브 판사가 중얼거리듯이 말했다.

「맞아요. 우리는 그것을 알아내야 합니다.」

그리고 나서 그가 응접실로 나오자 다른 사람들도 그의 뒤를 따라 나왔다.

로저스가 브랜디 잔을 가지고 왔다. 브렌트는 로저스 부인이 신음하며 누워 있는 것을 옆에서 지켜보고 있었다. 로저스는 그 곁으로 다가갔다.

「이제는 제가 돌보겠습니다. 에델! 에델! 이젠 괜찮아. 내 말이 들려요! 정신차려요.」

로저스 부인의 숨소리가 거칠어졌다. 그녀는 공포에 질린 모습으로 눈을 뜨고는 주위를 둘러보았다. 로저스의 목소리가 더욱 커졌다.

「정신차려요, 에델!」

암스트롱 의사가 그녀를 위로하듯이 말했다.

「이젠 괜찮습니다, 로저스 부인. 잠시 기절한 것뿐입니다.」

그녀는 놀라면서 말했다.

「제가 기절을 했었다고요.」

「예.」

「그 목소리는 정말 무서웠어요──심판의 소리 같았어요.」

그녀의 얼굴은 다시 창백해졌고 속눈썹은 떨렸다.

암스트롱 의사가 얼른 말했다.

「브랜디는 어디 있습니까?」

로저스는 브랜디를 작은 탁자 위에 놓아 두었었다. 누군가가 그것을 의사에게 주자, 의사는 그것을 들고 가쁜 숨을 몰아 쉬고 있는 부인 위로 몸을 숙였다.

「이것을 들지요, 로저스 부인.」

그녀는 몇 번 잔기침을 하면서 그것을 마셨다. 다 마시고 나자 그녀는 약간 정신이 드는 것 같았다. 그리고 안색도 좋아졌다. 그녀는 입을 열었다.

「이젠 좀 괜찮아요. 그 소리 때문에 기절했었던 모양이에요.」

로저스가 얼른 대답했다.

「물론이지. 나도 놀랐으니까. 쟁반을 떨어뜨릴 정도였소. 그것은 정말 새빨간 거짓말이야! 누가 그런 짓을 했는지 알고 싶어.」

그는 말을 끝까지 잇지 못했다. 헛기침 때문이었다──그 헛기침은 그의 말을 중단시키는 데 큰 효과가 있었다. 로저스는 워그레이브 판사를 쳐다보았다. 판사도 기침을 하고서 말했다.

「도대체 누가 그 전축을 틀었을까? 자넨가, 로저스?」

「하지만 저는 그 내용이 무엇인지 몰랐습니다. 하나님께 맹세코 정말로 몰랐습니다. 그 내용을 알았다면 틀지 않았을 겁니다.」

판사는 냉정하게 말했다.

「자네 말이 사실이라면 그것을 증명해 보게, 로저스.」

그는 손수건으로 얼굴을 닦으면서 진지하게 말했다.

「저는 단지 명령에 따랐을 뿐입니다. 정말입니다.」

「누구의 명령이었나?」

「오언 씨입니다.」

워그레이브 판사는 깜짝 놀라면서 말했다.

「좀더 분명하게 이야기해 보게. 오언 씨의 명령이란 게 정확하게 무엇이었나?」

로저스는 대답했다.

「서랍 안에 있는 레코드를 전축에 걸어 두라는 명령을 받았을 뿐입니다. 그리고 제가 커피 쟁반을 들고 응접실로 들어섰을 때, 제 아내가 그것을 튼 것 같습니다.」

판사는 중얼거렸다.

「좀 이상한 이야기로군.」

로저스는 다급하게 소리쳤다.

「정말입니다. 하나님께 맹세코 그것은 사실입니다. 저는 정말 그 내용을 몰랐습니다. 그 레코드에 붙어 있는 제목을 보고 저는 단지 음악이려니 생각했습니다.」

워그레이브 판사는 롬바드를 보고 물었다.

「레코드에 정말로 제목이 있었소?」

롬바드는 고개를 끄덕였다. 그리고는 흰 이를 드러내고 쓴웃음을 지으며 말했다.

「맞습니다. '백조의 노래'라고 쓰여 있습니다.」

3

매카서 장군이 갑자기 소리쳤다.

「이런 터무니없는 장난을 하다니! 이처럼 고약한 일이 어디 있담!

무슨 조치를 취해야 해. 오언이란 사람이 누구든지간에 ——.」

에밀리 브렌트가 끼여들었다. 그녀는 날카롭게 말했다.

「도대체 그는 어떤 사람이지요?」

판사도 한마디했다. 그는 오랜 법정 생활로 몸에 밴 권위를 풍기며 말했다.

「이것은 매우 신중히 처리해야 합니다. 로저스, 자네는 먼저 부인을 침대에 눕히고 오게.」

「예, 그러지요.」

암스트롱 의사가 말했다.

「내가 도와 주겠소.」

로저스 부인은 두 사람의 부축을 받으며 밖으로 나갔다. 그들이 나가자 토니 마스턴이 말했다.

「한잔 마시는 것이 어떻겠습니까?」

롬바드가 말했다.

「좋습니다.」

「그럼 내가 가져오겠소.」

토니가 말했다.

그는 나갔다가 잠시 뒤에 돌아왔다.

「밖에 미리 준비되어 있더군요.」

그는 가지고 온 것을 조심스럽게 내려놓았다. 그리고는 술을 따랐다. 매카서 장군과 판사는 독한 위스키를 마셨다. 모든 사람이 한 잔씩 했다. 단지 에밀리 브렌트만이 물을 한 잔 마셨다.

암스트롱 의사가 응접실로 들어왔다.

「그녀는 이제 괜찮소. 진정제를 먹였습니다. 뭡니까, 술이오? 나도 한잔하고 싶소.」

몇 사람이 잔을 다시 채웠다. 잠시 뒤에 로저스도 돌아왔다. 워그레이브가 이번 사건을 맡은 판사가 되고 방안은 법정이 된 것 같았다. 판사가 말했다.

「로저스, 우리는 이 사건에 관해 자세히 알아내야 하네. 먼저, 오언 씨는 어떤 사람인지 말해 주게.」

로저스가 대답했다.

「그분은 이 저택의 주인입니다.」

「나도 그것은 알고 있어. 내가 알고 싶은 것은 그 사람에 대해서일세.」

로저스는 머리를 양옆으로 흔들었다.

「저는 모릅니다. 아직까지 뵌 적도 없으니까요.」

방안에는 약간 소동이 일어났다. 매카서가 말했다.

「그를 본 적이 없다고? 그게 무슨 말인가?」

「저와 집사람은 여기에 온 지 일 주일도 안됩니다. 저희는 플리머스에 있는 레기나 에이전시라는 소개소를 통해서 편지를 받고 고용되었습니다.」

블로어가 머리를 끄덕였다.

「오래 된 소개소죠.」

워그레이브 판사가 말했다.

「지금 그 편지를 가지고 있나?」

「저희들을 고용하겠다는 편지 말인가요? 아니오, 버렸습니다.」

「자, 이야기를 계속해 보게. 자네는 편지로 고용이 되었다는 말이지?」

「예, 판사님. 그리고 우리 부부는 편지에서 지정해 준 날에 이곳에 왔습니다. 도착해 보니 모든 것이 정돈된 상태였어요. 많은 음식이 저장되어 있었고, 모든 것이 훌륭했습니다. 저희들은 그저 먼지만 털면 되었지요.」

「다음은?」

「달리 특별한 것은 없었습니다. 단지 명령을 받았을 뿐입니다. 물론 편지로 말이지요. 손님들을 위해 방을 정돈해 두라는 것이었습니다. 그리고 또 어제 오후에 오언 씨에게서 편지를 받았습니다. 그 편지에는, 주인께서 좀 늦게 오게 되었으니 손님들에게 친절하게 대하고, 식사와 커피를 잘 대접한 뒤에 그 레코드를 틀라고 했습니다.」

판사가 날카롭게 물었다.

「그 편지는 갖고 있겠지?」

「예, 판사님. 여기에 있습니다.」

그는 주머니에서 편지를 꺼냈다. 판사는 그것을 펼쳤다.

「흠, 리츠 호텔이라고 되어 있군. 타이프로 쳤어.」

판사 옆에 있던 블로어가 흠칫 놀라며 말했다.

「좀 보여 주시겠습니까?」

그는 이렇게 말하면서 거의 빼앗듯이 낚아채서 그 편지를 읽었다. 그리고는 중얼거리듯이 말했다.

「코로네이션 타이프라이터를 썼군요. 아주 새것인데요——실수도 없고. 종이는 사인지로군. 가장 많이 사용하는 종이지요. 이것으로는 아무 단서도 잡을 수가 없을 겁니다. 지문이 있을지도 모르지만, 아마 그런 건 남겼을 리가 없겠고…….」

워그레이브 판사는 주의 깊게 그를 바라보았다. 앤소니 마스턴도 어깨 너머로 그 편지를 들여다보며 말했다.

「좋은 세례명을 가지고 있군요. 율릭 노먼 오언이라——좀 발음하기가 까다롭군요.」

판사는 약간 상기되어 말했다.

「당신에게 고맙다는 말을 해야겠소, 마스턴 씨. 덕분에 좋은 생각이 떠올랐소.」

그는 다른 사람들을 둘러보고는 화난 거북처럼 목을 앞으로 내밀며 말했다.

「나는 우리가 알고 있는 것을 모두 말하는 것이 좋겠다고 생각하오. 이 저택의 주인에 관계되는 것이면 무엇이든지 좋소.」

그는 잠시 말을 멈추었다가 계속했다.

「우리들은 모두 손님들이오. 우리 모두가 각자 어떻게 해서 이곳에 오게 되었는지를 말한다면 크게 도움이 될 것이오.」

잠시 침묵이 흐르다가 마침내 에밀리 브렌트가 입을 열었다.

「나의 경우는 좀 이상했어요. 나는 매우 알아보기 힘든 서명을 한 편지를 받았어요. 그 편지는 2~3년 전에 여름 휴양지에서 만났던 어떤 부인에게서 온 것이었습니다. 나는 편지를 보낸 사람이 오멘 아니면 올리버라고 생각했어요. 왜냐하면, 그때 그 사람들하고 교제가 있었거든요. 하지만 오언이라고 하는 사람은 전혀 알지도 못해요.」

워그레이브 판사가 말했다.

「지금 그 편지를 가지고 있습니까, 브렌트 양?」

「예. 방에 가서 가져오지요.」

그녀는 나갔다가 잠시 뒤에 편지를 가지고 돌아왔다. 판사는 그것을 읽어 보고는 말했다.

「좀 알 것도 같군요……. 클레이슨 양은?」

베라 클레이슨은 자기가 비서로 고용된 것에 관해 자세히 설명했다. 판사는 다시 말했다.

「마스턴 씨는?」

「나는 전보를 받았습니다. 오래 된 친구에게서 말입니다. 이름은 배저 버클리죠. 전보를 받고서 나는 깜짝 놀랐습니다. 그 친구가 노르웨이에 간 줄로 알았거든요. 그가 나를 이리로 보냈습니다.」

워그레이브는 고개를 끄덕이면서 말했다.

「암스트롱 의사는?」

「나는 직업상의 일로 여기에 오게 되었소.」

「알겠소. 당신은 오언 씨 가족과 친분이 있습니까?」

「아니오. 편지에는 내 친구의 이름이 적혀 있었습니다.」

판사가 물었다.

「사실을 증명하기 위해서……그래, 친구라——혹시 한동안 소식이 없던 친구가 아닌가요?」

「예, 그렇습니다.」

블로어를 바라보고 있던 롬바드가 갑자기 말했다.

「잠깐만, 짐작이 가는 게 있소——.」

판사는 한 손을 들었다.

「잠깐 기다리시오——.」

「하지만 내게——.」

「차근차근 진행해야 합니다. 지금은 우리가 어떻게 해서 이곳에 오게 되었는지에 관해서 알아보는 중이오. 매카서 장군은?」

그는 수염을 매만지면서 말했다.

「나도 오언이란 사람으로부터 편지를 받았소——나의 옛 친구가 이곳에 와 있다고 했소——그리고 갑작스런 초대에 죄송하다고 했소. 편지는 유감스럽게도 갖고 있지 않소.」

「롬바드 씨는?」

롬바드는 생각했다. 사실대로 말해야 하나? 그는 뭔가 결심을 하고 말했다.

「나도 여러분들과 같습니다. 편지로의 초대, 친구에 대한 언급——편지는 찢어 버렸습니다.」

워그레이브 판사는 블로어에게 시선을 돌렸다. 판사는 손가락으로 윗입술을 만지면서 매우 점잖게 말했다.

「조금 전에 우리 모두는 이상한 일을 당했소. 이상한 목소리가 우리의 이름과 죄목을 말했소. 이제는 이것에 대해서 이야기해 봅시다. 하지만 궁금한 것이 하나 있소. 레코드에서 나온 이름 중에는 윌리엄 헨리 블로어가 있었소. 하지만 우리가 알기에는 우리 중에 그런 이름을 가진 사람은 없소. 그러나 데이비스라는 이름은 나오지 않았는데. 당신은 그것에 대해서 어떻게 생각합니까, 데이비스 씨?」

그는 얼굴을 찌푸리면서 말했다.

「결국 발각되고 말았군요. 사실은 내 이름은 데이비스가 아닙니다.」

「그럼 당신이 윌리엄 헨리 블로어인가요?」

「그렇습니다.」

「나도 한 가지 말할 것이 있소.」

롬바드가 말했다.

「블로어 씨, 당신은 이름을 속인 것뿐만 아니라 거짓말도 했소. 당신은 남아프리카의 나탈에서 왔다고 했는데, 나는 그곳에 대해 잘 알고 있소. 당신은 생전에 남아프리카에는 가 보지도 못한 것 같은데.」

모든 시선이 블로어를 향했다. 그를 의심하는 눈초리였다. 마스턴이 블로어 옆으로 다가섰다. 그는 주먹을 움켜쥐었다.

「비열한 놈! 그래도 할 말이 있나?」

블로어는 머리를 뒤로 젖히고 네모진 턱을 내밀면서 말했다.

「여러분은 나를 잘못 생각하고 있소. 나는 신분증을 가지고 있고, 당신들에게 보여 줄 수도 있소. 나는 런던 경시청 수사과에 근무했던 경찰이오. 지금은 플리머스에 사립 탐정 사무실을 갖고 있소. 그리고 나는 직무상 이곳에 왔소.」

워그레이브 판사가 물었다.

「누구에게 고용되었소?」

「오언이라는 사람입니다. 그는 편지에 많은 돈을 동봉하고 자신의 명령에만 따르면 된다고 했소. 그리고 손님처럼 가장해서 당신들을 감시하라고 했소.」

「이유가 뭐죠?」

블로어는 쓸쓸하게 말했다.

「오언 부인의 보석 때문이라고 했소. 하지만 이곳에 와 보니 그런 사람은 없더군요.」

판사는 입술을 만지면서 부드럽게 말했다.

「당신 말은 사실이라고 생각하오.」

그리고는 다시 덧붙였다.

「율릭 노먼 오언이라! 브렌트 양에게 온 편지에는 비록 서명은 알아보기 힘들지만 세례명은 명백했소——유나 낸시——두 이름의 머리글자가 같습니다. 율릭 노먼 오언(Ulick Norman Owen)——유나 낸시 오언(Una Nancy Owen)——둘 다 모두 U.N.Owen이오. 이것을 붙여 보면 UNKNOWN(정체 불명의 인물)이오!」

베라가 외쳤다.

「하지만 그것은 지나친 생각이에요——미친 짓이에요!」

판사는 가볍게 고개를 끄덕이면서 말했다.

「맞소. 우리는 어떤 미치광이에 의해 이곳에 초대된 것이오—— 어쩌면 그는 끔찍한 살인광일지도 모르오.」

제 *4* 장

　한동안 침묵이 흘렀다──불안과 공포의 침묵이었다. 그때, 판사의 작고 뚜렷한 목소리가 그 침묵을 깨뜨렸다.

　「우리는 이제 다음 사항을 조사해야 합니다. 그러기 전에 먼저 내가 이곳에 온 경위를 말하겠소.」

　그는 주머니에서 편지를 한 통 꺼내어 탁자 위에 놓았다.

　「이 편지는 나의 옛 친구인 콘스탄스 컬밍턴 양에게서 온 것으로 되어 있소. 나는 그녀를 몇 년 동안 보지 못했소. 그녀가 극동으로 갔기 때문이오. 그러나 자기와 함께 있는 주인 부부에 대해서는 별로 언급하지 않고 나를 자기가 있는 곳으로 빨리 오라고 한 편지를 보냈소. 이건 그녀다운 데가 있소. 여러분도 이와 똑같은 수법의 편지를 받았소. 여러분이 당한 수법과 같기 때문에 공개한 것이오──우리는 이 모든 것으로부터 하나의 특징을 알 수가 있소. 우리를 이곳으로 끌어들인 사람이 누구이든간에, 그 사람은 우리 모두에 관해 잘 알고 있는 것이 틀림없소. 그리고 그 사람은 내가 콘스탄스 양과 친하다는 것도 알고 있소——또한 그녀의 편지 문체까지도 알고 있소. 그리고 암스트롱 의사의 동료들과 그들의 동향에 대해서도 알고 있는 것 같소. 그 사람은 또한 마스턴 씨 친구의 별명과, 그 친구가 자주 보내는 전보의 종류까지도 알고 있소. 그리고 브렌트 양이 2년 전 휴가 때 어디에 있었는지도 알고 있고, 그 휴양지에서 누구를 만났는지도 알고 있소. 또한, 그 사람은 매카서 장군의 옛 친구에 관해서도 모든 것을 알고 있소.」

판사는 잠시 중단했다가 다시 입을 열었다.

「그 사람은 우리에 대해 많은 것을 알고 있는 것이 분명하오. 그리고 그 지식을 바탕으로 지금 우리에게 온갖 죄를 뒤집어씌우고 있는 거요.」

사람들이 웅성거리기 시작했다. 매카서 장군이 참다못해 큰 소리로 외쳤다.

「그건 터무니없는 말이야! 모략이라고!」

베라도 소리쳤다.

「흉악한 짓이에요!」

그녀의 숨소리가 거칠어졌다.

「비열해요!」

로저스도 거칠게 소리쳤다.

「거짓말입니다——비열한 거짓말이에요……! 우리 부부는 그런 짓을 한 적이 없어요——우리는 절대로…….」

앤소니 마스턴이 신음하듯이 말했다.

「무엇 때문에 그런 짓을 했는지 모르겠군요.」

워그레이브 판사는 손을 들어서 조용히 하라고 했다. 그는 신중하게 말했다.

「내가 말하고 싶은 것이 있소. 그 알 수 없는 목소리는 내가 에드워드 세튼이라는 사람을 죽였다고 했소. 사실 나는 세튼이라는 사람을 잘 알고 있소. 그는 1930년 6월에 내 앞에서 재판을 받았소. 어떤 나이 많은 부인을 죽였다는 죄로 기소되었지요. 그러나 그의 변호사가 능숙하게 변호해서 배심원들에게 좋은 인상을 주었소. 하지만 모든 증거로 보아 그는 확실히 죄가 있었소. 따라서 나는 그렇게 결론을 내렸고, 배심원들도 유죄 판결을 내렸소. 사형 선고가 내려졌고, 나도 그 판결에 동의했지요. 판결이 잘못되었다고 항의를 했으나 기각되고, 결국 그 사람은 판결에 따라 처형되었소. 나는 여러분들 앞에서 나의 양심은 그 문제에 관해서 아주 깨끗하다는 것을 말하고 싶소. 나는 나의 의무를 다했을 뿐이었소. 나는 살인자에게 올바른 판결을 내렸을 뿐이오.」

암스트롱은 기억하고 있었다. 세튼 사건! 그 판결은 매우 뜻밖이었다. 그는 그 재판이 진행중이던 때에 어떤 식당에서 세튼 담당 변호사인 매튜스 씨를 만났었다. 그때 매튜스 씨는 확신하고 있었다.

「보나마나 그는 무죄일세.」

그 뒤에 암스트롱은 여러 가지 소문을 들었다.

'판사는 그에게 감정을 가지고 있었던 것이 틀림없어. 배심원들을 유도해서 그에게 유죄를 선언한 거야. 하지만 판사는 빈틈이 없는 사람이니까 법률적으로는 잘못된 것이 없었지. 그것은 판사가 개인적으로 그에게 감정을 품고 있었던 것이 분명해.'

이런 기억이 암스트롱의 머릿속을 스치고 지나갔다. 그는 자기 질문에 담긴 뜻을 생각도 해 보지 않고 충동적으로 물었다.

「당신은 그 사건을 맡기 전에 세튼이라는 사람이 어떤 자인지, 알고 있었나요?」

판사의 파충류 같은 눈이 그의 시선과 마주쳤다. 또렷하고 냉정한 목소리로 판사가 말했다.

「사건 전에는 몰랐소.」

암스트롱은 마음속으로 생각했다.

'거짓말이야——나는 그가 거짓말을 하고 있다는 것을 알고 있어.'

2

베라 클레이슨도 떨리는 목소리로 말했다.

「저도 여러분에게 이야기하고 싶어요. 그 아이에 관해서——이름은 시릴 해밀턴이었어요. 저는 그 아이의 가정교사였어요. 저는 그 아이에게 멀리 헤엄쳐 가지 말라고 언제나 주의를 주었지요. 그러나 제가 잠깐 한눈을 파는 사이에 그 애가 멀리까지 헤엄쳐 간 거예요. 저는 당황해서 그 애의 뒤를 따라갔어요——하지만 그 애를 도저히 따라잡을 수가 없었어요……정말 끔찍한 일이었지요……하지만 그건 저의 잘못이 아니에요. 조사가 끝났을 때 검시관도 저한테는 죄가 없다고 말했다고요. 그리고 그 아이의 어머니도——그녀도 매우 친절했어요. 그녀까지도 저에게는 죄가 없다고 했는데, 왜——왜 그 사실을 들추어냈을까요? 그것은 거짓말이에요——거짓말이란 말이에요……!」

그녀는 말을 잇지 못하고 흐느껴 울었다.

매카서 장군이 그녀의 어깨를 두드려 주면서 말했다.

「울지 말아요. 물론 그것은 사실이 아니오. 아가씨! 그는 미치광이요! 터무니없는 짓을 하고 있는 거요.」

그는 어깨를 펴고 일어섰다. 그리고는 소리쳤다.

「이런 이상한 곳에서는 떠나는 것이 상책이오. 그리고 나도 한마디

해야겠소——그 목소리가 말한 것은 모두 사실이 아니오. 내가 아서 리치몬드에 관해서 말하리다. 그는 내 부하였소. 나는 그를 정찰하라고 보냈소. 그런데 그가 전사하고 말았소. 그건 전시에는 흔히 있는 일이오. 그리고 나의 아내에 대한 누명에 관해서 말하겠소. 그녀는 세상에서 훌륭한 여인이오. 정말로 장군의 아내로서 가장 손색이 없는 여자였소!」

매카서 장군이 말을 마치고 앉았다. 그는 떨리는 손으로 수염을 만졌다. 그 사실을 말하는 것이 그에겐 매우 힘들어 보였다.

롬바드가 입을 열었다. 그의 눈은 웃고 있었다.

「그 원주민들에 관해서인데——.」

마스턴이 끼여들었다.

「무슨 일이었소?」

롬바드가 웃으며 말했다.

「그 소리는 사실이오. 나는 그들을 버리고 도망쳤지요! 하지만 그것은 자기 보호에 관한 문제요. 우리는 숲속에서 길을 잃었소. 나와 내 동료들은 식량을 가지고 도망쳤소.」

매카서 장군이 고함을 질렀다.

「그럼, 원주민들을 버리고 도망쳤단 말이오?——굶어 죽게 내버려두고?」

롬바드가 말했다.

「물론 잘한 행동은 아닙니다. 하지만 자기를 지키는 것이 더 중요한 일이 아니겠습니까? 그리고 원주민들은 죽음을 두려워하지 않아요. 우리하고는 다르지요.」

베라가 얼굴을 손으로 가리며 말했다.

「당신이 정말 그들을 버렸단 말이에요? 죽게 내버려두고?」

롬바드는 대답했다.

「그렇소.」

그의 미소 띤 음침한 눈이 공포에 질린 그녀의 눈을 똑바로 바라보고 있었다.

앤소니 마스턴은 느리고 당혹한 투로 말했다.

「나도 존과 루시 컴베스에 관해 생각을 더듬어 보았소. 그리고 보니까 그들은 내가 케임브리지 근처에서 차로 치어 죽인 아이들이었소. 정말 운이 나빴었지요.」

워그레이브 판사가 냉정하게 말했다.

「그들 말이오, 아니면 당신 말이오?」

앤소니는 말했다.

「물론 판사님 말대로 그들도 불운했지요. 하지만 그것은 단순한 사고였습니다. 그들은 갑자기 뛰어들었으니까요.

앤소니는 잠시 말을 멈추었다. 그리고는 주위를 한번 둘러보더니 내뱉 듯이 말했다.

그 때문에 내 면허는 1년 동안이나 취소되었습니다. 정말 재수가 없었어요.

암스트롱 의사는 흥분해서 말했다.

「속도를 너무 내는 것은 좋지 않습니다——매우 무모한 짓이오! 당신 같은 젊은이들 때문에 이 사회가 위험하단 말이오!」

앤소니는 어깨를 으쓱했다.

「요즈음은 속도를 내는 것이 정상입니다. 하지만 영국의 도로에서는 그것이 불가능하지요. 그런 도로에서는 웬만한 속도도 낼 수 없단 말입니다!」

그는 자기 잔을 무심히 바라보다가 옆 탁자에 가서 위스키와 소다수를 따라 마셨다. 그리고는 말했다.

「어쨌든 그것은 내 책임이 아니오. 단순한 사고였소!」

3

　로저스는 입술을 적시면서 손을 비비고는 낮고 공포에 질린 목소리로 말했다.

「저도 이야기를 하겠습니다.」

「말해 보지요, 로저스.」

　롬바드가 말했다.

　로저스는 목청을 가다듬고 말하기 시작했다.

「그 목소리에는 저와 집사람에 관한 것도 있었습니다. 그것은 브래디 부인에 관한 이야기였지요. 하지만 그것은 사실이 아닙니다. 집사람과 저는 브래디 부인이 돌아가실 때까지 함께 있었습니다. 우리가 처음 부인을 만났을 때부터 그분은 건강이 나쁜 상태였습니다. 그날 밤은 폭풍우가 심했지요——부인은 병이 몹시 악화되어 침대에서 꼼짝도 못하고 있었습니다. 전화는 고장났고요. 그래서 전화로 의사를 부를 수 없었습니다. 저는 의사를 부르러 뛰어갔지요. 그러나 의사가 왔을 때는 이미 늦었습니다. 저와 집사람은 할 수 있는 조치는 모두 취했습니다. 우리는 부인에게 헌신적으로 일해 주었습니다. 다른 사람들도 모두 그 사실을 인정했습니다. 우리를 욕한 사람은 아무도 없었습니다. 아무도.」

　롬바드는 로저스의 뒤틀린 얼굴을 쳐다보았다. 그리고 그의 마른 입술과 눈 속에서 공포를 읽을 수 있었다. 그는 로저스가 커피 쟁반을 떨어뜨렸을 때를 기억해 보았다. 그러나 그는 그것을 입밖에 내지는 않았다.

「흠, 그랬었군요.」

블로어는 추궁하듯이 말했다.

「그 부인의 죽음으로 인해서 얻은 것은 없습니까?」

로저스는 자세를 고치면서 말했다.

「브래디 부인은 우리의 정성스런 봉사의 대가로 유산을 조금 남겨 주었습니다. 그것이 잘못된 일입니까?」

롬바드가 말했다.

「당신 이야기를 해 보시오, 블로어 씨.」

「나에 관해서요? 무슨 이야기?」

「당신의 이름도 그 목소리에 포함되어 있었소.」

블로어는 얼굴을 붉혔다.

「아, 내가 죽였다는 랜더 말이오? 그 녀석은 은행 강도였소——런던 상업 은행 말이오.」

워그레이브 판사는 약간 놀라며 말했다.

「나도 기억하고 있소. 내가 처리한 사건은 아니지만, 기억하고 있소. 랜더는 당신의 증언 때문에 유죄 판결을 받았지. 당신이 그때 사건을 맡았었군?」

블로어가 말했다.

「그렇습니다.」

「랜더는 그 당시에 무기 징역을 언도받고 1년 뒤에 다트무어 형무소에서 죽었지. 그는 몸이 약한 사람이었어.」

블로어가 판사의 말에 끼여들었다.

「하지만 그는 악한이었소. 야경꾼에게 폭력을 휘두르기도 했소. 그 사건의 판정은 공정한 것이었단 말입니다.」

워그레이브는 천천히 말했다.

「그때 당신은 표창을 받았다고 생각되는데.」

블로어는 불쾌한 듯이 말했다.

「물론 승진도 했지요.」

그리고는 덧붙였다.

「나는 내 의무를 다한 것뿐입니다.」

롬바드가 웃었다──갑작스런 웃음이었다. 그는 말했다.

「모두 자기 임무에 충실하고 법을 잘 지키는 사람들만 모여 있군! 나만 제외하고는. 당신은 어떻소, 의사 선생?──직업상의 실수를 저질렀소? 아니면, 불법적인 수술을 했나요?」

에밀리 브렌트가 혐오스럽게 그를 쳐다보고는 그의 곁에서 조금 떨어졌다.

암스트롱 의사는 감정을 억제하며 태연하게 머리를 양옆으로 흔들었다.

「나는 그 목소리를 듣고 어리둥절했소. 거기에서 나온 이름은 전혀 모르는 사람이오. 뭐라고 했지?──클리스? 클로스? 그런 이름을 가진 환자는 정말이지 기억에도 없소. 더구나 그녀의 죽음에 대해서는 더욱 아는 게 없소. 나로서는 모르는 일이오. 물론, 오래 된 일이니까 내가 수술한 환자였는지도 모르겠소. 가끔 수술할 시기가 넘어선 환자도 오곤 하지요. 그런데 그런 경우 환자가 죽어도 사람들은 의사의 책임이라고들 합니다.」

그는 한숨을 길게 내쉬고는 머리를 흔들었다.

그는 마음속으로 생각했다.

'그때는 술에 취해 있었어──술……그런데도 수술을 한 거야! 정신을 집중할 수가 없었어──손이 떨렸지. 맞아, 내가 그녀를 죽인 거야. 제기랄──나이 든 여자였어──맨정신이었다면 아주 간단한 수술이었을 텐데 말이야. 하지만 직업상의 실수로 감춰 버릴 수 있었던 것은 천만다행이었어. 물론 간호사는 알고 있었지──그러나 그녀는 입을 다물었어──그것은 나에게 충격이었지. 나를 괴롭

혀 왔어. 그러나 지금 누가 그 사실을 알겠어?──이렇게 오랜 세월
이 지났는데.'

4

방에는 침묵이 흘렀다. 모든 사람들은 에밀리 브렌트를 바라보고
있었다.

시간이 조금 지난 뒤에야 그녀는 자기에게 시선이 쏠리고 있다는
것을 깨달았다. 그녀의 눈썹이 좁은 이마 위로 조금 올라갔다. 그리고
는 말했다.

「여러분은 내가 말하기를 기다리나요? 나는 아무것도 말할 게 없
어요.」

판사가 말했다.

「아무것도 없다고요?」

「그래요.」

그녀의 입술이 꼭 다물어졌다.

판사는 얼굴을 문지르면서 부드럽게 말했다.

「숨기겠다는 말인가요?」

브렌트는 쌀쌀하게 말했다.

「나에게는 숨길 것조차 없어요. 나는 항상 양심에 따라 행동을 해
왔으니까 수치스러운 일은 하나도 한 것이 없어요.」

방안에는 불만의 빛이 감돌았다. 그러나 에밀리 브렌트는 그런 것
에는 동요하지 않았다. 그녀는 한마디도 하지 않고 앉아 있었다.

판사는 한두 번 목청을 가다듬고 말했다.

「그럼, 이것으로 이 조사는 끝냅시다. 로저스, 이 섬에 우리 말고

다른 사람이 있나?」

「아무도 없습니다.」

「확실한가?」

「예, 틀림없습니다.」

워그레이브는 말했다.

「나는 아직도 이 섬의 주인이 왜 우리를 이곳으로 끌어들였는지 잘 모르겠소. 그러나 그가 누구인지는 몰라도 제정신을 가진 사람은 아닌 것 같소. 그는 위험한 인물일지도 모르오. 어쨌든 우리는 가능한 대로 빨리 이곳을 떠나는 것이 좋을 것 같소. 오늘밤에라도 당장 떠납시다.」

로저스가 말했다.

「유감스럽게도 이 섬에는 배가 없습니다.」

「배가 없다고!」

「예, 그렇습니다.」

「그럼 육지로 연락할 때는 어떻게 하지?」

「프레드 내러코트가 매일 아침마다 옵니다. 빵과 우유, 그리고 편지를 가지고 와서 제 말을 듣고 갑니다.」

워그레이브 판사가 말했다.

「그럼, 내러코트의 배가 내일 아침 도착하는 대로 떠나기로 합시다.」

사람들은 모두 찬성했다. 그러나 반대의 목소리가 하나 있었다. 그것은 앤소니 마스턴이었다.

「그렇게 되면 너무 재미가 없지 않습니까? 우리가 떠나기 전에 그 수수께끼를 풀어 보는 게 어떻겠습니까? 추리소설처럼 재미있지 않겠습니까?」

마스턴은 미소를 띠며 말했다.

「법의 테두리 안에서 생활한다는 것은 따분해요! 난 범죄를 찬양합니다! 여기가 바로 그런 곳이란 말입니다!」

그는 술잔을 들고 단숨에 마셔 버렸다. 그런데 너무 빨리 마셔서 목에 걸린 모양이었다. 그는 몹시 괴로워했다. 그의 얼굴이 보랏빛으로 변했다. 그는 괴롭게 숨을 헐떡였다——그리고 손에서 잔을 놓치더니 의자 밑으로 쓰러졌다.

제5장

그것은 정말 갑작스럽고 예기치 못한 일이었다. 그들은 멍하니 바닥에 쓰러져 있는 그를 바라보고만 있었다. 그 때 암스트롱 의사가 그의 곁으로 뛰어가서 무릎을 굽히고 앉았다. 의사가 머리를 들었을 때, 그의 눈은 공포에 질려 있었다. 순간, 그가 낮고도 겁에 질린 목소리로 말했다.

「이럴 수가! 죽었어요!」

다른 사람들은 그것을 믿을 수가 없었다. 죽다니? 죽었다고? 건강에 넘치고 혈기 왕성한 북유럽의 전설에 나오는 영웅 같던 그 사람이 죽다니──한동안 응접실은 충격에 휩싸였다. 건강하던 젊은 사람이 그렇게 죽다니, 단지 위스키와 소다수가 목에 걸려서……아니야, 그럴 리가 없어.

암스트롱 의사는 죽은 사람의 얼굴을 자세히 들여다보았다. 그리고 그의 뒤틀린 푸른 입술을 냄새맡았다. 그리고는 마스턴이 마시던 술잔을 집어 들었다.

매카서 장군이 말했다.

「정말 죽었소? 단지 술이 목에 걸려서 말이오?」

의사가 대답했다.

「아마 질식해서 죽었을지도 모릅니다.」

그는 술잔을 냄새맡았다. 그리고는 손가락으로 남아 있는 액체를 살짝 묻혀서 조심스럽게 자기 혀 끝에 대어 보았다. 그의 표정이 싹 달라졌다.

매카서 장군이 다시 말했다.

「나는 이렇게 죽은 사람은 본 적이 없어——단지 술이 목에 걸린 것뿐인데!」

에밀리 브렌트는 또렷한 목소리로 말했다.

「인생 속에서 우리는 언제나 죽음과 함께 있어요.」

암스트롱 의사가 일어서면서 심각하게 말했다.

「아니오. 이 사람은 단순히 목이 막혀 죽은 것이 아닙니다. 자연사가 아니란 말이오.」

베라는 거의 공포에 질린 듯이 말했다.

「그럼, 위스키 안에?」

암스트롱은 고개를 끄덕였다.

「맞아요. 정확히는 알 수 없지만 청산가리인 것 같소. 즉시 효과가 나타나는 독약이죠.」

판사가 날카롭게 말했다.

「그것이 잔 안에 있었소?」

「그렇습니다.」

의사는 술병이 있는 탁자로 가서는 위스키병 마개를 열어 냄새를 맡고 맛을 보았다. 그리고는 소다수를 맛보았다. 그는 머리를 양옆으로 흔들었다.

「어느쪽도 이상이 없어요.」

롬바드가 말했다.

「그러면 그가 자기 술잔에 독약을 넣었단 말입니까?」

암스트롱은 약간 미심쩍은 표정으로 고개를 끄덕이고는 말했다.

「그런 것 같소.」

블로어가 말했다.

「그럼, 자살? 그거 정말 이상한 일인데.」

베라가 천천히 입을 열었다.

「그가 자살을 하다니, 이해가 안 가는군요. 그토록 활기에 찬 사람이었는데. 그리고 인생을 즐기는 사람처럼 보였는데! 오늘 오후에 그가 언덕 아래로 차를 몰고 내려왔을 때는 마치 ──오, 이해할 수 없어요!」

그들은 그녀가 말한 의미를 알고 있었다. 앤소니 마스턴──젊고 혈기 왕성하던 그는 불사신처럼 보였다. 그런 그가 지금은 바닥에 쓰러져 있는 것이다.

암스트롱 의사가 말했다.

「그럼, 자살 말고 다른 것을 생각할 수 있습니까?」

모든 사람들이 천천히 고개를 양옆으로 흔들었다. 다른 것은 생각할 수 없을 것 같았다. 술병에는 이상한 점이 없었다. 그들은 모두 마스턴이 직접 가서 그 술병의 술을 따라 마시는 것을 보았다. 그러므로 술에 들어 있던 독은 마스턴 자신이 직접 넣었다고 할 수밖에는 없다. 그렇다면 그는 왜 자살을 했을까?

블로어는 골똘히 생각하다가 말했다.

「이해할 수가 없소. 마스턴은 우리가 알다시피 자살할 사람이 아니오.」

암스트롱도 맞장구쳤다.

「나도 동감이오.」

2

그들은 거기에서 말을 멈추었다. 달리 생각할 것이 없었다. 암스트롱과 롬바드는 마스턴의 시체를 그의 방으로 옮겨서 침대에 눕히고는 시트로 덮어두었다. 그들이 다시 아래층으로 돌아왔을 때 다른 사람들은 밤 날씨가 춥지도 않았는데 떨면서 서 있었다. 에밀리 브렌트가 말했다.

「이제, 그만 자는 것이 좋겠어요. 밤이 너무 늦었어요.」

벌써 12시가 지났다. 그것은 현명한 말이었다──그러나 모든 사람이 주저했다. 그들은 서로 함께 있고 싶어했다.

판사가 말했다.

「그렇게 합시다. 그만 자는 것이 좋겠소.」

로저스가 말했다.

「아직 식당을 청소하지 못했습니다.」

롬바드가 퉁명스럽게 말했다.

「아침에 하지요.」

암스트롱이 로저스에게 말했다.

「당신 부인은 어떻소?」

「가 보고 오겠습니다.」

그는 잠시 뒤에 돌아왔다.

「편하게 자고 있습니다.」

「좋아요. 그녀의 잠을 방해하지 맙시다.」

「저는 식당을 정리하고 자겠습니다.」

그는 식당으로 갔다.

다른 사람들은 모두 내키지 않는 듯이 천천히 위층으로 올라갔다.

만일, 이 집이 삐걱거리는 판자와 어두운 그림자가 드리워진 낡은 집이었다면 음산한 기분이 드는 것은 당연했으리라. 하지만 이 집은 현대식 건물이었다. 어두운 구석이라고는 조금도 없었다——흔들거리는 창문도 없었다——전등은 대낮처럼 밝았다——모든 것이 새 것이었고, 또 밝고 빛나는 것들이었다. 이 집에는 은폐된 곳도 감추어진 곳도 없었다. 그런데도 웬지 음산했다. 그것이 더 한층 두려움을 느끼게 해주었다.

그들은 위층에서 가볍게 인사를 나누고 각자의 방으로 들어갔다. 그리고는 모두 무의식적으로 방문을 단단히 잠갔다.

3

아늑하고 부드러운 조명이 비치는 방에서 워그레이브 판사는 옷을 벗고 침대에 누울 준비를 했다. 그는 에드워드 세튼에 대해서 생각해 보았다. 그는 세튼을 잘 기억하고 있었다. 그의 모습이 생생하게 떠올랐다. 금발 머리와 푸른 눈, 정직하고 부드러운 표정으로 상대방을 바라보는 태도. 그런 것이 배심원들에게 좋은 인상을 주었다.

검사였던 르웰린은 무척 서툴렀다. 너무나도 흥분되어 있던 그는 필요 이상으로 죄를 강조했다. 반면에, 변호사였던 매튜스는 매우 능숙하게 변호했다. 그는 필요한 요점만 강조했다. 반대 심문도 훌륭했고, 증인석의 증인들도 유리하게 이끌어 나갔다.

그리고 세튼도 반대 심문을 잘 해냈고, 흥분하거나 당황하지 않았다. 배심원들은 그에게 좋은 인상을 받았다. 매튜스 변호사도 승리를 장담하고 있는 것 같았다.

판사는 조심스럽게 시계의 태엽을 감고는 침대 옆에 놓았다. 그는 그 당시의 자신의 태도를 기억해 보았다——귀를 기울인 채 메모를 하면서 피고의 죄를 증명하는 증거들을 음미하고 있었다. 그는 그 사건을 즐기고 있었던 것이다! 변호사의 마지막 말은 훌륭했었다. 뒤이어서 한 검사의 말은 피고에 대한 좋은 인상을 없앨 수 없었다. 그러나 결국엔 그의 판결이…….

워그레이브 판사는 조심스럽게 틀니를 빼내어 물컵 안에 집어넣었다. 주름진 입술이 오므라들었다. 그러자 잔인한 입이 되었다. 음흉하고 약탈스러운 입. 판사는 눈가에 주름을 잡으며 웃었다. 그는 세튼을 멋지게 요리한 것이다!

그는 무슨 말인지 중얼거리면서 침대로 들어갔다. 그리고는 전등을 껐다.

4

아래층의 식당에서는 로저스가 겁에 질린 채 서 있었다. 그는 식탁에 놓여 있는 인디언 인형을 바라보았다. 그리고 마음속으로 중얼거렸다.

'한 개가 없어졌어! 분명히 열 개가 있었는데!'

5

매카서 장군은 침대 위에서 뒤척거리고 있었다. 아무리 해도 잠이

오지 않았다. 그는 어둠 속에서 아서 리치몬드의 얼굴을 기억해 냈다. 그는 리치몬드를 좋아했다——무척 좋아했다. 또한 아내 레슬리가 그를 좋아하는 것을 보고는 기뻐했었다.

레슬리는 변덕이 심한 여자였다. 주위에 좋은 친구들이 많았는데도 그녀는 언제나 그들을 지루한 사람들이라고 했다.

「싱거운 사람들이에요.」

그러나 그녀는 아서 리치몬드에게만은 그런 말을 하지 않았다. 그들은 처음부터 잘 어울렸다. 그들은 함께 연극, 음악, 그림에 대해서 곧잘 이야기했다. 또한, 그녀는 가끔씩 리치몬드를 놀려대기도 했다. 매카서는 그런 모습을 보고 레슬리가 리치몬드에게 어머니처럼 대해 준다고 생각하고 흐뭇해 했었다.

참으로 어머니처럼! 하지만 리치몬드는 28살이고 레슬리는 29살이란 것을 의식하지 못한 것이 어리석었다. 매카서는 정말로 부인을 사랑했다. 그는 지금도 아내의 모습을 기억할 수 있었다. 둥그스름한 얼굴, 정열적인 진한 회색 눈, 그리고 아름다운 갈색 머리. 장군은 그녀를 절대적으로 믿었었다.

프랑스 전선에 있을 때에도 그는 가슴에 달린 주머니에서 그녀의 사진을 꺼내 보며 그녀를 생각하곤 했었다. 그러던 어느 날——그는 알게 되었다!

그것은 소설 속에서나 나올 만한 사건이었다. 봉투에 잘못 넣은 편지. 그녀는 그와 리치몬드에게 편지를 써 놓고는, 리치몬드에게 보낼 편지를 그에게 부칠 봉투에다 넣었던 것이다. 지금까지도 그에게는 그 충격이 남아 있었다——그 고통……마음의 상처!

그들의 관계가 오래 되었다는 것을 알 수 있었다. 그 편지가 모든 것을 말해 주었다. 주말! 리치몬드가 마지막 떠나던 날……레슬리 ——레슬리와 아서!

음흉한 놈! 그 웃음 띤 얼굴, 그 쾌활한 음성으로 '예, 장군님.' 하고 말했었지. 거짓말쟁이에다가 위선자! 남의 아내를 빼앗은 비열하기 짝이 없는 놈!

차갑고 격렬한 분노가 치밀었다. 그는 보통 때처럼 그를 대했다. 그녀석은 정말 눈치채지 못했을까? 그는 그렇게 생각했다. 리치몬드는 조금도 이상하게 여기지 않았다. 인간의 신경이 극도로 긴장한 가운데서는 성격의 차이가 쉽게 드러나게 된다. 다만 젊은 아미티지만이 그를 가끔씩 이상하게 보았을 뿐이다. 그는 아직 젊었지만 지각이 뛰어난 사람이었다. 아미티지는 아마 알고 있었을 것이다——복수의 순간이 온 것을.

그는 리치몬드를 살아서는 돌아오지 못할 곳으로 보냈다. 기적이 일어나지 않는 한 도저히 살아서는 돌아올 수 없는 곳이었다. 기적은 일어나지 않았다.

그는 리치몬드를 그곳에 보내고도 전혀 양심의 가책을 받지 않았다. 그런 일은 손쉽게 할 수 있었다. 그때는 장교들을 그런 위험한 곳으로 보내는 경우가 많았었다. 그 당시는 무척 혼란스런 때였기 때문이다. 사람들은 나중에 말할 것이다.

「매카서 장군도 머리가 노쇠해졌나 보군. 그것은 큰 실수였어. 공연히 유능한 장교만 희생시켰지.」

그들은 더 이상은 언급하지 않을 것이다.

그러나 젊은 아미티지만은 달랐다. 그는 그의 명령을 이상하게 여겼다. 그는 장군이 일부러 리치몬드를 사지(死地)로 보냈다는 것을 알고 있는 것 같았다.

'그렇다면, 전쟁이 끝난 뒤에 아미티지가 떠들어댄 것일까?'

레슬리는 그 사실을 몰랐다. 그녀는 아마 리치몬드가 죽었다는 소식을 듣고 슬퍼했겠지. 그러나 장군이 영국으로 돌아왔을 때에는 그녀의 슬픔은 이미 사라진 뒤였다. 장군은 아내에게 편지 이야기는 하지 않았다. 그 뒤, 그들은 예전처럼 잘 살아갔다. 단지 그녀가 가끔 멍한 표정을 짓는 경우가 있긴 했었다. 그리고 4년 뒤에 그녀는 폐렴에 걸려서 죽었다. 그것은 정말 오래 된 이야기였다. 15년 전의 일인가 ──16년전이었나?

그 뒤, 그는 제대를 해서는 데번 지방에서 살게 되었다──그곳에다 그가 늘 갖고 싶어하던 집을 산 것이다. 이웃 사람들도 모두 마음씨가 좋아서, 세상에서 가장 훌륭한 지방이라고 여기고 있었다. 그는 그곳에서 사냥과 낚시로 세월을 보냈다. 그리고 일요일에는 교회에 나갔다.

그러나 다윗이 우리야를 위험한 전쟁터로 보내는 설교가 있는 날에는 교회에 가지 않았다. 그는 그 설교를 편안하게 앉아서 들을 수가 없었기 때문이었다.

그는 사람들과 매우 친하게 지냈다. 그러나 차츰 사람들이 등뒤에서 그에 관해 이러쿵저러쿵 이야기하는 것 같은 불안한 마음이 들었다. 사람들이 자기를 이상하게 보는 것 같아서 견딜 수가 없었다. 마치 무슨 이야기를 들은 것처럼 ──무슨 소문이 떠돌기라도 했나······?

'아미티지가 소문을 퍼뜨린 것은 아닐까?'

그는 그 뒤로 되도록이면 사람들을 피하게 되었다──점점 자신 속으로 움츠러들게 된 것이다. 사람들이 자기에 관해 수군거리는 것은 생각만 해도 불쾌한 일이었다.

하지만 모든 것이 오래 전의 일이다. 지금은 아무 의미도 없는 일이다. 이제는 레슬리도 아서 리치몬드도 이 세상에 없다. 그 사건은 더 이상 문제될 게 없단 말이야. 그럼에도 불구하고 그 사건은 그의 생활을 매우 고독하게 만들었다. 지금은 옛날의 군대 친구들하고는 교제를 끊은 상태였다.

'만일 아미티지가 입을 열었다면 그들은 모두 알겠지.'

그런데 오늘밤 알 수 없는 목소리가 옛날의 그 이야기를 끄집어낸 것이다. 아까 내가 당황하지는 않았겠지? 윗입술이 떨리진 않았을까 ……? 당당한 표정을 지었겠지?──그러나 아무리 죄가 없다고 해도 그런 상황에서 전혀 당황하지 않을 수 있을까? 그렇게 장담하기는 어렵다. 아무도 그 이상한 소리를 심각하게 받아들이지는 않았을 것이다. 그 목소리는 다른 사람들에게도 죄가 있다고 했다. 하지만 그것은 터무니없는 말이다. 그 아름다운 처녀──그 목소리는 그녀까지도 어린애를 물에 빠뜨려 죽였다고 하지 않았는가!

'엉터리야! 정신나간 소리야!'

에밀리 브렌트만 해도 그렇다──그녀는 매카서의 연대에서 복무하던 톰 브렌트의 조카딸이다. 그녀를 살인자로 몰다니! 누구든지 그녀가 경건한 여자라는 걸 알 것이다──그녀는 신앙심이 두터운 여자란 말이야!

모든 게 정말 터무니없어! 한마디로 미친 놈의 짓이야! 이 섬에 도착한 이후로──그게 언제였더라? 이런, 오늘 오후였잖아! 그런데 웬일인지 무척 오래 된 것 같았다.

'우리들이 정말 이 섬을 떠날 수 있을지 모르겠군. 아니, 내일 아침에 배가 오는 대로 떠날 수 있을 거야.'

하지만 우습게도 그는 섬을 떠나고 싶지 않은 마음도 있었다. 집으로 돌아가면 또다시 걱정거리에 빠져 들게 되기 때문이다. 열려진 창문으로 파도가 바위에 부서지는 소리가 들려 왔다──저녁때보다도 훨씬 우렁차게 들렸다. 바람이 다시 거세지고 있었다.

'무척 평화로운 소리야! 그리고 정말 평화로운 곳이란 말이야!'

섬이 좋은 이유는, 그 섬에서는 더 이상 갈 곳이 없기 때문이다. 모든 것이 끝에 와 있는 것이다. 그는 갑자기 이 섬을 떠나고 싶은 마음이 사라졌다.

6

　베라 클레이슨은 천장을 바라보며 침대에 누워 있었다. 전등은 켜진 채로였다. 그녀는 어둠이 두려웠다. 그녀는 생각에 잠겨 있었다.
　'휴고……휴고……왜 오늘밤은 그가 바로 옆에 있는 것처럼 느껴지는 것이지?……가까이 있는 것처럼……그는 지금 어디 있을까? 나는 모른다. 아마 영원히 모를 거야. 그는 가 버렸어──나의 모든 것에서부터 아주 멀리.'
　휴고를 생각하지 않으려고 해 보았지만 소용이 없었다. 그는 언제나 그녀를 따라다녔다. 그녀는 그를 떨쳐 버릴 수가 없었다──기억하지 않을 수가 없었다──콘월……그 검은 바위, 고운 노란색 모래. 해밀턴 부인은 상냥했었지. 그리고 그녀의 아들 시릴은 언제나 얼굴을 찡그리며 베라의 손을 잡고서 졸라대곤 했다.
　「저 바위까지 헤엄쳐 가 보고 싶어요, 클레이슨. 왜 저기에 가면 안 되나요?」
　클레이슨이 천장을 쳐다보자 휴고의 눈빛이 떠올랐다.
　시릴이 잠이 든 저녁에…….
　「산책하러 나가지 않겠습니까, 클레이슨 양?」
　그들은 해안까지 거닐었다. 그 달빛──그 부드럽던 대서양의 공기, 그리고 그때 휴고는 그녀를 껴안았다.
　「당신을 사랑하오. 내가 사랑하고 있다는 걸 알고 있소, 베라?」
　분명히 그녀는 알고 있었다. (아니, 어쩌면 그렇게 생각하고 있었겠지.)

「나는 당신에게 결혼해 달라고 말할 수가 없소. 나는 무일푼이라오. 나 혼자 살아가기도 벅찰 정도요. 한때는 나도 부자가 될 기회가 있었소. 모리스가 죽은 뒤, 시릴이 석 달 안에만 태어나지 않았다면 말이오. 아니면, 그 애가 여자로 태어나기라도 했다면…….」

만일, 그 아이가 여자애였다면 모든 것은 휴고의 차지가 되었을 것이다. 그는 처음에는 무척 실망한 것처럼 보였으나 곧 체념을 했다.

「어쩔 수 없는 일 아니오. 물론 좀 아쉬운 일이긴 하지. 행운이 따르지 않은 것 같아! 그렇지만 시릴은 정말 귀여운 애랍니다. 나는 그 애를 무척 좋아하고 있어요.」

정말로 그는 그 애를 무척 좋아했다. 그 어린 조카와 언제나 함께 놀아 주었다. 휴고의 마음에는 그늘이라고는 조금도 없었다.

시릴은 매우 몸이 약한 아이였다. 허약한 아이였어 ——기운도 없었고, 그리 오래 살지 못할 아이 같았다.

그리고 언제더라 ——?

「클레이슨, 왜 저 바위까지 헤엄쳐 가면 안되나요?」

그는 찡그린 얼굴로 졸라댔다.

「너무 멀어서 그래, 시릴.」

「하지만 클레이슨…….」

베라는 일어섰다. 그리고는 화장대로 가서 아스피린 세 알을 먹었다. 그녀는 생각했다.

'수면제를 먹고 잘까……?'

그녀는 마음속으로 생각해 보았다.

'만일, 내가 자살을 한다면 수면제를 먹을 거야 ——청산가리는 먹지 않겠어!'

그녀는 보랏빛으로 변한 앤소니 마스턴의 얼굴을 떠올리고는 몸을 부르르 떨었다.

그녀는 벽난로를 지나가다가 문득 위에 걸려 있는 액자를 올려다
보았다.

'열 명의 인디언 소년이 식사를 하러 밖으로 나갔다.
한 명이 목이 막혀 죽어서 아홉 명이 되었다.'

그녀는 혼자 생각해 보았다.
'그것은 정말 끔찍한 일이었다——어제 저녁에 우리들에게······.'
앤소니 마스턴은 왜 갑자기 죽고 싶었을까? 그녀는 죽고 싶지 않았
다. 그런 것은 상상도 할 수 없었다. 죽음은 다른 사람들에게나 있는
것처럼 생각되었다.

제6장

　암스트롱 의사는 꿈을 꾸고 있었다⋯⋯수술실은 몹시 더웠다⋯⋯
그 안의 온도가 너무 높았던 것일까? 온 얼굴에서 땀이 흘러내리고
있었다. 그의 손은 끈적끈적했다. 메스를 잡기조차 어려웠다⋯⋯무척
날카로운 메스야⋯⋯이렇게 날카로운 칼로 살인을 하는 것은 쉬운
일이지. 물론 그는 지금 살인을 저지르고 있었다⋯⋯.

　그 부인의 몸은 이상하게 보였다. 크고 다루기 힘든 몸이었다. 하지
만 곧 가냘프고 마른 몸으로 변했다. 그리고 그 여자의 얼굴은 가려져
있었다. 그가 죽여야 하는 그 여자는 누구일까? 도무지 알 수가 없었
다. 그러나 알아야 한다! 간호사에게라도 물어 보아야 한다. 간호사는
그를 바라보고 있었다. 안돼, 그녀에게 물어 보면 안돼. 간호사는 지
금 그를 수상히 여기고 있다. 그는 그것을 느낄 수 있었다.

　하지만 지금 이 수술대 위에 누워 있는 여자는 정말 누구지? 여자
의 얼굴을 이렇게 가려 놓으면 안되는데⋯⋯얼굴만이라도 한번 보았
으면⋯⋯. 오! 좋은 기회가 왔다. 나이 어린 견습 간호사가 그 여자를

덮어놓은 시트를 끌어내린 것이다.

에밀리 브렌트! 그가 죽여야 하는 사람은 에밀리 브렌트였다. 그녀의 눈은 정말로 무서워! 그녀의 입술이 움직이고 있었다. 도대체 뭐라고 말하고 있는 것이지?

「인생 속에서 우리는 언제나 죽음과 함께 있어요…….」

그녀는 지금 웃고 있었다. 안돼, 간호사. 그 여자에게 시트를 다시 덮으면 안돼. 나는 그 여자를 봐야 해. 우선 마취를 해야겠다. 에테르는 어디 있지? 틀림없이 가져왔을 텐데. 간호사, 어디에 있는지 모르나? 뭐, 포도주가 있다고? 좋아, 그것도 괜찮아. 간호사, 얼른 그 시트를 걷어.

물론이지! 나는 알고 있었어! 그것은 앤소니 마스턴이었단 말이야! 그의 얼굴은 보랏빛으로 변해서 뒤틀려 있었다. 그러나 그는 죽지 않았다──그는 웃고 있었다. 그리고 그는 수술대를 흔들고 있었다. 조심해, 조심하라고! 간호사, 꽉 잡아──잡으라고──수술대를 꽉 잡으라니까.

암스트롱 의사는 벌떡 일어났다. 벌써 아침이었다. 햇빛이 방안으로 들어오고 있었다. 그리고 누군가가 옆에서 그를 흔들고 있었다. 로저스였다. 로저스는 하얗게 질린 얼굴로 말했다.

「의사 선생님──의사 선생님!」

암스트롱 의사는 잠에서 완전히 깨어났다. 그는 침대에서 일어나 앉았다. 그리고는 날카롭게 물었다.

「무슨 일이오?」

「저의 집사람이 깨어나질 않습니다. 오, 하나님! 아무래도 좀 이상해요.」

암스트롱 의사는 그 말을 듣고 급하게 일어섰다. 그는 가운을 대강 걸치고는 로저스의 뒤를 따랐다.

의사는 침대에 조용히 누워 있는 로저스 부인을 자세히 살펴보았다. 그는 차가워진 손을 들어 보기도 하고, 눈꺼풀을 뒤집어 보기도 했다. 그리고는 잠시 뒤에 힘없이 침대에서 물러섰다.

로저스는 다급하게 물었다.

「집사람이 어떻게 되었습니까? 제 아내는——?」

그는 마른 입술을 적시면서 말했다.

암스트롱은 고개를 끄덕였다.

「죽었습니다.」

로저스는 멍하니 의사를 바라보았다. 잠시 뒤에 그들은 침대 곁에 있는 탁자로 갔다가, 세면대로 갔다가, 죽은 부인 곁으로 다시 가 보았다.

로저스가 말했다.

「그——그렇다면 심장마비입니까, 의사 선생님?」

암스트롱 의사는 잠시 입을 다물고 있다가 말했다.

「보통 때는 건강했습니까?」

로저스가 말했다.

「아내는 단지 류머티즘밖에는 병이 없었어요.」

「최근에 부인이 진찰을 받은 적이 있었습니까?」

「진찰 말입니까?」

로저스는 의사를 잠시 바라보다가 말했다.

「집사람이나 저는 최근 몇 년 동안 병원에는 가 본 적이 없습니다.」

「부인이 심장병을 앓지는 않았소?」

「아니오, 선생님. 제가 알기로는 전혀 없었습니다.」

암스트롱은 다시 물었다.

「잠은 잘 자는 편이었소?」

로저스의 눈이 의사의 시선을 피했다. 그리고는 두 손을 마주잡고 불안한 듯이 비비면서 말했다.

「사실, 요즘에는 그리 잘 자는 편은 아니었습니다.」

의사는 날카롭게 물었다.

「혹시 요즈음 수면제를 먹지는 않았습니까?」

로저스는 약간 놀란 듯이 의사를 바라보았다.

「수면제요? 잠자기 위해서요? 제가 알기로는 그런 일은 없었습니다.」

암스트롱은 세면대로 갔다. 거기에는 여러 가지 병들이 놓여 있었다. 로션, 향수, 크림, 치약 등. 로저스는 서랍을 열어 보았다. 그 서랍을 샅샅이 뒤져보았으나 수면제는 발견되지 않았다.

로저스가 말했다.

「집사람은 어젯밤에 선생님이 준 약밖에는 아무것도 먹지 않았습니다.」

2

9시에 아침식사를 알리는 종이 울렸을 때는 모든 사람이 일어나 있었다. 매카서 장군과 판사는 정치 이야기를 나누며 마당을 거닐고 있었다. 한편, 베라 클레이슨과 필립 롬바드는 집 뒤의 언덕에 올라가 있었다. 거기에서 육지를 바라보며 서 있는 헨리 블로어를 만났다.

그는 말했다.

「아직까지 배가 보이지 않는군요.」

베라는 미소를 지으면서 말했다.

「데번 지방은 태평스러운 곳이에요. 모든 게 좀 느리거든요.」

필립 롬바드는 바다의 다른 쪽을 쳐다보고 있다가 물었다.

「날씨는 어떨 것 같습니까?」

블로어가 하늘을 쳐다보면서 말했다.

「좋을 것 같은데요.」

롬바드는 입을 오므려서 휘파람을 불고는 말했다.

「오늘 안으로 바람이 불 것 같은데요.」

「험악한 폭풍 말인가요?」

블로어가 말했다.

이때 식사를 알리는 종소리가 울렸다.

롬바드가 말했다.

「아침식사인가? 잘됐군, 배가 잔뜩 고팠는데.」

블로어가 가파른 언덕길을 내려오면서 입을 열었다.

「어제의 사건은 정말 충격이었습니다——그 젊은 친구가 왜 자살을 했을까요? 나는 밤새도록 그 생각만 했소.」

베라는 조금 앞에서 걸어갔다. 롬바드가 발걸음을 조금 늦추면서 말했다.

「그럼, 자살이 아니라고 생각한단 말입니까?」

「하지만 증거가 없으니……무엇보다도 동기가 문제입니다. 내 짐작이지만, 그 친구는 분명히 많은 재산을 가지고 있을 겁니다.」

에밀리 브렌트가 거실 창문 너머로 그들을 발견하고는 물었다.

「배가 왔나요?」

「아직 오지 않았어요.」

베라가 대답했다.

그들은 아침식사를 하기 위해서 안으로 들어갔다. 식탁에는 달걀, 베이컨, 그리고 차가 준비되어 있었다. 로저스가 그들이 들어올 수 있게 문을 열어 주고는 다시 닫았다.

에밀리 브렌트가 말했다.

「저 사람, 오늘 아침에 안색이 안 좋은데요.」

창문 옆에 서 있던 암스트롱 의사가 목청을 가다듬고 말했다.

「오늘 아침식사가 좀 부족하더라도 참아 주셔야겠습니다. 오늘 아침에는 로저스 혼자서 식사를 준비했습니다. 로저스 부인이 오늘 아침에 일을 할 수가 없었거든요.」

에밀리 브렌트가 날카롭게 물었다.

「그 부인에게 무슨 일이라도 있나요?」

암스트롱 의사는 차분하게 대답했다.

「먼저 식사부터 합시다. 달걀이 식겠습니다. 식사 뒤에 여러분들과 상의할 문제가 있습니다.」

모두들 의사의 말에 따랐다. 접시에 음식들이 담겨지고 차가 잔에 채워졌다. 식사가 시작되었다. 식사를 하는 동안에는 인디언 섬에 관계된 이야기는 한마디도 나오지 않았다. 그 대신 현재 정세에 대하여 이야기했다. 해외 뉴스와 스포츠, 최근에 다시 나타난 네스 호의 괴물에 대하여 이야기를 나누었다.

식사가 끝나자 암스트롱 의사가 의자를 약간 뒤로 밀고는 목청을 가다듬고 심각하게 말했다.

「나는 이 슬픈 소식을 식사가 끝났을 때 알리는 것이 좋겠다고 생각했습니다. 사실은 어제 저녁에 로저스 부인이 잠자다가 죽었습니다.」

여기저기에서 놀람과 비명 소리가 들려 왔다. 베라가 외쳤다.

「너무나 끔찍한 일이에요. 우리가 이 섬에 도착한 뒤로 벌써 두 사람이나 죽었어요!」

워그레이브 판사는 눈살을 찌푸리며 작고 또렷한 목소리로 말했다.

「흠, 무척이나 놀라운 일이로군——도대체 죽은 원인이 뭡니까?」

암스트롱 의사는 어깨를 으쓱했다.

「지금으로선 알 수가 없습니다.」

「해부를 해야 됩니까?」

「나도 장담할 수가 없습니다. 그 부인이 죽기 전의 건강 상태가 어땠는지를 알 수 없어서요.」

베라가 말했다.

「그녀는 매우 신경이 날카로운 사람 같았어요. 그리고 어젯밤에 큰 충격을 받은 모양이에요. 틀림없이 심장마비일 거예요.」

암스트롱 의사가 냉정하게 말했다.

「그녀의 심장이 멈춘 것은 사실입니다. 하지만 그 이유가 문제입니다.」

에밀리 브렌트가 한마디했다. 그 음성은 앙칼지고 또렷했다.

「양심 때문이에요.」

암스트롱은 그녀에게 물었다.

「양심이라니, 그건 무슨 뜻입니까, 브렌트 양?」

에밀리 브렌트는 입술을 꽉 다물었다가 다시 열었다.

「여러분도 모두 들으셨듯이, 그녀는 남편과 함께 그전에 모시던 노부인을 죽였다고 했어요. 그 목소리가 말이에요.」

「그래서요?」

그녀는 다시 말을 이었다.

「그 목소리가 말한 게 사실일 거예요. 여러분도 어젯밤에 그녀의 모습을 보았지요? 그녀는 그 소리를 듣는 순간 쓰러져서 기절했어요. 양심의 가책에 견딜 수 없었던 거예요. 그녀는 공포 때문에 죽은 거라고요.」

암스트롱은 이해할 수 없다는 듯이 머리를 양옆으로 흔들었다.

「그럴 수도 있습니다만, 그녀의 건강 상태를 모르고서는 단정지을 수가 없습니다. 가령, 심장이 약하다든가———.」

에밀리 브렌트가 조용히 말했다.

「하나님의 뜻일 겁니다.」

모든 사람이 그녀의 말에 놀랐다. 블로어는 불안하게 말했다.

「그것은 말도 안되는 이야기요, 브렌트 양.」

브렌트는 빛나는 눈초리로 다른 사람들을 바라보았다. 그녀의 턱이 조금 올라갔다. 그녀는 다시 말했다.

「그럼, 당신들은 죄인이 신의 분노에 의해서 벌을 받는다는 것을 부인한다는 말인가요! 나는 그것을 믿어요!」

판사는 턱을 쓰다듬으며 중얼거리듯이 비꼬는 투로 말했다.

「브렌트 양, 나의 오랜 판사 경험에 의하면 신은 심판을 우리 인간들에게 맡기셨습니다. 하지만 그 과정은 어려울 때가 많지요. 또한 지름길도 없습니다.」

에밀리 브렌트는 어깨를 으쓱했다. 블로어가 날카롭게 말했다.

「어젯밤에 그녀가 침대로 간 다음에 먹은 것은 무엇입니까?」

암스트롱이 대답했다.

「아무것도 먹지 않았습니다.」

「아무것도 먹지 않았다고요? 차 한 잔도, 물 한 컵도 마시지 않았다는 말입니까? 분명히 차는 마셨을 거요. 대개가 그렇거든요.」

「하지만 로저스는 그녀가 아무것도 먹지 않았다고 했소.」

「물론, 그렇게 말했을 테지!」

블로어가 매우 의미 있게 말했다. 의사는 그를 아주 날카롭게 쏘아보았다.

롬바드가 말했다.

「그럼, 당신 생각은 어떻다는 겁니까?」

블로어는 덤벼들듯이 말했다.

「흠, 우리는 모두 어젯밤에 그 목소리를 들었소. 물론, 엉터리 같은

94

이야기였는지도 모르지만 ——어쩌면 사실일지도 모르지요! 그것이 사실이라면 ——로저스 부부가 그 노파를 죽였다면 어떻게 되지요? 그들이 마음 편안히 잘 수 있었을까요?」

베라가 끼여들었다.

「아니죠, 로저스 부인은 그렇지 못했을 거예요.」

블로어는 그녀의 간섭에 약간 화가 났다.

'여자들은 항상 저렇다니까!'

그는 다시 말을 계속했다.

「아니, 어쩌면 안심하고 있었을지도 모르죠. 그 이상한 목소리가 떠들어대기 전까지는. 어쨌든 직접적인 위험은 없었겠죠. 그런데 바로 어젯밤에 알 수 없는 그 이상한 목소리에 의해서 모든 게 폭로된 것이지요. 그 순간 어떤 일이 일어났습니까? 그 부인은 쓰러졌지요 ——기절을 했습니다. 그리고 그 부인이 깨어났을 때 남편이 걱정스러운 얼굴로 그녀 곁에서 떠나지 않았지요. 하지만 그것은 남편으로서의 걱정이 아니었소. 물론 우리를 위해서도 아니었소. 그는 자기 부인이 사실대로 털어놓을지도 모른다는 생각에 잔뜩 겁을 집어먹고, 뜨거운 벽돌 위의 고양이처럼 안절부절못했던 거란 말입니다.

그것은 여기 있는 우리들의 상황과 똑같습니다. 그들은 살인을 저질러 놓고도 처벌을 받지 않았소. 그러나 모든 것이 폭로되면 어떤 일이 일어날까요? 십중팔구는 그 부인이 사실을 털어놓게 될 거요. 그녀는 그런 사실을 숨기고 시치미를 뗄 성격이 아니란 말입니다. 그러니까 남편에게 있어서는 위험한 존재지요. 하지만 로저스는 아무일 없었다는 듯이 살아갈 자신이 있었을 거요——그러나 부인을 믿을 수가 없었습니다. 그녀가 고백하는 날이면 그의 목도 달아나게 될 테니까요! 그래서 그는 차 안에다 무엇인가를 타서 그녀의 입을 영원히 막은 것이오!」

암스트롱이 천천히 말했다.

「그녀 옆에는 빈 컵이 없었소——전혀 아무것도 없었단 말이오.」

블로어가 말했다.

「물론 있을 리가 없지! 그녀가 차를 마신 뒤에 컵을 가져가서 깨끗이 닦아 놓았을 테니까.」

그 순간 모든 사람에게 침묵이 흘렀다. 잠시 뒤에 매카서 장군이 의심스럽다는 듯이 말했다.

「물론 그럴 수도 있소. 하지만 설마 남편이 자기 부인에게 그런 짓을 했다고는 생각할 수가 없소.」

블로어는 약간 비웃는 듯이 말했다.

「당장 자기가 위험한데, 감상적으로 생각할 겨를이 있었을까요?」

다시 침묵이 흘렀다. 그때, 로저스가 문을 열고 들어왔다. 그가 입을 열었다.

「시키실 일은 없습니까? 토스트가 적어서 죄송합니다. 빵이 다 떨어졌거든요. 새 빵이 아직 육지에서 도착하지 않았습니다.」

워그레이브 판사는 의자를 약간 움직이면서 말했다.

「배는 대개 몇 시쯤에 오는가?」

「대개 7시에서 8시 사이에 옵니다. 늦어도 9시까지는 왔습니다. 그런데 오늘 아침에는 무슨 일일까요? 프레드 내러코트가 병이 나면 그의 동생이 대신 오곤 했는데.」

롬바드가 말했다.

「지금 몇 시쯤 되었습니까?」

「9시 50분입니다.」

롬바드의 눈썹이 약간 올라갔다. 그는 천천히 고개를 끄덕였다. 매카서 장군이 갑자기 말했다.

「당신 부인에 관한 이야기는 들었소. 매우 안됐소.」

로저스는 고개를 숙였다.

「감사합니다, 선생님.」

그는 빈 접시를 가지고 밖으로 나갔다. 다시 침묵이 흘렀다.

3

마당에서 롬바드가 입을 열었다.

「배 말입니다——.」

블로어는 그를 바라보면서 고개를 끄덕였다. 그리고는 말했다.

「나도 당신이 이야기하려는 것을 짐작하고 있소. 나도 그것에 관해서 생각해 보았으니까. 배는 이미 두 시간 전에 왔어야 하는데 아직도 오지 않았어요. 무슨 이유일까요?」

「당신은 알고 있소?」

「그것은 우연이 아니오——그것도 그 녀석의 계획이죠. 우리 모두를 가두어 놓으려는 것이오.」

롬바드가 물었다.

「그러면 배는 오지 않을 거라는 말이오?」

그때 등뒤에서 목소리가 들려 왔다——화가 난 듯한 목소리였다.

「배는 영원히 오지 않을 것이오.」

블로어는 몸을 돌려서 그 이야기를 한 사람이 누구인지 쳐다보았다. 그리고는 말했다.

「당신 생각도 그렇습니까, 장군님?」

매카서 장군이 날카롭게 말했다.

「물론 배는 오지 않소. 우리는 그 배 없이 이 섬을 빠져 나갈 수가 없지요. 이것은 처음부터 계획된 것이오. 결국 우리는 이 섬을 나갈 수가 없단 말입니다……. 우리들 중 아무도……이젠 마지막이오. 모든 것이 마지막이지…….」

그는 잠시 머뭇거리다가 낮고 이상한 목소리로 말했다.

「이것이 바로 평화야──진정한 평화, 끝까지 와서──더 이상 갈 수 없는……그래, 이것이 평화…….」

그는 이렇게 중얼거리고는 갑자기 돌아서서 멀리 사라졌다. 그는 마당을 지나서 바다 쪽의 경사진 곳으로 내려갔다──그리고는 물 위로 바위가 솟아 있는 섬 끝으로 갔다. 그의 발걸음은 정신이 나간 사람 같았다.

블로어가 말했다.

「저 사람도 돌아 버렸군! 저런 식으로 모든 것이 끝날 거야.」

롬바드가 말했다.

「당신은 저렇게 안될 것 같은데요, 블로어 씨.」

블로어가 웃었다.

「나는 웬만해서는 돌지 않소.」

그리고는 다시 덧붙였다.

「당신도 저렇게는 되지 않을 것 같소, 롬바드 씨.」

롬바드가 말했다.

「고맙소. 아직까지는 멀쩡하니까.」

4

암스트롱 의사는 마당으로 나왔다. 그는 거기에서 머뭇거리며 서 있었다. 왼쪽에는 블로어와 롬바드가 있었고, 오른쪽에는 워그레이브 판사가 머리를 숙이고 이리저리 거닐고 있었다. 암스트롱은 어느쪽으

98

로 갈까 생각하다가 워그레이브 판사에게 가기로 했다. 그때 로저스가 마당으로 나왔다.

「드릴 말씀이 있는데요, 선생님.」

암스트롱은 로저스 쪽으로 몸을 돌렸다. 그는 로저스의 얼굴을 보고 약간 놀랐다.

로저스의 얼굴에는 경련이 일고 있었다. 안색은 파랗게 질려 있었으며, 손은 부들부들 떨고 있었다. 뜻밖의 사고가 있었던 아침에도 침착성을 잃지 않았던 그의 태도와는 너무도 다른 모습이었다.

「집 안에서 급히 드릴 말씀이 있습니다.」

의사는 안절부절못하고 있는 로저스와 함께 다시 집 안으로 들어갔다. 그리고는 물었다.

「도대체 무슨 일입니까? 마음을 가라앉히세요.」

「이쪽으로 와 보십시오.」

그는 식당문을 열었다. 의사가 먼저 들어가고 로저스가 뒤를 따라 들어간 뒤 문을 닫았다.

「무슨 일입니까?」

암스트롱 의사가 다시 물었다.

로저스의 목젖이 떨리고 있었다. 그는 침을 삼켰다. 그리고는 입을 열었다.

「도저히 이해할 수 없는 일이 일어나고 있습니다.」

암스트롱은 날카롭게 물었다.

「무슨 일 말이오?」

「선생님은 제가 어떻게 된 게 아니냐고 하실지도 모르겠습니다. 그리고 별일 아니라고 하실지도 모르고요. 하지만 밝혀내야 합니다. 이것은 정말 이상한 일입니다.」

「좀더 자세히 말해 보세요. 수수께끼 같은 소리만 하지 말고.」

로저스는 다시 침을 삼켰다. 그리고는 말했다.

「저 인형 말입니다. 저 식탁 위에 있는 저 인형을 보세요. 분명히 처음에는 열 개였습니다.」

암스트롱도 맞장구를 쳤다.

「맞아요. 열 개였지. 우리가 어젯밤 식사 때 분명히 세어 보았으니까.」

로저스는 그 인형들 쪽으로 좀더 가까이 다가갔다.

「분명히 그랬습니다. 하지만 어젯밤 식사가 끝나고 제가 청소를 하다 보니 아홉 개밖에 없었습니다. 저는 좀 이상하다고 느꼈지요. 그렇지만 대수롭지 않게 여겼습니다. 그리고 오늘 아침에 식사 준비를 할 때는 몰랐습니다. 그땐 정신이 없었으니까요. 그런데 지금 청소를 하려고 이곳에 와 보니까……믿지 못하겠다면 선생님이 직접 세어 보십시오. 여덟 개밖에 남아 있지 않습니다! 단지 여덟 개밖에! 정말 이상한 일입니다. 여덟 개밖에 없다니…….」

제 7 장

아침식사 뒤에 에밀리 브렌트는 베라 클레이슨에게 섬의 꼭대기에 올라가서 배가 오는 것을 기다리자고 말했다. 베라는 좋다고 하며 따라나섰다.

바람은 거세어지고, 그리 높지 않은 흰 파도가 일고 있었다. 바다에는 고기 잡는 배 한 척 없었다──또한 오기로 되어 있는 배는 그림자도 보이지 않았다. 스티클헤이븐이란 마을은 보이지 않았고, 단지 그곳의 언덕만이 눈에 들어왔다. 붉은 바위로 되어 있는 낭떠러지가 작은 만(灣)을 가리고 있었다.

에밀리 브렌트가 말했다.

「어제 이 섬으로 실어다 준 남자는 믿을 만한 사람 같았는데. 오늘 아침에 이렇게 늦는 것은 너무 이상하지 않아요?」

베라는 대답하지 않았다. 그녀는 지금 불안한 감정을 억누르려 애쓰고 있었다. 그녀는 화가 난 듯이 속으로 말했다.

'침착해야 돼. 이렇게 불안해 하는 것은 나답지 않아. 나는 너무 신

경이 예민하단 말이야.'

잠시 뒤에 베라가 큰소리로 말했다.

「저는 그 사람이 올 거라고 확신해요──빨리 이 섬을 떠나고 싶어요.」

에밀리 브렌트가 담담하게 말했다.

「우리는 틀림없이 나갈 수 있을 거예요.」

베라가 말했다.

「너무도 이상한 일이에요……하긴 뭐 대수롭지 않은 일인지도 모르지요.」

브렌트가 또렷하게 말했다.

「너무 쉽게 믿고서 이 섬에 온 것이 후회스러워요. 사실 그 편지를 잘 살펴보았으면 터무니없다는 걸 깨달았을 텐데……그때는 전혀 의심 없이 믿어 버렸거든요.」

베라는 중얼거리듯이 말했다.

「저도 그랬어요.」

「사람들은 모든 일을 당연하다고 생각하는 경향이 있는 것 같아요.」

에밀리 브렌트가 다시 말했다.

베라는 깊은 숨을 쉬고는 말했다.

「아침식사 때 당신이 한 말은 사실인가요?」

「좀더 자세히 말해 봐요. 내가 한 말이라니?」

베라는 낮은 목소리로 말했다.

「로저스 부부가 어느 노부인을 죽였다는 것 말이에요.」

에밀리 브렌트는 바다 쪽으로 시선을 돌렸다.

「내 생각으로는 사실인 것 같아요. 아가씨는 어떻게 생각하죠?」

「저는 잘 모르겠어요.」

에밀리 브렌트는 말했다.

「모든 것이 그렇게 믿도록 만드는 것 같아요. 그 부인이 기절했던 것과, 그 남편이 쟁반을 떨어뜨렸던 것만 보아도 그래요. 그리고 그 남자의 변명은 사실 같지가 않아요. 물론, 나도 그들이 그런 짓을 했다는 것이 믿어지지 않지만.」

베라는 말했다.

「저도 그 부인이 자기 그림자에조차도 겁을 집어먹고 있는 것처럼 보였어요. 그렇게 공포에 질려 있는 여자는 처음 보았거든요. 마치 누구에겐가 쫓기는 사람처럼 보였어요.」

브렌트는 더듬거리면서 말했다.

「나는 어렸을 때 내 방에 걸려 있던 글을 기억하고 있어요. '너의 죄는 너에 의해서 드러날 것이다.' 이 말은 사실이에요. '너의 죄는 너에 의해서 드러날 것이다.'」

베라는 발을 만지면서 말했다.

「하지만——그러면——.」

「그러면 뭐, 아가씨?」

「다른 사람들은?」

「무슨 말인지 모르겠는데요.」

「다른 사람들의 죄는——그들의 경우는 사실이 아닌가요? 로저스 부부의 죄가 사실이라면——.」

그녀는 거기에서 말끝을 흐렸다.

에밀리 브렌트는 이마를 찡그렸다. 그리고는 말했다.

「아가씨가 말하려는 뜻을 알겠어요. 롬바드 씨는 스무 명의 원주민을 죽게 내버려두었다는 것을 시인했어요.」

베라가 말했다.

「하지만 그들은 원주민이었어요.」

브렌트는 날카롭게 말했다.

「백인이건 흑인이건 그들은 모두 우리의 동족이지요.」

베라는 마음속으로 생각했다.

'우리의 흑인 동족――흑인 형제. 나로서는 도저히 인정할 수 없어. 머리가 이상해진 것 같아. 내가 아닌 것 같아.'

에밀리 브렌트는 말을 이었다.

「물론 다른 사람들의 경우는 사실이 아닐 거예요. 판사의 경우는 단지 그의 임무를 수행한 것뿐이고, 형사였던 그 사람도 마찬가지고요. 나의 경우도 역시 그래요.」

그녀는 잠시 말을 멈추었다가 계속했다.

「어젯밤의 그런 상황에서는 도저히 말을 할 수가 없었어요. 남자들 앞에서 할 이야기가 아닌 것 같았거든요.」

「당신의 경우도 사실이 아니라고요?」

베라는 흥미를 느꼈다. 브렌트는 조용하게 말을 계속했다.

「비어트리스 테일러는 나를 시중들던 처녀였어요. 순진한 처녀는 아니었죠――나는 그 사실을 너무도 늦게 알게 되었어요. 그 애에게 속고 지냈던 거예요. 그 애는 내 앞에서는 행실도 얌전했고, 청순하고 일도 잘했어요. 나는 매우 흡족해 했죠. 물론 그것은 모두 위선이었어요. 그 애는 도덕적인 애가 아니었어요. 혐오스러울 정도로! 얼마 뒤에 나는 그 애가 임신한 사실을 알게 되었어요.」

브렌트는 혐오스럽다는 듯이 코를 찡그리고는 다시 말을 계속했다.

「그것은 너무도 큰 충격이었어요. 그 애의 부모는 매우 엄격한 사람들이었지요. 그들도 그 애를 용서하지 않았어요.」

베라는 브렌트를 바라보며 물었다.

「그래서 어떻게 되었나요?」

「당연히 나는 그 애를 더 이상 내 집에 둘 수가 없었어요. 그 애를 내쫓지 않는다면 나는 불륜을 용서한 것이 되기 때문이죠.」

베라는 낮은 목소리로 말했다.

「그녀에게 무슨 일이 일어났죠?」

브렌트가 대답했다.

「그 애는 양심의 가책 때문에 자살하고 말았어요.」

베라는 공포에 떨며 말했다.

「자살을 했다고요?」

「그래요, 강물에 몸을 던졌어요.」

베라는 몸을 떨었다. 그녀는 브렌트의 태연한 옆모습을 바라보았다. 베라는 입을 열었다.

「그녀가 그렇게 된 것을 알고 당신 기분은 어땠나요? 후회하지 않았나요? 잘못했다고 생각하지 않았나요?」

브렌트는 자세를 바로하며 말했다.

「내가요? 나는 그런 생각은 조금도 하지 않았어요.」

베라가 말했다.

「하지만 당신의 그 엄격한 성격 때문에 그녀가 어쩔 수 없이 그렇게 ——.」

브렌트가 날카롭게 말했다.

「그것은 그 애 자신의 행동 탓이에요 ——그 애 스스로가 그렇게 만든 거예요. 그 애가 정숙하게 행동했다면 아무 일도 없었을 게 아니겠어요?」

그리고 그녀는 베라에게 얼굴을 돌렸다. 그녀의 눈에는 잘못했다는 죄책감이나 불안의 빛이 전혀 없었다. 그녀의 눈빛은 자기의 행동이 옳았다는 것을 나타내고 있었다. 브렌트는 미덕의 갑옷을 입고 인디언 섬 꼭대기에 앉아 있는 것이었다. 그 작고 나이 많은 독신의 노처녀가 이제는 베라에게 우습게 보이지가 않았다. 갑자기 베라는 전율을 느꼈다.

2

암스트롱 의사는 식당에서 나와 마당으로 갔다. 판사는 의자에 앉아 평화스럽게 바다를 바라보고 있었다. 롬바드와 블로어는 왼쪽에서 말없이 담배를 피우고 있었다. 의사는 아까처럼 잠깐 동안 망설였다. 그의 눈은 무엇인가 캐는 듯이 워그레이브 판사를 바라보았다. 누군가와 의논하고 싶었다. 그는 판사의 두뇌가 기민하고 논리적이라는 것을 알고 있었다. 그러나 그는 망설였다. 판사는 좋은 두뇌를 가졌으나 너무 늙었다. 지금 암스트롱 의사에게 필요한 것은 행동이었다. 그는 마침내 결정을 내렸다.

「롬바드 씨, 잠깐 이야기 좀 할 수 있을까요?」

롬바드가 말했다.

「물론이죠.」

그 두 사람은 마당을 빠져 나갔다. 그들은 바다 쪽의 경사진 곳을 내려갔다. 마침내 다른 사람들에게는 말소리가 들리지 않는 곳까지 왔을 때 암스트롱이 말했다.

「상의할 일이 있습니다.」

롬바드의 눈썹이 약간 올라갔다.

「하지만 나는 의학에 관한 지식은 거의 없소.」

「아니오, 내가 하고 싶은 이야기는 이번 사건에 관한 것이오.」

「아, 그렇다면 문제는 다르지.」

암스트롱이 말했다.

「솔직히 당신은 이번 사건에 대해서 어떻게 생각하십니까?」

롬바드는 잠시 생각에 잠겼다가 말했다.

「좀 암시적인 것 같소.」

「그 부인의 죽음에 대해서는 어떻게 생각합니까? 블로어의 말을 믿습니까?」

롬바드는 담배 연기를 내뿜으면서 말했다.

「가능성은 충분히 있소.」

「당신 말이 맞아요.」

암스트롱은 조금 안심한 것 같았다. 롬바드는 재빨리 눈치를 채고 말을 계속했다.

「이것은 물론 로저스 부부가 살인을 했다는 가정에서 할 수 있는 말이오. 그렇다고 그들이 살인을 하지 않았다는 증거도 없으니까. 그것이 사실이라면 당신은 어떻게 죽였을 거라고 생각합니까? 독살이라고 생각합니까?」

암스트롱은 천천히 말했다.

「더 간단한 방법을 사용했을 수도 있지요. 오늘 아침에 로저스에게 브래디라는 노부인이 무슨 병으로 죽었는지 물어 보았소. 그의 대답이 흥미 있더군요. 상식적으로 심장병에는 아질산아밀을 쓰고 있습니다. 심장 발작이 일어났을 때 그 약을 먹이면 안정이 되지요. 그런데 그 약을 숨겨 놓았다면 ——그 결과는 치명적이지요.」

롬바드는 골똘히 생각해 보고는 말했다.

「그렇게 간단한 방법도 있었군. 그 방법은 누구에게나 강한 유혹을 일으키겠는데요.」

의사는 고개를 끄덕이며 말했다.

「맞소. 적극적인 행동도 필요없고, 독약을 사용하지 않아도 되고 ——방해 받을 일도 없고——정말로 무척 간단한 일이지요! 게다가 그날 밤에 로저스가 의사를 부르러 갔다면 아무도 그들을 의심할 수가 없지요.」

「설사 누군가가 그것을 알았다고 해도, 아무 증거가 없으니 어떻게 할 수도 없겠군요.」

롬바드는 고개를 끄덕이다가 갑자기 눈살을 찌푸리며 말했다.

「그것은 많은 것을 암시해 주는 것 같군요.」

암스트롱은 어리둥절해 하면서 말했다.

「그게 무슨 뜻입니까?」

롬바드가 말했다.

「그것은 인디언 섬을 암시한다는 뜻입니다. 세상에는 범인을 잡아 가둘 수 없는 범죄가 많이 있지요. 예를 들어, 로저스 부부나 법률 밑에서 살인을 한 워그레이브 판사의 경우와 같이 말이오.」

암스트롱은 날카롭게 말했다.

「당신은 그 이야기를 믿소?」

롬바드는 웃으면서 말했다.

「그렇소. 나는 그것을 믿고 있소. 워그레이브는 에드워드 세튼을 단검으로 찔러서 죽인 것처럼 확실하게 죽였소. 그러나 그는 영리하게도 판사석에 앉아서 살인을 행한 것이지. 그러니 보통의 방법으로는 워그레이브의 죄를 심판할 수가 없단 말이오.」

갑작스런 생각이 암스트롱의 머리를 스치고 지나갔다. 병원 수술대 위에서의 살인. 얼마나 안전한 것인가——맞아, 집에서처럼 안전하지! 롬바드는 계속 말했다.

「그래서——오언이라는 사람이——바로 인디언 섬에서!」

암스트롱은 아주 깊게 한숨을 쉬었다.

「그렇다면 우리 모두를 이 섬에 끌어들인 목적은 무엇일까요?」

롬바드가 물었다.

「당신은 어떻게 생각하시오?」

암스트롱이 갑자기 말했다.

「로저스 부인의 사인(死因)에 대해서나 생각해 봅시다. 어떻게 해야 설명이 가능할까요? 로저스가 자기 부인이 비밀을 폭로할 것 같아서 두려워한 끝에 죽일 수도 있고, 또는 로저스 부인이 너무도 큰 충격을 받아 양심의 가책 때문에 자살했을 수도 있고…….」

롬바드가 놀라며 말했다.

「자살이라고요?」

「당신은 그렇게 생각하지 않소?」

롬바드가 대답했다.

「그럴 수도 있겠지——마스턴의 죽음만 없었다면 그렇게 생각할 수도 있지요. 하지만 24시간 동안에 두 명이 자살했다는 것은 믿기 어려운 일이오. 감정도 없고 그렇게 뻔뻔스러운 마스턴이 겨우 어린애 두 명을 치어 죽였다고 양심의 가책을 받아 자살했다는 것은 너무도 우스운 일이오. 그리고 그 독약을 어떻게 설명할 수 있겠소? 내가 알기로 청산가리는 아무나 주머니에 넣고 다닐 수 있는 물건이 아니오.」

암스트롱이 말했다.

「지각이 있는 사람이라면 그것을 가지고 다니지는 않을 거요. 벌꿀을 채집하는 사람들은 그렇게 하겠지만.」

「그렇지 않으면 정원사나 지주들이 가지고 다니겠지. 다시 말해서 앤소니 마스턴은 아니란 말이오. 청산가리의 출처를 좀더 조사해야 할 거요. 앤소니 마스턴이 이곳에 오기 훨씬 전부터 자살을 생각하고 준비해 온 게 아니라면 말입니다.」

암스트롱은 급하게 물었다.

「아니라면?」

롬바드는 쓴웃음을 지었다.

「왜 그것을 내게 말하게 하려는 겁니까? 그 말이 당신 혀 끝에서 맴

돌고 있는데. 마스턴은 틀림없이 살해된 거라고요!」

3

암스트롱 의사는 깊은 한숨을 쉬었다.

「그러면 로저스 부인은?」

롬바드는 천천히 말했다.

「만일, 로저스 부인이 죽지 않았다면 마스턴이 자살했다는 것을 믿었을 겁니다. 또한 마스턴이 죽지 않았다면 로저스 부인의 자살을 믿었을 거요. 그러나 지금 우리에게 필요한 것은 두 사람이 왜 잇따라 죽었을까 하는 그 이유입니다.」

암스트롱이 말했다.

「그 문제라면 내 이야기가 도움이 될 거요.」

그리고 그는 로저스가 자기에게 인디언 인형 두 개가 없어진 사실을 알려 주었다고 덧붙였다.

롬바드가 약간 놀라며 말했다.

「맞아. 그 작은 인디언 인형……어젯밤 식사 때는 분명 열 개였는데 지금은 여덟 개밖에 없다는 말이지요?」

암스트롱 의사는 그 동요를 생각해 보았다.

열 명의 인디언 소년이 식사를 하러 밖으로 나갔다. .
한 명이 목이 막혀 죽어서 아홉 명이 되었다.
아홉 명의 인디언 소년이 밤늦게까지 자지 않았다.
한 명이 늦잠을 자서 여덟 명이 되었다.

그 두 사람은 서로의 얼굴을 쳐다보았다. 롬바드는 미소를 지으면서 담배를 던져 버렸다.

「우연치고는 너무도 잘 맞는데! 앤소니 마스턴은 분명히 어젯밤 식사 뒤에 목이 막혀서 죽었고, 로저스 부인은 늦잠을 자다가 영원히 잠들었단 말이오.」

「그래서요?」

암스트롱이 말했다.

롬바드는 신경을 곤두세우며 말했다.

「그러니까, 다른 생각을 해 볼 수 있지요. 여기에는 분명히 무슨 음모가 있어! 정체 불명의 인간! 오언! 맞아, U.N. 오언의 짓이야. 알 수 없는 미치광이!」

「휴!」

암스트롱은 깊은 한숨을 쉬었다.

「당신도 알아차렸군요! 그러나 로저스는 이 섬에는 우리들 말고 아무도 없다고 했소.」

「그럴 리가 없소! 어쩌면 거짓말을 했는지도 모르지!」

암스트롱은 고개를 흔들었다.

「나는 그가 거짓말을 했다고는 생각하지 않소. 그 사람은 지금 공포에 떨고 있어요. 무서워서 제정신이 아닌 것 같소.」

롬바드는 고개를 끄덕였다. 그리고는 말했다.

「오늘 아침에 배가 오지 않은 것도 오언이라는 녀석이 미리 꾸며 놓은 각본인 것 같소. 녀석은 결국 이 섬을 자기 계획을 모두 끝마칠 때까지는 완전히 고립시켜 놓을 거요.」

암스트롱의 얼굴이 창백해졌다. 그리고는 말했다.

「당신이 말했던 것처럼 —— 그 사람은 미치광이가 틀림없어요!」

롬바드는 약간 힘을 얻은 목소리로 말했다.

「그렇지만 오언이란 사람도 미처 생각하지 못한 것이 하나 있소.」

「그것이 무엇이오?」

「이 섬은 온통 바위뿐입니다. 우리는 쉽게 찾아볼 수 있단 말이오. U.N. 오언이라는 사람을 찾아낼 수 있을 거요.」

암스트롱은 경고하듯이 말했다.

「그는 위험한 인물입니다.」

롬바드는 웃었다.

「위험한 인물이라고요? 누가 그 사악한 여우 같은 놈을 무서워하겠소? 내가 그놈을 잡았을 때는 오히려 내가 위험한 인물이 될 겁니다!」

그는 말을 끊었다가 다시 계속했다.

「블로어에게 도와 달라고 합시다. 그는 어려운 상황에서는 도움이 될 거요. 여자들에게는 말하지 않는 것이 좋겠소. 다른 사람들, 장군은 정신이 좀 이상해진 것 같고, 판사는 행동성이 없는 것 같으니까 그냥 내버려 둡시다. 우리들 셋이면 충분히 해낼 수 있을 거요.」

제 8 장

　블로어는 그들의 이야기를 듣고 쉽게 승낙했다. 블로어가 말했다.
　「그 인형에 관해서는 나는 다른 생각을 갖고 있습니다. 그것은 미친 일이에요! 그것은 관계없는 일일 거요. 오언이란 놈은 자기가 직접 사건에 뛰어들지 않고도 자기의 계획을 실행하려는 것 같지 않소?」
　「좀더 자세히 말해 보시오.」
　「어젯밤에 그 이상한 목소리를 들은 뒤에 젊은 마스턴이 자살을 하고 로저스는 비밀이 폭로될까 봐 두려워서 자기 부인을 죽였소! 이것이 모두 오언이란 놈이 생각한 대로가 아닐까요?」
　암스트롱이 부정하듯이 고개를 양옆으로 흔들었다. 그리고는 청산가리에 대해서 언급을 했다. 그러자 블로어도 수긍을 하며 말했다.
　「그렇지. 그걸 생각 못했구먼. 청산가리는 아무나 가지고 다니는 물건이 아니지. 그런데 그것을 어떻게 술잔에다 넣었을까요?」
　롬바드가 말했다.

「나도 그것에 관해서 생각해 보았소. 마스턴은 그날 밤에 여러 잔을 마셨소. 그가 마지막으로 마신 잔과 그 바로 전의 잔 사이에는 상당한 시간이 있었소. 그 사이에 그의 술잔은 다른 탁자에 놓여 있었소. 내 생각에는 창문 곁에 있는 탁자 위에 있었던 것 같소. 그 창문은 열려 있었소. 그곳을 통해 누군가가 청산가리를 그의 잔 안에 넣은 것이 분명합니다.」

블로어가 믿을 수 없다는 듯이 말했다.

「우리의 눈에 띄지 않고 말이오?」

롬바드는 침착하게 말했다.

「그때 우리 모두는 다른 곳에 정신을 쏟고 있었으니까요.」

암스트롱이 맞장구를 쳤다.

「맞아요. 우리는 기습을 당한 겁니다. 우리는 그때 서로의 이야기에 몰두하면서 방안을 서성이고 있었소. 우리들 자신의 이야기에만 몰두하고 있었소. 그 사이에 충분히 할 수 있었을 거요.」

블로어는 어깨를 으쓱했다.

「그 일이 벌어진 것은 사실이니까! 자, 그럼 어서 시작합시다. 누구 권총 가진 사람 없소? 물론 없을 테지만.」

롬바드가 말했다.

「내가 한 자루 가지고 있소.」

그리고는 자기의 주머니를 툭 쳤다.

블로어의 눈이 커졌다. 그는 놀란 듯이 물었다.

「당신은 총을 항상 가지고 다니나요?」

롬바드가 말했다.

「대개는 그렇지요. 위험한 상황을 많이 당하기 때문이오.」

「오, 그래요?」

블로어는 고개를 끄덕였다.

「당신은 아마 지금처럼 위험한 상황에 처한 적은 없을 거요! 이 섬에 미치광이가 숨어 있다면 그 녀석도 아마 권총을 가지고 있을 거요 ——칼이나 흉기는 물론이고.」

암스트롱은 헛기침을 하고 말했다.

「그 말은 틀릴지도 모르지요, 블로어 씨. 미치광이 중에는 겉으로는 얌전하고 멋있는 사람도 많습니다.」

블로어가 말했다.

「하지만 이놈은 그런 것 같지가 않소.」

2

세 사람은 마침내 섬 수색에 들어갔다. 그것은 예상했던 것보다도 훨씬 간단했다. 북서쪽은 해안에 접해 있는 가파른 절벽이었다. 그리고 섬에는 나무도 거의 없었고, 숨을 만한 곳도 없었다. 세 사람은 신중하고 세밀하게 조사했다. 높은 곳과 해안의 가장자리까지. 그리고 혹시 동굴이 있지 않을까 해서 바위의 움푹 팬 곳도 조사해 보았다. 그러나 동굴은 없었다.

그들은 해안을 수색하다가 매카서 장군이 바다를 바라보며 앉아 있는 것을 발견했다. 그곳은 파도가 바위에 부서지는 평화스러운 곳이었다. 그 노인은 수평선에 시선을 못박고 바른 자세로 앉아 있었다. 그는 세 사람이 곁에 온 것도 모르는 것 같았다. 그의 모습은 어딘지 이상했다.

블로어는 속으로 생각했다. 아무래도 이상한데 ——마치 정신이 나간 사람 같아. 그는 목청을 가다듬고 자연스럽게 말했다.

「장군님, 아주 훌륭한 곳을 발견하셨습니다.」

장군은 눈살을 찌푸리며 그를 흘끔 돌아보았다.

「이제 시간이 얼마 안 남았소──얼마 안 남았다고. 제발 방해하지 말아 주시오.」

블로어가 미소를 지으며 말했다.

「우리는 방해하러 온 것이 아닙니다. 지금 이 섬을 수색하고 있는 중입니다. 누군가가 이 섬에 숨어 있을지도 몰라서요.」

장군은 다시 얼굴을 찡그리며 말했다.

「당신들은 모를 거요──아무것도 몰라. 제발 가 주시오.」

블로어는 물러나서 두 사람에게로 갔다.

「저 사람은 미쳤어……그에게 이야기해 보았자 소용이 없어요.」

롬바드는 호기심이 생겨서 물었다.

「뭐라고 합디까?」

블로어는 어깨를 으쓱하고는 대답했다.

「이제 시간이 얼마 남지 않았다나. 그리고 방해하지 말라고 하더군요.」

암스트롱 의사는 찌푸린 얼굴로 중얼거렸다.

「이상한데……?」

3

그들은 섬을 샅샅이 살펴보았다. 세 사람은 육지를 바라보며 서 있었다. 배의 모습은 보이지 않았다. 바람이 강해지고 있었다. 롬바드가 말했다.

「고기 잡는 배도 한 척 없군. 폭풍이 올 것 같은데, 마을도 전혀 보이지 않으니……신호를 보낼 수 있으면 좋겠는데.」

블로어가 말했다.

「오늘밤 봉화를 올려 봅시다.」

롬바드가 냉정하게 말했다.

「아무 소용없는 일입니다.」

「왜죠?」

「우리는 여기에 고립되어 있는 겁니다. 보나마나 신호가 있더라도 모르는 체하라고 말해 두었을 거요. 내기를 하고 있다느니 하면서 대강 얼버무렸을 게 뻔해요.」

블로어가 믿지 못하겠다는 듯이 말했다.

「마을 사람들이 그 말을 믿을 거라고 생각합니까?」

롬바드는 냉정하게 말했다.

「사실보다는 믿기가 더 쉬울걸! 오언이란 놈이 손님들을 모두 죽일 때까지 이 섬을 고립시켜야겠다고 솔직하게 말한다면 마을 사람들이 믿을 것 같소?」

암스트롱 의사가 말했다.

「아직 믿어지지 않는 것도 있지만 ——.」

롬바드는 입술을 오므리며 말했다.

「그게 그거죠. 당신이 말한 대로요, 의사 선생.」

블로어는 바다 아래를 내려다보았다. 그리고는 말했다.

「이곳으로는 아무도 내려갈 수가 없겠군!」

암스트롱도 인정한다는 듯이 고개를 끄덕였다.

「정말 그렇겠군요. 너무 가파른 곳입니다. 숨을 곳이 없을 것 같군요.」

블로어가 말했다.

「절벽 안쪽에 동굴이 있을지도 모르지. 배가 있다면, 섬 주위를 조사해 볼 수 있을 텐데.」

롬바드가 말했다.

「배가 있다면, 지금쯤 육지로 향하고 있었을 거요.」

「하긴 그렇겠군.」

롬바드가 불쑥 말했다.

「이 절벽은 별 이상은 없는 것 같지만, 조사해 봐야 할 곳이 한 군데 있는 것 같소──저기 오른쪽 아래가 좀 미심쩍군요. 밧줄이 있다면 내가 내려가 보겠는데.」

블로어가 말했다.

「확실히 해 두는 편이 좋습니다. 어쩌면 소용없는 일인지도 모르지만. 아무튼 내가 밧줄이 있는지 알아보고 오겠소.」

그는 집 쪽으로 빠르게 달려갔다.

롬바드가 하늘을 바라보았다. 구름이 군데군데 떠 있었다. 바람이 세어지고 있었다. 그는 암스트롱을 힐끔 쳐다보면서 말했다.

「왜 아무 말도 하지 않습니까? 지금 무슨 생각을 하고 있는 겁니까?」

암스트롱이 천천히 말했다.

「매카서 장군이 정말로 미쳤는지를 생각하고 있소.」

4

베라는 아침부터 안절부절못했다. 그녀는 오싹하는 혐오감 때문에 에밀리 브렌트를 피했다. 브렌트는 바람을 피하기 위해 집의 모퉁이에 의자를 갖다놓고 앉아 있었다. 그녀는 뜨개질을 하고 있었다. 베라는 브렌트를 생각할 때마다 머리에 해초가 뒤엉킨 채 빠져 죽은 창백한 얼굴이 떠올랐다. 한때는 아름다웠지만 지금은 연민도 공포도 없는 얼굴——에밀리 브렌트는 차분하게 뜨개질을 하며 앉아 있었다.

워그레이브 판사는 마당에서 의자에 앉아 있었다. 그는 목을 움츠리고 있어서 머리가 목 속에 파묻혀 있는 것처럼 보였다. 베라는 판사를 보고는 피고석에 서 있는 한 남자를 생각했다. 금발에 푸른 눈을 가진 당황한 얼굴의 젊은 청년. 바로 에드워드 세튼이었다. 그녀는 판사가 검은 모자를 쓰고 판결을 내리고 있는 모습을 상상했다.

잠시 뒤에 베라는 천천히 바다 아래쪽으로 걸어갔다. 그녀는 장군이 수평선을 바라보고 있는 곳으로 갔다.

매카서 장군은 그녀가 오는 것을 알고는 머리를 돌렸다——그의 표정에는 의심과 이해심이 뒤섞여 있었다. 그의 모습을 보고 그녀는 깜짝 놀랐다. 그는 잠깐 동안 그녀를 뚫어지게 바라보았다. 그녀는 속으로 생각했다.

'너무 이상해. 마치 모든 것을 알고 있다는 듯이……'

그는 말했다.

「오, 당신이었군요.」

베라는 그의 옆에 앉아서 말했다.

「바다 바라보는 것을 좋아하세요?」

그는 부드럽게 머리를 끄덕였다.

「그렇소, 아주 좋아하오. 그리고 기다리기에도 좋은 곳이라오.」

「기다리다뇨?」

베라가 날카롭게 물었다.

「무엇을 기다리고 있는데요?」

그는 부드럽게 말했다.

「종말이오. 당신도 알고 있을 텐데? 그것은 사실이라오. 우리는 지금 종말을 기다리고 있답니다.」

그녀는 불안한 듯이 말했다.

「무슨 뜻이죠?」

매카서 장군은 무겁게 말했다.

「우리들 중 아무도 이 섬을 빠져 나갈 수 없을 거요. 이것은 계획적입니다. 당신도 알다시피 이것은 완전한 사실입니다. 아마 당신이 모르고 있는 것은 구원일 거요!」

베라는 놀라면서 말했다.

「구원?」

그는 말했다.

「그렇소. 당신은 매우 젊습니다. 아직 당신에게는 찾아오지 않았지만 곧 올 거요! 당신이 더 이상 무거운 짐을 질 수 없을 때 구원이 찾아올 거요. 당신도 언젠가 알게 될 거요.」

베라는 거칠게 말했다.

「저는 당신을 이해할 수가 없어요.」

그녀의 손가락이 떨렸다. 그녀는 갑자기 이 늙은 군인이 너무 두려워졌다.

그는 중얼거리듯이 말했다.

「나는 레슬리를 사랑했어. 나는 그녀를 무척이나 사랑했어…….」

베라는 의아해 하며 물었다.

「레슬리가 당신의 아내였나요?」

「그렇소. 나는 그녀를 사랑했소──그리고 그녀를 자랑스럽게 생각했지. 그녀는 매우 아름다웠소──그리고 쾌활했지.」

그는 잠시 말을 멈추었다가 다시 이었다.

「나는 레슬리를 사랑했소. 그래서 그런 일을 저질렀던 거요.」

베라가 말했다.

「예, 그렇다면──?」

그리고는 말을 멈추었다.

매카서 장군은 부드럽게 고개를 끄덕였다.

「이제 와서 부인해도 소용없지——우리는 모두 죽을 거요. 내가 리치몬드를 죽음으로 몰아넣었소. 그것은 살인이었어. 살인——나는 평소에 법을 존중해 왔지! 그러나 그때는 살인이라고 생각하지 않았소. 후회도 하지 않았다오. 그를 잘 해치웠다고 생각했지——그것이 내가 생각한 것이었소. 하지만 나중에는——.」

베라는 딱딱한 목소리로 말했다.

「나중에는요?」

그는 머리를 멍청하게 흔들었다. 그리고는 당황하고 괴로운 표정을 지었다.

「모르겠소. 정말 모르겠소. 레슬리가 짐작하고 있었는지 아닌지 모르겠소. 그렇지 않을 거라고 생각은 했었지만. 그러나 정확히는 알 수가 없어. 그녀는 더 이상 만날 수 없는 곳으로 가 버렸으니까. 그때 그녀도 죽었소——그래서 나는 혼자 남게 되었지……..」

베라가 말했다.

「혼자라——혼자——.」

그녀의 목소리가 바위에 메아리쳐서 되돌아왔다.

매카서 장군이 말했다.

「종말이 오면 당신도 기뻐할 거요.」

베라는 일어섰다. 그리고는 날카롭게 말했다.

「당신이 무슨 말을 하고 있는지 통 모르겠어요!」

그는 말했다.

「나는 알고 있소. 나는 알고 있다고…….」

매카서 장군은 바다를 다시 바라보았다. 그는 그녀를 더 이상 의식하지 않았다. 그는 부드럽게 말했다.

「레슬리…….」

5

블로어가 밧줄을 가지고 돌아왔을 때 암스트롱은 바다를 내려다보고 있었다. 블로어가 숨을 몰아 쉬며 말했다.

「롬바드는 어디 있소?」

암스트롱은 신경쓸 것 없다는 듯이 말했다.

「좀 조사해 볼 것이 있다고 하면서 어딘가로 갔소. 곧 돌아올 거요. 저기를 좀 보시오, 블로어 씨. 좀 걱정이 됩니다.」

「우리 모두가 걱정하고 있소.」

의사는 참을 수 없다는 듯이 손을 흔들었다.

「물론이지요. 하지만 나는 그것을 말하는 게 아니오. 매카서 장군을 이야기하고 있는 거요.」

「그 사람이 어떻게 되었습니까?」

암스트롱은 우울하게 말했다.

「우리가 지금 찾고 있는 것은 미치광이오. 매카서는 어떻소?」

블로어가 눈을 빛내면서 말했다.

「그러면 그가 살인광이란 말인가요?」

암스트롱은 말했다.

「그렇다고는 말하지 않았소. 물론 정신병은 나의 전문이 아니오. 그리고 그 사람과는 깊은 이야기를 나누어 본 적도 없고――하지만 그렇게 생각하지는 않소.」

블로어가 의심스럽다는 듯이 말했다.

「정신이 나갔단 말이죠! 하지만 그렇게 말해서는 안됩니다.」

암스트롱이 열을 올리며 말을 가로챘다.

「아마 당신이 옳을지도 모르지! 이 섬에 누군가가 숨어 있는 것은 틀림없소! 아, 저기 롬바드가 있군요!」

그들은 밧줄을 조심스럽게 잡아맸다. 롬바드가 말했다.

「내가 할 수 있는 한은 최선을 다하겠소. 밧줄이 갑자기 팽팽해지지 않게 해주시오.」

잠시 뒤에 그들은 롬바드가 내려가는 것을 지켜보며 서 있었다. 블로어가 말했다.

「마치 고양이 같군요!」

그의 목소리에서 이상한 느낌이 풍겼다. 암스트롱 의사는 말했다.

「등산 경험이 많은 것 같은데요!」

「그런 것 같소.」

잠시 침묵이 흐른 뒤에 블로어가 말했다.

「정말로 묘한 골짜기로군요. 지금 내가 무엇을 생각하고 있는지 알고 있소?」

「글쎄요……?」

「저 남자는 나쁜 사람이오!」

암스트롱이 의심스럽다는 듯이 물었다.

「어떤 면에서요?」

블로어는 대답했다.

「정확히 말할 수는 없지만, 어쨌든 나는 저 사람을 조금도 믿지 않습니다.」

암스트롱 의사가 말했다.

「내가 보기에는 모험을 많이 하면서 살아 온 사람 같은데.」

블로어가 말했다.

「매우 어두운 모험이었겠지요.」

그는 잠시 말을 멈추었다가 계속했다.

「권총을 가지고 다닌 적이 있소, 의사 선생?」

암스트롱은 블로어를 쳐다보면서 대답했다.

「나 말이오? 아니오, 그런 것을 가지고 다닐 이유가 없지 않소?」

블로어가 말했다.

「그렇다면, 롬바드는 어째서 권총을 가지고 다닐까요?」

암스트롱은 그래도 잘 모르겠다는 듯이 말했다.

「아마 습관일 테지요.」

블로어는 코웃음을 쳤다.

그때 밧줄이 갑자기 팽팽해졌다. 잠시 동안 그들은 힘을 합쳐서 밧줄을 잡아당겼다. 밧줄이 다시 느슨해지자 블로어가 말했다.

「습관도 나름이죠! 롬바드는 어울리지 않는 곳에 권총을 가지고 왔소. 그리고 석유 난로와 가방, 게다가 살충제 가루까지도 가지고 왔단 말입니다. 나는 이런 곳에까지 권총을 가지고 다니는 습관을 들어 본 적도 없소. 그것은 책 속에서나 나오는 이야기지요.」

암스트롱 의사는 조금 당황하며 머리를 흔들었다. 그들은 롬바드가 어떻게 하고 있나를 보기 위해 내려다보았다. 그의 수색은 끝난 것 같았고, 또 그것이 별 성과가 없었다는 것을 알 수 있었다. 그가 절벽을 기어오르는 것이 보였다. 그는 다 올라온 뒤에 이마의 땀을 닦고 나서 말했다.

「모두 조사해 보았소. 이제는 집을 조사하는 일만 남았어요.」

6

집은 쉽게 조사해 볼 수 있었다. 그들은 부속 건물부터 시작하여 나중에 안채로 향했다. 부엌 서랍에서 발견된 로저스 부인의 줄자가 그들에게 도움이 되었다. 그러나 사람이 숨어 있을 만한 곳은 없었다. 모든 것이 깨끗하고 단정하게 되어 있는 현대식 건물이라서 아무리 둘러보아도 숨을 만한 곳이 없었다. 그들은 1층을 조사하고 나서 2층으로 올라갈 때 창문을 통해서 로저스가 칵테일 쟁반을 들고 마당으로 나가는 것을 보았다. 롬바드가 말했다.

「좋은 하인입니다. 그런 일을 당하고도 평소처럼 일을 하고 있으니.」

암스트롱이 감탄한 듯이 말했다.

「로저스는 정말 훌륭한 하인이오. 나는 확신할 수 있소!」

블로어가 말했다.

「그의 부인도 음식 솜씨가 훌륭했지요. 어젯밤 저녁은 매우 훌륭했어요.」

그들은 첫번째 침실로 들어갔다. 5분 뒤에 그들은 서로를 바라보았다. 그곳에는 아무도 없었다──또한 숨을 만한 곳도 없었다. 블로어가 말했다.

「여기에 계단이 있군.」

암스트롱이 말했다.

「그 계단은 하인 방과 연결되어 있소.」

블로어가 말했다.

「지붕 밑에 틀림없이 물탱크 같은 것이 있을 거요──그런 데가 숨기에는 가장 좋은 곳이지요──지금으로선 유일한 곳이기도 하고요!」

그때 위에서 어떤 소리가 들렸다. 가벼운 발자국 소리였다.

그들은 동시에 그 소리를 들었다. 암스트롱은 블로어의 팔을 잡았다. 롬바드가 손가락을 입에 대고 말했다.

「조용히──! 저 소리를 들어 봐요.」

그 소리는 다시 들려 왔다──누군가가 소리를 죽여 가며 걷고 있었다.

암스트롱은 속삭였다.

「누군가가 침실에 있는 모양이오. 저 방은 로저스 부인의 시체가 있는 방인데.」

블로어도 숨을 죽이고 말했다.

「맞아요! 그 녀석은 저곳에 숨어 있어! 아무도 저곳에는 가지 않을 테니까 숨기에 아주 좋은 곳이지. 자, 조용히 하고 가 봅시다.」

그들은 숨을 죽이며 위층으로 올라갔다. 그리고는 그 방문 앞에서 멈추었다. 정말로 누군가가 방안에 있었다. 방안에서 희미한 기척이 들렸다. 블로어가 속삭였다.

「지금이오!」

블로어는 방문을 힘껏 밀치며 안으로 뛰어들어갔다. 그리고 세 사람은 우뚝 멈춰 서 버렸다. 그곳에는 로저스가 옷을 들고 서 있었던 것이다.

7

블로어가 맨 먼저 냉정을 되찾았다. 그리고는 말했다.

「미안하게 되었소, 로저스. 이 방에서 무슨 소리가 들리기에 ──.」

로저스가 말했다.

「죄송합니다, 선생님. 제 짐을 옮기고 있었습니다. 비어 있는 방으로 옮기려고요. 제일 작은 방으로요.」

그가 암스트롱을 향해서 말하자 암스트롱이 대답했다.

「그게 좋겠군요. 그럼, 그렇게 하시지요.」

로저스는 침대에 시트로 덮여 있는 시체를 보지 않으려고 고개를 한쪽으로 돌리며 말했다.

「감사합니다.」

그는 짐을 들고 계단을 따라 아래층으로 내려갔다. 암스트롱은 침대로 가서 시트를 걷고는 죽은 부인의 평화로운 얼굴을 내려다보았다. 이제 두려움은 없었다. 단지 공허함만이 있었다.

암스트롱이 말했다.

「해부를 하면 이 부인이 무슨 약을 먹었는지 알 수 있을 겁니다.」

그리고 다른 두 사람을 보며 말했다.

「그만 내려갑시다. 이곳에서는 아무것도 발견하지 못할 것 같소.」

블로어는 맨홀의 볼트와 씨름하고 있었다. 그리고는 말했다.

「로저스는 발소리를 내지 않고 걷는군요. 조금 전에 그가 마당으로 나가는 것을 보았잖습니까? 그렇지만 그가 위층으로 올라오는 소리를 듣지 못했단 말입니다.」

롬바드가 말했다.

「난 틀림없이 수상한 녀석이 여기에 있는 줄 알았지.」

블로어는 어둠 속으로 사라졌다. 롬바드도 주머니에서 플래시를 꺼내어 비추면서 그 뒤를 따랐다. 잠시 뒤에 세 사람은 멈춰 서서 서로를 바라보았다. 그들은 모두 먼지를 뒤집어쓰고 거미줄이 엉켜 붙어 있었다. 섬에는 그들 여덟 명 말고는 아무도 없는 것이 틀림없었다.

제 9 장

롬바드가 천천히 입을 열었다.

「우리가 잘못 생각하고 있었소. 두 사람이 연달아 죽는 바람에 잘 못 생각하게 된 거요!」

암스트롱은 무겁게 말했다.

「하지만 아직도 그 사람들이 죽은 원인을 정확히 모릅니다. 그렇지 만 나는 의사요. 자살에 관해서는 어느 정도 알고 있소. 앤소니 마스 턴은 자살할 사람이 절대로 아닙니다.」

롬바드가 수긍할 수 없다는 듯이 말했다.

「실수일 수도 있지 않겠습니까?」

블로어가 말했다.

「그런 실수는 아무래도 이해가 되지 않는걸!」

잠시 침묵이 흐른 뒤에 블로어가 입을 열었다.

「그럼 로저스 부인은———.」

「로저스 부인?」

「그렇소. 로저스 부인은 과실일지도 모르잖소?」

롬바드가 말했다.

「과실이라고? 어떻게요?」

블로어는 약간 난처한 표정을 지었다. 그의 붉은 얼굴이 더욱 빨개졌다. 그리고는 거북한 듯이 말했다.

「의사 선생, 당신이 그녀에게 약을 주지 않았소?」

암스트롱은 그를 바라보며 말했다.

「약 말입니까? 그게 어째서……?」

「어젯밤에 당신이 그녀에게 잠자라고 하면서 약을 주었잖소?」

「아, 그 약은 해가 없는 수면제요.」

「정확히 무엇이었소?」

「트리오날이었소. 전혀 해가 없는 약이오.」

블로어는 상기된 얼굴로 말했다.

「우리 솔직하게 말해 봅시다. 혹시, 그 약의 분량을 지나치게 많이 준 것은 아니오?」

암스트롱 의사는 화를 내면서 말했다.

「지금 무슨 소리를 하고 있는 거요?」

블로어가 말했다.

「하지만 당신이 실수할 수도 있지 않겠습니까? 가끔 일어날 수 있는 일이죠.」

암스트롱은 날카롭게 말했다.

「나는 그런 실수는 하지 않소. 터무니없는 말이오.」

의사는 잠시 말을 멈추었다가 격렬하게 이었다.

「그럼, 내가 고의로 그 부인에게 과량의 약을 주었단 말이오?」

롬바드가 얼른 끼여들었다.

「여러분, 우리 진정합시다. 서로에게 죄를 뒤집어씌워 봤자 이로울

게 없어요..」

블로어가 불쾌한 듯이 말했다.

「나는 단지 의사도 실수를 할 때가 있다고 말했을 뿐이오.」

암스트롱은 애써서 미소를 지으면서 말했다.

「의사들은 그런 실수는 하지 않습니다, 블로어 씨.」

블로어는 신중한 어조로 말했다.

「하지만, 당신은 이번이 처음은 아닐 거요——레코드의 목소리가 사실이라면!」

암스트롱의 안색이 하얗게 되었다. 이때 롬바드가 화를 내면서 블로어에게 말했다.

「왜 이렇게 공격적인 태도로 나옵니까? 우리는 모두 같은 운명에 처한 사람들이오. 서로 협력해야 되지 않겠소? 블로어 씨, 그 목소리는 당신도 허위 증언했다고 하지 않았습니까?」

블로어는 주먹을 불끈 쥐고 한 걸음 앞으로 나섰다. 그리고는 퉁명스럽게 말했다.

「허위 증언이라고? 그것은 터무니없는 거짓말이오! 롬바드 씨, 당신이 그렇게 나온다면 나도 할 말이 있소——당신에 관해서 말인데!」

롬바드의 눈썹이 올라갔다.

「나에 관해서?」

「그렇소. 당신은 왜 이곳에 권총을 가지고 왔소?」

롬바드가 말했다.

「그것이 그렇게 궁금합니까?」

「그렇소, 롬바드 씨.」

롬바드가 말했다.

「블로어 씨, 당신 보기보다는 괜찮은데!」

「그 권총은 어떻게 된 거요?」

롬바드는 미소를 지으면서 말했다.

「나는 이런 사건이 일어날 줄 미리 알고 가지고 온 것이라오.」

블로어는 의심스럽다는 듯이 말했다.

「당신은 어젯밤에 그런 말은 하지 않았잖소?」

롬바드는 머리를 흔들었다.

「당신은 우리에게 숨기는 것이 있었군.」

블로어가 말했다.

「사실은 그렇게 됐소.」

롬바드가 말했다.

「들어 보았으면 좋겠는데.」

롬바드는 천천히 말하기 시작했다.

「나는 당신들처럼 손님으로 이곳에 왔다고 말했소. 하지만 그것은 사실이 아니오. 사실은 조니 모리스라는 남자가 나에게 와서는, 내가 이곳에 와서 감시만 해준다면 100기니를 준다고 했소──내가 가장 알맞는 사람이라고 하면서.」

「그게 정말이오?」

블로어가 물었다. 롬바드는 미소를 띠며 말했다.

「정말이오.」

암스트롱 의사가 말했다.

「하지만 그 사람은 당신에게 좀더 구체적으로 부탁했을 텐데?」

「아니오. 그것뿐이었소. 그 말만으로 그 부탁을 따를 것인가, 아니면 그만둘 것인가를 결정해야 했소. 나는 그때 돈이 궁했기 때문에 승낙했던 거요.」

블로어는 미심쩍은 듯이 말했다.

「그런데 왜 어젯밤에 그것을 말하지 않았소?」

롬바드는 어깨를 으쓱하고는 말했다.

「어젯밤의 일이 내가 맡은 사건인지 아닌지 어떻게 알 수 있습니까? 그래서 그때 나서지 않고 넘어갔던 것뿐이오.」

암스트롱이 말했다.

「하지만 지금은 그렇게 생각하지 않겠죠?」

롬바드의 얼굴빛이 변했다. 약간 어두워지면서 표정이 굳었다. 그는 말했다.

「그렇소. 나도 지금은 우리가 같은 운명에 처해 있다는 것을 믿고 있소. 그 100기니는 오언이란 놈이 나를 당신들과 마찬가지로 이곳으로 끌어들이기 위한 미끼에 지나지 않았소.」

그는 다시 천천히 말했다.

「우리는 모두 덫에 걸린 거요──이젠 틀림없이 확신할 수 있소? 로저스 부인의 죽음! 토니 마스턴의 죽음! 그 사라진 인디언 인형! 맞아, 오언이란 놈의 수법이 훤히 드러나고 있소──단지, 그놈이 보이지 않을 뿐이오.」

아래층에서 점심식사를 알리는 종이 울렸다.

2

로저스가 식당문 앞에 서 있었다. 세 사람이 계단을 내려가서 아래층에 도착했을 때 그는 한두 걸음 앞으로 나와서 낮은 목소리로 깍듯이 말했다.

「제가 준비한 점심식사가 입에 맞을지 모르겠습니다. 냉동 햄과 소 혓바닥 고기, 익힌 감자, 그리고 치즈와 비스킷에다 통조림 과일을 차려 놓았습니다.」

롬바드가 말했다.

「그 정도면 아주 훌륭합니다. 식량은 충분히 저장되어 있나요?」

「통조림과 저장 식품은 많이 있습니다. 육지와의 교통이 끊겼을 때를 대비해서 저장해 두었던 겁니다.」

롬바드는 고개를 끄덕였다. 로저스는 세 사람을 식당으로 안내하면서 중얼거리듯이 말했다.

「프레드 내러코트가 오지 않은 것이 걱정되는군요. 정말 이상한 일입니다.」

「나도 그렇게 생각하오.」

롬바드가 말했다.

브렌트가 식당으로 들어왔다. 그녀는 털실 뭉치를 떨어뜨렸는지 그것을 다시 감고 있었다. 그녀는 자리에 앉아서 말했다.

「날씨가 변덕이 심하군요. 바람도 세어지고 바다에는 흰 파도가 일고 있어요.」

조금 뒤에 워그레이브 판사가 들어왔다. 그는 느리게 걸어왔다. 그는 식당에 와 있는 다른 사람들을 한 번 쭉 둘러보았다. 그리고는 말했다.

「여러분이 오늘 아침에 큰 활약을 한 것 같더군요.」

그의 목소리에는 약간의 악의에 찬 냉소가 들어 있었다.

이때 베라 클레이슨이 급하게 뛰어들어왔다. 그녀는 약간 숨을 헐떡거리고 있었다. 그녀는 빨리 말했다.

「기다리게 해서 죄송합니다. 제가 조금 늦은 것 같군요.」

에밀리 브렌트가 말했다.

「하지만 당신이 마지막이 아니에요. 매카서 장군이 아직 오지 않았어요.」

그들은 식탁 주위에 둘러앉았다. 로저스가 말했다.

「시작할까요? 아니면, 기다릴까요?」

베라가 말했다.

「장군님은 바다를 바라보면서 앉아 있을 거예요. 거기에서는 종소리가 들리지 않을걸요.」

그녀는 잠시 머뭇거리다 말했다.

「그분은 오늘 좀 이상했어요.」

로저스가 말했다.

「그럼, 제가 가서 모셔 오겠습니다.」

암스트롱 의사가 일어서며 말했다.

「아니오, 내가 갔다 오겠소. 여러분들은 먼저 시작하세요.」

그는 식당을 나갔다. 등뒤에서 로저스의 목소리가 들려 왔다.

「선생님은 냉동 햄으로 하시겠습니까, 아니면 소 혓바닥 고기로 하시겠습니까?」

3

다섯 사람은 대화도 제대로 나누지 못하고 식탁에 앉아 있었다. 밖에서는 바람 소리가 간간이 들려 왔다.

베라가 몸을 약간 떨면서 말했다.

「폭풍이 올 것 같아요.」

블로어가 침묵을 깨뜨리며 말했다.

「어제 기차를 타고 오다가 이상한 노인을 만났습니다. 그 노인은 계속 폭풍이 올 거라고 하더군요. 노인들은 날씨를 미리 알 수 있나 보지요.」

로저스가 빈 접시들을 식탁에서 치우고 있었다. 그러다가 접시를 손에 든 채로 갑자기 우뚝 서 버렸다. 그리고는 약간 놀란 목소리로 말했다.

「저기 누가 뛰어오고 있는데요.」

다른 사람들도 그 소리를 들을 수 있었다――마당을 통해 달려오는 발소리를. 그들은 모두 일제히 일어섰다. 그리고는 문 쪽을 바라보았다. 마침내 암스트롱 의사가 숨을 헐떡이며 들어왔다. 그리고는 말했다.

「매카서 장군이 ――.」

「죽었어!」

이 말은 베라의 입에서 나온 비명이었다.

암스트롱이 말했다.

「그렇소. 그분이 죽었소…….」

식당에는 침묵이 흘렀다――긴 침묵. 일곱 명의 사람들은 할 말을 잊고 서로를 바라볼 뿐이었다.

4

노장군의 시체가 집으로 운반되어 왔을 때 폭풍우가 시작되었다. 다른 사람들은 응접실에 서 있었다. 바람 소리와 함께 비가 쏟아져 내렸다.

블로어와 암스트롱이 시체를 2층으로 옮기려고 계단을 올라갔을 때 베라 클레이슨이 갑자기 식당으로 달려갔다. 디저트는 손도 대지 않은 채 식탁 위에 놓여 있었다. 베라는 식탁으로 다가갔다. 그녀는 로저스가 살며시 들어와도 그곳에 꼼짝도 않고 서 있었다. 그는 베라를 보고 약간 놀랐다. 그의 눈은 의문을 담고 있었다.

「저도 그것을 알아보기 위해서 왔습니다.」

베라도 놀란 목소리로 말했다.

「저도 그래서 와 보았어요. 저길 보세요. 일곱 개밖에 없어요!」

5

매카서 장군의 시체는 그의 침대에 눕혀졌다. 암스트롱이 그를 살펴보고는 1층으로 내려왔다. 그는 응접실에 모여 있는 사람들을 보았다. 브렌트는 뜨개질을 하고 있었고, 베라 클레이슨은 비가 내리는 창밖을 물끄러미 바라보고 있었다. 블로어는 무릎 위에 손을 얹고 앉아 있었다. 롬바드는 응접실 안을 이리저리 거닐고 있었다. 워그레이브 판사는 응접실 구석에서 의자에 앉아 무엇인가를 골똘히 생각하고 있었다. 판사의 눈은 거의 감긴 상태였다. 그의 눈은 의사가 들어왔을 때 떠졌다. 판사는 또렷하고 큰 목소리로 물었다.

「어떻게 된 거요?」

암스트롱은 안색이 창백해지며 말했다.

「심장 마비 같은 것은 아닙니다. 그분은 뒤통수를 얻어맞았습니다.」

웅성거리는 소리가 들리면서 판사가 다시 또렷한 목소리로 물었다.

「어떤 흉기인지 알아냈소?」

「아니오.」

「그런데도 그것이 확실하오?」

「틀림없습니다.」

워그레이브 판사는 조용하게 말했다.

「이제는 우리의 처지가 분명해졌소.」

판사가 모든 사람 위에서 주도권을 행사하고 있었다. 오늘 아침까지만 해도 워그레이브는 어떤 행동도 하지 않고 의자에만 앉아 있었다. 하지만 지금은 오랜 경륜에서 나온 위엄으로 주도권을 잡고 있었다. 그는 법정에서처럼 군림하고 있었다. 그는 목청을 가다듬고 위엄 있게 말했다.

「나는 오늘 아침에 마당에 앉아서 여러분의 행동을 지켜 보았소. 나는 여러분의 목적을 짐작할 수 있었소. 여러분은 보이지 않는 살인광을 찾기 위해 온 섬을 뒤지지 않았습니까?」

「맞습니다.」

롬바드가 대답했다.

판사는 계속 말했다.

「여러분도 이제는 앤소니 마스턴과 로저스 부인의 죽음이 사고나 자살이 아니라는 결론에 도달했을 것이오. 또한, 오언이란 사람이 우리를 이 섬에 끌어들인 이유도 확실히 알았을 것이오.」

블로어가 거칠게 말했다.

「그 녀석은 미치광이요!」

판사는 헛기침을 하며 말했다.

「분명히 그렇겠지. 하지만 그것은 중요한 문제가 아니오. 우리의 관심은 우리의 생명을 지키는 것이오.」

암스트롱은 떨리는 목소리로 말했다.

「이 섬에는 우리 이외에는 아무도 없습니다. 그건 확실해요!」

판사는 턱을 쓰다듬으면서 부드럽게 말했다.

「하지만 나는 오늘 아침에 한 가지 결론을 얻었소. 당신들의 수색은 헛고생이었소. 그렇지만 오언이라는 사람은 분명히 이 섬 안에 있소. 그가 법률이 미치지 않는 죄를 심판하기 위해서는 단지 한 가지 방법밖에 없었소. 오언은 우리와 함께 이 섬에 왔던 것이오. 그것은 틀림없소. 오언은 우리들 중의 한 사람이오……」

6

「오, 그럴 리가…….」

거의 신음에 가까운 목소리로 외친 것은 베라였다.

판사는 그녀를 날카롭게 바라보며 말했다.

「우리는 이제 사실을 외면할 시간이 없소. 우리는 지금 큰 위험에 처해 있단 말입니다. 우리들 중의 한 사람이 틀림없이 U.N. 오언이라는 자요. 하지만 우리는 그가 누구인지는 모르고 있소. 열 사람 중에서 이미 세 사람은 제외되었소. 앤소니 마스턴, 로저스 부인, 그리고 매카서 장군은 혐의에서 제외된 것이오. 이제는 일곱 사람밖에는 남지 않았소. 우리 일곱 사람 중에 한 사람이 살인광이 틀림없소.」

그는 잠시 말을 중단하고 주위를 둘러보았다.

「여러분도 동의하겠지요?」

암스트롱이 말했다.

「끔찍한 사실이지만, 당신 말이 맞는 것 같소.」

블로어가 말했다.

「틀림없습니다. 나도 대강 짐작하고 있었어요.」

워그레이브 판사는 블로어의 말을 막으며 부드럽게 말했다.

「우리는 이제 결론을 내려야 합니다. 여러분도 동의하는 거죠?」

브렌트는 뜨개질을 하면서 말했다.

「당신 생각이 맞는 것 같아요. 우리들 중의 하나가 악마에 사로잡혀 있는 것이 분명해요.」

베라가 중얼거리듯이 말했다.

「믿을 수가 없어요……저는…….」

워그레이브가 말했다.

「롬바드 씨는?」

「나도 동의하오.」

판사는 만족한 듯이 고개를 끄덕였다. 그리고는 말했다.

「그럼, 이제 증거를 조사해 봅시다. 먼저, 우리들 중에 특별히 의심스러운 사람이라도 있습니까? 블로어 씨, 당신이 할 말이 있는 것 같은데.」

블로어는 숨을 거칠게 쉬면서 말했다.

「롬바드 씨가 권총을 가지고 있소. 그는 어젯밤에 그 사실을 말하지 않았소. 그도 그것을 인정했소.」

롬바드는 경멸하듯이 웃으며 말했다.

「그럼 다시 설명하는 것이 좋겠군.」

그는 간단 명료하게 이야기했다.

블로어가 날카롭게 말했다.

「그것을 증명할 수 있소? 당신의 이야기를 증명할 만한 것이 없지 않소?」

판사는 헛기침을 하고 말했다.

「불행하게도 우리는 모두 똑같은 상황에 처해 있소. 단지 각자의 말밖에는 증명할 것이 없는 것 같소.」

그는 앞으로 몸을 숙이고 다시 말했다.

「여러분은 모두 특별한 증거를 가지고 있지 않은 상태이니 오로지 한 가지 방법밖에는 없는 것 같군요. 우리들 중 자기의 신분만으로 혐의에서 벗어날 수 있는 사람이 있습니까?」

암스트롱 의사가 얼른 말했다.

「나는 유명한 의사요. 나는 혐의를 받을 만한 것이 없소.」

판사가 그 말을 중단시키고는 작고 또렷한 목소리로 말했다.

「나도 역시 이름 있는 사람이오! 하지만 그것은 증거가 되지 못해요. 의사도 미칠 수가 있고 판사도 역시 마찬가지요.」

판사는 블로어를 바라보며 덧붙였다.

「탐정도 마찬가지요!」

롬바드가 말했다.

「그렇지만 여자들은 제외시켜야 하지 않을까요?」

판사의 눈썹이 약간 올라갔다. 그리고는 법정에서 길들여진 엄격한 투로 말했다.

「여자들이라 해서 살인광이 되지 말라는 법이 있소?」

롬바드는 화가 나서 말했다.

「물론 그런 것은 아니지만, 모든 상황을 봐서 여자들이 하기는 불가능하지 않을까요?」

워그레이브 판사가 나지막한 목소리로 암스트롱에게 물었다.

「매카서를 죽인 범인이 여자일 가능성은 없소?」

의사는 조용히 말했다.

「가능합니다. 곤봉 같은 적당한 흉기만 있으면.」

「많은 힘이 필요없단 말인가요?」

「그렇소.」

판사는 거북 같은 목을 움직이며 말했다.

「더군다나 다른 두 명의 죽음은 독약 때문이었소. 그것은 힘을 전혀 필요로 하지 않소.」

베라는 흥분해서 외쳤다.

「제가 생각하기에는 당신이 미친 것 같아요!」

판사는 천천히 시선을 그녀에게 돌렸다. 그 눈빛은 사람의 내부를 알아보려는 감정이 없는 눈빛이었다. 그녀는 속으로 생각했다.

'저 사람은 나를 범인으로 보고 있어. 나를 수상하게 여기고 있단 말이야!"

판사는 가라앉은 목소리로 말했다.

「이봐요, 클레이슨 양, 진정하세요. 나는 당신이 범인이라고 뒤집어씌우고 있는 것이 아니니까.」

그는 브렌트에게도 말했다.

「우리는 남자건 여자건 모두 혐의에서 벗어날 수 없다는 나의 말에 기분이 상하지 않길 바랍니다.」

에밀리 브렌트는 뜨개질을 계속하고 있었다. 그녀는 고개도 들지 않은 채 차가운 목소리로 말했다.

「내가 살인 혐의를 받고 있다는 사실이 나를 알고 있는 사람들에게 알려진다면 펄쩍 뛸 거예요. 하지만 우리는 서로 모르는 사람들이에요. 이런 상황에서는 누구도 충분한 증거 없이는 혐의에서 풀려 나기가 어렵겠죠. 분명히 우리들 중에 살인광이 있어요.」

판사는 말했다.

「우리 모두가 그것에 동의했소. 단지 성격이나 신분만으로는 혐의에서 제외될 수 없소.」

롬바드가 말했다.

「내 생각에 로저스는 제외시켜도 좋을 것 같은데요.」

워그레이브 판사가 말했다.

「이유가 뭐요?」

롬바드가 말했다.

「그는 이런 짓을 할 두뇌를 가지고 있지 않을 뿐만 아니라 그의 부인도 희생자 중의 하나이기 때문이오.」

판사의 눈썹이 더 높이 올라갔다. 그는 말했다.

「내가 판사로 있을 때에도 자기 부인을 죽인 혐의로 기소된 젊은 사람들이 많았소.」

「물론 그런 경우가 있다는 사실은 인정합니다. 하지만 이번 경우는 다릅니다. 로저스가 자기 부인이 비밀을 폭로할지 모른다고 두려워했다거나, 또는 그녀가 싫어졌다거나, 다른 여자가 생겼기 때문이라면 나도 믿을 수 있소. 하지만 그가 그 오언이라는 사람이어서 이상한 정의감을 내세워 자기 부인을 맨 먼저 죽였다는 것은 도저히 믿을 수 없는 일이오.」

워그레이브 판사가 말했다.

「레코드에서 나온 목소리를 근거로 이야기하는 것 같은데, 실제로 우리는 로저스 부부가 그들의 주인을 살해했는지 아닌지 모르는 일이오. 그리고 그 목소리는 로저스가 우리들과 똑같은 상황에 있다는 것을 알리기 위해 조작된 것인지도 모르는 것이오. 또한, 로저스 부인이 어젯밤에 기절한 것은 그 목소리를 조작한 것이 남편인 것을 알고, 남편이 미쳐 버렸다고 생각했기 때문인지도 모르는 일이오.」

롬바드가 말했다.

「그렇다면 마음대로 생각하시오. 어쨌든 U.N. 오언은 우리들 중의 하나이고, 또 어떤 사람도 예외로 하지 맙시다.」

워그레이브 판사가 다시 입을 열었다.

「내가 말하고 싶은 것은 성격이나 신분 등의 이유로는 혐의를 벗을 수 없다는 것이오. 우리가 조사해야 할 것은 증거에 의해서 가능성이 없는 사람을 제외시키는 것이오. 우리들 중에서 앤소니 마스턴에게 독약을 타서 마시게 할 기회가 없었던 사람이나, 잠자고 있는 로저스 부인에게 수면제를 과량으로 먹일 수 없었던 사람, 또 매카서 장군을 죽일 기회가 없었던 사람을 조사해 봅시다.」

블로어는 침울했던 얼굴 표정을 밝게 하면서 말했다.

「정말 좋은 아이디어입니다! 정말 좋은 생각이오! 그것을 알아봅시다. 마스턴의 경우에는 아무도 제외될 수 없을 것 같소. 창 밖에서 누군가가 그의 술잔에 독약을 넣을 수도 있다는 이야기는 이미 나왔습니다만, 그것보다는 방안에서 하는 게 더 쉬웠을 겁니다. 그때 로저스가 방안에 있었는지는 잘 생각이 나지 않지만, 우리들 모두는 그것을 충분히 할 수 있었을 거요.」

그는 잠시 말을 멈추었다가 계속했다.

「그럼, 로저스 부인의 경우를 생각해 봅시다. 그녀 곁에 오래 있었던 것은 그녀의 남편과 의사였습니다. 그들 중 누군가가 그것을 하기는 매우 쉬웠을 거요.」

암스트롱은 이 말을 듣고 화가 나서 자리에서 벌떡 일어섰다. 그는 부들부들 떨고 있었다.

「그런 무례한 말이 어디 있소! 나는 그 부인에게 정량의 약을 주었을 뿐이오.」

「암스트롱!」

판사가 차가운 목소리로 말했다. 의사는 판사의 말에 입을 다물었다. 판사는 침착한 목소리로 계속했다.

「당신이 화를 내는 것은 당연하오. 하지만 당신과 로저스가 부인 곁에 가장 오래 있었고, 또 당신이 약을 준 것은 사실이 아니오? 또한 당신이나 로저스가 가장 쉽게 독약을 먹일 수도 있었소. 그 밖의 다른 사람들도 생각해 봅시다. 블로어, 브렌트, 클레이슨, 롬바드, 그리고 나는 그럴 기회가 없었을까요? 우리들 중에서 완전히 혐의에서 제외될 수 있는 사람이 있습니까?」

판사는 잠시 말을 멈추었다가 다시 이었다.

「내가 생각하기에는 아무도 없는 것 같소.」

베라가 화를 내며 말했다.

「저는 그 부인 가까이에 간 적도 없어요! 여러분도 모두 인정하실 거예요.」

워그레이브 판사는 잠시 쉬었다가 말했다.

「그때 상황을 기억나는 대로 말해 보면 다음과 같소——내가 틀리게 말하면 이야기를 해주시오. 로저스 부인은 앤소니 마스턴과 롬바드 씨에 의해 소파에 눕혀졌고, 암스트롱 의사가 그녀를 진찰했소. 그 다음 의사는 로저스에게 브랜디를 가져오게 했소. 한편, 우리들은 그 목소리가 어디에서 들려 왔는지에 대해 소란을 피우고 있었지요. 브렌트 양만이 이 응접실에 남은 채 우리는 모두 저쪽 방으로 달려갔소.」

이때 브렌트의 뺨이 붉어졌다. 그녀는 뜨개질을 멈추고는 말했다.

「그런 터무니없는 말이 어디 있어요!」

판사의 낮은 목소리는 계속되었다.

「우리가 다시 이 방으로 돌아왔을 때는, 브렌트 양, 당신은 소파 위에 있는 부인에게 몸을 숙이고 들여다보고 있었소.」

이 말을 듣고 화가 난 듯이 브렌트가 말했다.

「동정심도 죄가 되나요?」

워그레이브 판사는 침착하게 말했다.

「나는 단지 사실만을 이야기하고 있는 겁니다. 그때 로저스가 브랜디를 가지고 방으로 들어왔소. 물론 로저스가 브랜디에다 미리 독약을 넣었을 수도 있소. 아무튼 부인은 브랜디를 마셨고, 로저스와 암스트롱 의사가 그녀를 침대로 데리고 갔고, 거기에서 의사가 수면제를 먹였던 거요.」

블로어가 말했다.

「바로 그겁니다. 그것으로서 당신과 롬바드 씨, 클레이슨 양, 그리고 나는 혐의에서 제외될 수 있소.」

그의 목소리는 크고 들떠 있었다. 워그레이브 판사는 차가운 시선으로 그를 노려보며 말했다.

「정말 그럴까요? 우리는 모든 가능성을 생각해 보아야 합니다.」

블로어가 말했다.

「정말 이해할 수가 없군요.」

워그레이브 판사는 계속했다.

「로저스 부인은 2층에서 누워 있었소. 의사가 준 수면제가 효과를 나타냈던 것이지요. 그녀는 졸음이 오면서 의식이 몽롱한 상태였을 거요. 그때 누군가가 들어가서 의사가 주는 약이라고 하면서 먹였을 수도 있지 않을까요? 그러면, 그 부인은 의심하지 않고 먹었을 거요.」

잠시 침묵이 흘렀다. 블로어가 발을 움직이면서 얼굴을 찡그렸다. 롬바드가 말했다.

「나는 그 말을 믿을 수가 없어요. 우리들은 모두 몇 시간 동안 이 방을 떠나지 않았습니다. 마스턴이 쓰러져 죽은 사건 때문이지요.」

판사가 말했다.

「그 뒤에 누군가가 자기의 침실에서 갈 수도 있지 않겠소?」

롬바드가 그 말을 반박하며 말했다.

「하지만 로저스가 줄곧 그녀 곁에 있지 않았습니까?」

암스트롱 의사가 몸을 흔들며 말했다.

「아니오. 로저스는 식당을 치우러 아래층으로 내려왔소. 그때에 누군가가 아무에게도 들키지 않고 그 부인의 방으로 충분히 갈 수 있었을 거요.」

블로어가 말했다.

「하지만 그때쯤이면 그 부인은 의사가 준 약 때문에 곯아떨어져서 자고 있었을 겁니다.」

「아마 그랬겠죠. 하지만 그것은 확신할 수 없습니다. 환자를 검사해 보지 않고는 약에 대한 반응 시간을 정확히 알 수 없지요. 가끔씩 오랜 시간이 경과한 뒤에 약의 효과가 나타나는 사람도 있거든요. 그것은 체질에 따라 다릅니다.」

롬바드가 비꼬는 듯이 말했다.

「물론 당신 혼자만이 의사니까 그 말을 믿을 수밖에 없겠죠?」

암스트롱의 안색이 분노로 인해 붉어졌다. 그러나 이때 판사의 감정 없는 냉담한 목소리가 그의 말을 막았다.

「서로 헐뜯어 봤자 좋은 결과를 얻지 못하오. 우리는 사실 자체만을 조사해야 합니다. 하여튼 내가 열거한 가능성은 인정하리라고 믿소. 물론, 그러한 가능성이 우리에게 큰 도움을 주지 못하오. 하지만 그 부인의 방으로 누가 갔느냐가 문제요. 만일, 브렌트 양이나 클레이슨 양이 갔다면 그 부인은 수상히 여기지 않았을 겁니다. 하지만 블로어 씨나 롬바드 씨, 또는 내가 갔었다면 문제는 다르겠죠. 그렇다고 해서 우리의 혐의가 벗겨지는 것은 아니오.」

블로어가 답답한 듯이 말했다.

「그럼 도대체 결론이 뭡니까?」

7

워그레이브 판사는 입술을 만지작거리면서 냉정하게 말했다.

「두 번째의 살인에 대해서도 혐의에서 완전히 풀려난 사람이 없다는 것을 알았소.

이제 매카서 장군의 죽음에 대해서 조사해 봅시다. 그 사건은 오늘 오전에 일어났소. 그 사건에 대해 알리바이가 있는 사람은 각자 이야기해 보시오. 먼저 내 경우를 말하면, 나는 확실한 알리바이가 없는 것 같소. 나는 오늘 아침에 마당에 앉아서 이번 사건에 대해서 생각하고 있었소. 줄곧 의자에 앉아 있었지만, 내 모습이 안 보일 때도 여러

번 있었기 때문에, 내가 바다로 가서 매카서 장군을 죽이고 다시 의자로 돌아올 가능성도 있다고 할 수 있소. 하지만 나는 마당을 떠난 일이 없었소. 물론 내 말만으로는 증거가 될 수 없겠지만 말이오. 결국, 나의 경우는 확실한 알리바이가 없는 것 같소.」

블로어가 말했다.

「나는 오늘 아침에 롬바드 씨와 암스트롱 의사와 줄곧 함께 있었습니다. 그러므로 나는 혐의에서 제외될 수 있소.」

암스트롱 의사가 말했다.

「당신은 밧줄을 가지러 집으로 간 적이 있지 않소?」

블로어가 약간 화가 난 듯이 말했다.

「물론 갔었소. 하지만 갔다가 바로 돌아왔소. 당신도 알 텐데?」

암스트롱이 말했다.

「하지만 시간이 매우 오래 걸렸소.」

블로어는 얼굴을 붉히며 말했다.

「그래서 어쨌단 말이오?」

암스트롱이 대답했다.

「나는 단지 사실을 말했을 뿐이오.」

「밧줄을 찾는 데 시간이 걸려서 그랬던 겁니다.」

워그레이브 판사가 말했다.

「블로어 씨가 밧줄을 가지러 간 사이에 당신 두 사람은 계속 함께 있었소?」

암스트롱이 말했다.

「그렇습니다. 롬바드 씨가 잠깐 자리를 비운 것 말고는 계속 함께 있었소.」

롬바드가 미소를 지으면서 말했다.

「내가 잠깐 자리를 떠난 것은, 혹시 육지로 햇빛을 반사해서 신호를 보낼 수 없을까 하고 알아보기 위해서였습니다. 하지만 아주 잠깐 동안이었소.」

암스트롱은 고개를 끄덕이면서 말했다.

「사실입니다. 살인을 할 정도의 시간은 아니었소. 내가 증명할 수 있습니다.」

판사가 말했다.

「당신 둘 중에 시계를 본 사람이 있나요?」

「아니오.」

롬바드가 말했다.

「나는 시계를 가지고 있지 않습니다.」

판사는 담담하게 말했다.

「그럼, 잠깐이라고 한 것은 매우 막연하구먼.」

판사는 뜨개질을 하고 있는 브렌트에게 머리를 돌렸다.

「브렌트 양.」

브렌트가 입을 열었다.

「나는 클레이슨 양과 함께 섬을 산책했어요. 그리고 돌아와서는 마당에 계속 앉아 있었어요.」

판사가 말했다.

「나는 당신을 본 적이 없는데요.」

「나는 집 동쪽의 구석진 곳에 있었어요. 거기에서 바람을 피하고 있었어요.」

「그럼, 식사 때까지 그곳에 계속 있었습니까?」

「그래요.」

「그럼, 클레이슨 양은?」

베라는 매우 분명하게 대답했다.

「저는 아침 일찍 브렌트 양과 산책을 한 뒤에, 섬 안을 거닐다가 바닷가에서 매카서 장군과 몇 마디 이야기를 나누었어요.」

워그레이브 판사가 그녀의 말을 중단시키고는 물었다.

「장군을 만난 것이 몇 시 정도였습니까?」

베라는 잠시 생각하더니 말했다.

「정확히는 모르겠지만, 식사하기 약 1시간 전이었을 거예요——
아니면, 그렇게 안 되었을지도 모르겠군요.」

블로어가 물었다.

「우리가 그 사람과 이야기를 나눈 뒤였나요?」

베라가 대답했다.

「잘 모르겠어요. 하여튼, 그분은 그때 매우 이상했어요.」

베라는 몸을 떨었다.

「어떻게 이상했나요?」

판사가 물었다.

베라는 낮은 목소리로 말했다.

「그는 우리 모두가 죽을 거라고 말했어요. 그리고 자기는 종말을
기다리고 있다고 했어요. 저는 그 말을 듣고는 좀 오싹했지요.」

판사는 고개를 끄덕이며 말했다.

「그리고 장군을 만난 뒤에 무엇을 했나요?」

「곧장 집으로 돌아왔어요. 그리고 잠시 집 주위를 걸어다녔습니다.
무척 불안했거든요.」

워그레이브 판사는 턱을 만지면서 말했다.

「이제 남은 사람은 로저스뿐이군. 하지만 그의 이야기도 별 도움이
안될 것 같소.」

로저스가 불려왔으나 특별한 말은 없었다. 그는 아침에 집안일 때
문에 바빴고, 또한 식사 준비로 정신이 없었다고 했다. 그는 식사 전
에 마당으로 칵테일을 가지고 나갔다가 자기 방으로 가서 다른 방으

로 짐을 옮겼다. 그는 아침에 창문을 내다본 일도 없었기 때문에 매카서 장군의 죽음에 관해서는 아는 바가 전혀 없었다. 그리고 그가 식탁 위에 식사를 준비해 놓고 있었을 때에는 분명히 인형이 여덟 개였다고 했다.

로저스가 이야기를 마치자 잠시 침묵이 흘렀다. 워그레이브 판사는 목을 쓰다듬었다. 롬바드가 클레이슨에게 중얼거리듯이 말했다.

「이제 결론을 내려야겠군!」

판사가 말했다.

「지금까지 우리가 아는 한도 내에서 세 사람의 죽음에 관해 조사해 보았소. 어떤 경우에는 가능성이 희박한 사람도 있었지만, 완전히 혐의에서 제외된 사람은 아무도 없었소. 하지만 이 방에 모인 7사람 중에 한 명이 틀림없이 위험한 살인광이오. 그렇지만 범인을 알아낼 만한 증거가 없소. 우리가 지금 가장 먼저 해야 할 일은 육지로 도움을 청하는 것이고, 만일 그것이 지연된다면 우리는 스스로 안전을 지켜야 합니다.

나는 여러분이 이 문제를 신중하게 생각해서 좋은 의견이 있으면 말해 주기 바라오. 그리고 각자 경계를 게을리 하지 마시오. 지금까지는 희생자들이 방심했기 때문에 범인이 쉽게 접근할 수 있었지만 지금부터 우리 모두는 서로를 경계해야 합니다. 경계가 최선의 방책이오. 모험을 삼가고 위험을 경계합시다. 내가 하고 싶은 말은 이것뿐이오.」

롬바드는 속으로 중얼거렸다.

'오늘 법정은 이것으로 휴정……'

제 *10* 장

「당신은 그것을 믿나요?」

베라가 물었다. 베라와 롬바드는 응접실의 창가에 앉아 있었다. 밖에는 비가 쏟아지고, 바람이 비를 날려서 유리창을 두드리고 있었다. 롬바드는 대답을 하지 않고 머리만 갸웃거렸다. 그리고는 말했다.

「범인이 우리들 중의 한 사람이라고 한 판사의 말을 믿느냐는 말이에요?」

「예, 그래요.」

롬바드는 천천히 말했다.

「글쎄요. 당신도 알다시피 판사는 매우 논리적이오. 하지만 ———.」

베라는 그의 말을 가로채듯이 막으면서 말했다.

「전 믿어지지 않아요!」

롬바드는 얼굴을 찌푸리며 말했다.

「나도 모든 것이 믿어지질 않소. 하지만 매카서 장군의 죽음으로 한 가지는 확실해졌어요. 세 사람은 모두 사고나 자살로 죽은 것이 아니라 살해당한 것이란 말입니다.」

베라는 몸을 떨면서 말했다.

「마치 악몽 같아요. 어떻게 이런 일이 일어날 수 있을까요?」

롬바드는 이해한다는 듯이 말했다.

「당신 마음을 알 것 같아요. 지금부터라도 방문에 노크 소리가 들리고 아침 커피가 운반되는 정상적인 생활을 하고 싶다는 거지요?」

베라가 말했다.

「제발 그렇게 좀 되었으면 좋겠어요!」

롬바드가 무겁게 말했다.

「하지만 이젠 그렇게는 안될 겁니다. 지금 상태는 마치 꿈을 꾸고 있는 것 같소! 하지만 지금부터 우리는 경계를 철저히 해야 합니다.」

베라가 목소리를 낮추며 말했다.

「범인이 우리들 중 한 사람이라면 당신은 누구라고 생각하세요?」

롬바드는 갑자기 싱긋 웃고 나서 말했다.

「당신은 우리 두 사람은 범인에서 제외시키는군요? 그것이 맞을 것 같습니다. 나도 내가 범인이 아니라는 것을 잘 알고 있고, 당신도 머리가 이상해질 사람 같지는 않소. 당신은 내가 만난 여자 중에서 가장 현명한 여자입니다. 또한 정상적인 여자가 틀림없는 것 같소.」

베라는 미소를 지으며 말했다.

「고마워요.」

「클레이슨 양, 날 어떻게 생각하는지 말해 주겠소?」

베라는 잠시 망설이다가 말했다.

「당신은 인간의 생명을 귀중하게 여기는 분 같지는 않지만 전축의 목소리 같은 장난을 칠 것 같지는 않아요.」

롬바드가 말했다.

「맞아요. 나는 이득이 없으면 살인을 하지 않는 사람이오. 더구나 대량 살인은 나에게 어울리지 않지요. 그럼, 우리들을 제외시키고 나머지 5명을 생각해 봅시다. 그들 중 누가 과연 U.N. 오언일까요? 내 추측으로는 워그레이브 판사가 제일 유력한 것 같소.」

「어머나!」

베라는 놀랐다. 그녀는 잠시 생각하고는 말했다.

「왜죠?」

「무어라고 말하기는 곤란합니다. 하지만 그는 노인이고 오랫동안 법조계에서 일했던 사람이오. 말하자면 오랫동안 신의 대리자 역할을 해 왔던 거지요. 결국, 그런 역할이 머릿속에 깊이 박여서 자신을 인간의 삶과 죽음을 맡고 있는 전능한 사람으로 착각할 수도 있죠. 그래서, 자기가 심판자가 되어야 한다는 망상을 가질 수도 있을 것 같지 않습니까?」

베라는 천천히 말했다.

「어쩌면 그럴지도 모르겠네요.」

롬바드가 말했다.

「당신은 누가 가장 의심스럽나요?」

베라는 주저 없이 대답했다.

「저는 암스트롱 의사예요.」

롬바드는 낮게 휘파람을 불었다.

「의사라? 나는 그를 가장 혐의가 없다고 보는데.」

베라는 머리를 흔들면서 말했다.

「아니에요. 두 사람이 죽은 원인은 독약이었어요. 그 점이 수상해요. 또한, 로저스 부인이 먹은 것은 의사가 준 수면제뿐이었어요.」

롬바드도 인정한다는 듯이 말했다.

「그것은 그렇소.」

베라는 더욱 강력하게 주장했다.

「또한, 의사는 미쳤다고 하더라도 알아내기가 매우 힘들어요. 그리고 의사라는 게 과로와 긴장을 갖기 쉬운 직업이잖아요.」

롬바드가 말했다.

「그 말은 나도 인정하지만, 그가 매카서 장군을 죽인 것 같지는 않아요. 그는 아침에 나와 함께 있었는데, 내가 잠깐 자리를 뜬 시간에는 그를 죽일 기회가 없었을 겁니다. 그는 그렇게 빨리 들키지 않고 살인을 하고서 다시 돌아올 수 있는 사람 같지는 않아요.」

베라가 말했다.

「그때 죽인 것이 아니라 나중에 기회를 가졌을 수도 있어요.」

「언제?」

「그가 식사를 하라고 장군을 부르러 갔을 때요.」

롬바드는 다시 부드럽게 휘파람을 불었다. 그리고는 말했다.

「당신은 그가 그때에 살인을 했다고 생각합니까? 아니, 어쩌면 그럴 수도 있겠군.」

베라는 재빨리 말했다.

「조금도 위험할 것이 없잖아요? 그는 의학 지식을 가진 유일한 사람이기 때문에, 돌아와서 장군이 한 시간 전쯤에 죽었다고 해도 우리는 믿을 수밖에 없지 않겠어요?」

롬바드는 주의 깊게 그녀를 바라보았다.

「정말 그럴 듯하군요. 그렇다면……?」

2

「범인이 과연 누구일까요, 블로어 씨? 정말 궁금합니다.」

로저스의 얼굴은 잔뜩 긴장되어 있었다. 그는 마른 걸레를 손에 들

154

고 있었다.

블로어가 말했다.

「그것이 바로 문제요!」

「우리들 가운데 한 사람이라고 하셨는데, 도대체 누굴까요?」

블로어가 말했다.

「우리 모두가 알고 싶은 겁니다.」

로저스가 말했다.

「하지만 선생님은 짐작하고 계신 것 같은데요? 그렇지 않습니까?」

「물론 대강 짐작은 하고 있지요. 하지만 확실한 증거도 없고, 또한 내 짐작이 틀릴 수도 있습니다. 내가 말할 수 있는 것은 범인은 분명히 냉정한 성격의 소유자라는 것이지요——매우 냉정한 사람 말입니다.」

로저스는 이마의 땀을 닦으며 거칠게 말했다.

「정말 악몽 같아요.」

블로어가 호기심 있게 그를 바라보며 말했다.

「당신은 누구일 것 같소?」

로저스는 고개를 흔들었다. 그리고는 자신 없는 목소리로 말했다.

「저는 정말 모르겠어요. 단지 무서울 뿐입니다. 도대체 누가……?」

3

암스트롱 의사는 격렬하게 말했다.

「우리는 이 섬에서 하루 속히 빠져 나가야 합니다. 어떠한 일이 있더라도 말이지요!」

워그레이브 판사는 창 밖을 내다보고 있었다. 그는 안경을 만지면서 말했다.

「날씨가 어떻게 변할지는 모르지만 배는 안 올 것 같소——설령 저쪽에서 우리의 위험한 상황을 알았다고 하더라도 말이지요——24 시간 이내에는——바람이 멎는다고 해도.」

암스트롱 의사는 손에 머리를 파묻고는 신음했다.

「이렇게 되면 우리는 모두 죽어야 한다는 말인가요?」

워그레이브 판사가 말했다.

「그렇지 않길 빌고 있소. 나는 사건이 발생할 것에 대비해서 가능한 조치는 모두 할 작정이오.」

이때 암스트롱 의사는 마음속으로 생각했다. 노판사는 젊은 사람들보다 더 강한 생명에의 집착을 가지고 있는 것 같았다. 그는 의사로 일할 때에도 이런 것을 경험하고는 놀랐을 때가 자주 있었다. 그는 판사보다 약 20살 가량 젊은데도 생명에 대한 집착은 훨씬 못한 것 같았던 것이다.

워그레이브 판사는 속으로 생각하고 있었다.

'우리의 침대 위에서 살해된다! 의사들은 모두들 비슷한 것 같아——그들의 생각은 대개 진부하단 말이야. 평범한 두뇌밖에 지니고 있지 않은 모양이야.'

의사가 말했다.

「벌써 세 사람이나 죽었습니다.」

「그렇소. 하지만 그들은 경계를 소홀히 한 탓일 게요. 우리는 미리 경계를 하고 있지 않소.」

암스트롱 의사가 씁쓸하게 말했다.

「우리는 무엇을 해야 합니까? 얼마 안 있으면——.」

「우리가 할 수 있는 것이 몇 가지 있소.」

암스트롱이 말했다.

「우리는 범인이 누구인지도 모르고 있지 않습니까?」

판사는 턱을 어루만지며 말했다.

「그렇지마는 않소.」

암스트롱은 그를 바라보며 말했다.

「그 말은 당신이 범인을 알고 있다는 뜻인가요?」

판사는 조심스럽게 말했다.

「사실, 법정에서 필요한 것은 증거요. 아직 확실한 증거는 없지만, 모든 사건을 검토해 보면 유력한 용의자가 가려질 것이오. 나는 그렇게 믿고 있소.」

암스트롱은 그를 바라보며 말했다.

「나는 모르겠는데요.」

4

브렌트는 2층 그녀의 방에 있었다. 그녀는 자리에서 일어나 성경책을 집어 들고 창가로 가서 앉았다. 그녀는 성경책을 펼쳤다. 잠시 뒤에 그녀는 성경책을 옆에다 놓고 옷장으로 갔다. 그리고는 서랍에서 검은 표지의 노트를 꺼냈다. 그녀는 노트에다 다음과 같이 쓰기 시작했다.

무서운 일이 일어나고 있다. 매카서 장군이 죽었다.(그의 사촌은 엘시 맥퍼슨과 결혼해서 살고 있다.) 그는 살해된 것이 분명하다. 식사 뒤에 판사는 우리들에게 흥미 있는 이야기를 했다. 그것은 범인이 우리들 중에 있다는 것이다. 즉, 우리들 중 한 사람이 악마에 사로잡혀 있다는 것이다. 나는 이미 그것을 짐작하고 있었다. 범인은 누구일까? 우리들은 모두 그것에 관해서 생각하고 있다.

그녀는 얼마 동안 움직이지 않고 앉아 있었다. 그녀는 멍한 상태로 앉아 있었다. 연필은 아직 그녀의 손에 쥐어져 있었다. 그녀는 떨면서 글씨를 썼다.

살인자의 이름은 비어트리스 테일러이다……

그녀는 눈을 감았다. 잠깐 뒤 그녀는 깜짝 놀라서 눈을 떴다. 그리고는 노트를 내려다보았다. 그녀는 소스라치게 놀라며 그 마지막 문장을 읽어 보았다. 그리고 낮게 중얼거렸다.

「내가 이것을 썼단 말이야? 내가? 나도 미쳐 가고 있는 모양이야 ……」

5

폭풍은 점점 거세어지고 있었다. 바람은 소리를 내면서 저택 주위를 스쳐 지나갔다. 사람들은 응접실에 모여 있었다. 그들은 말없이 앉아 있었다. 그리고 서로를 경계하는 눈초리였다.

로저스가 차 쟁반을 가지고 왔을 때 그들은 모두 일어섰다. 로저스가 말했다.

「커튼을 칠까요? 그러면 훨씬 분위기가 밝아질 겁니다.」

커튼이 드리워지고 전등이 켜졌다. 방안의 분위기가 좀 밝아졌다. 그늘이 조금 사라졌다. 내일이면 폭풍은 그칠 것이고, 그러면 누군가가 이 섬으로 올 것이다――배를 타고 도착할 것이다.

클레이슨이 말했다.

「당신이 차를 따르겠어요, 브렌트 양?」

브렌트가 대답했다.

「미안하지만 당신이 좀 해줘요. 커피포트가 무거울 것 같아요. 뜨개질 실 뭉치를 두 개나 잃어버려서 기분이 별로 좋지 않아서 그래요.」

베라는 탁자로 갔다. 컵이 부딪치는 소리가 맑게 울렸다. 분위기가 보통때처럼 되어가는 것 같았다.

차! 오후의 차 한 잔은 정말 좋아! 롬바드가 유쾌한 농담을 하자 블로어가 맞장구를 쳤다. 암스트롱 의사도 우스운 이야기를 했고, 워그레이브 판사는 차를 별로 좋아하지 않는데도 맛있게 마셨다.

분위기가 밝아졌을 때 로저스가 들어왔다. 그는 매우 당황하고 있었다. 그는 초조해 하면서 말했다.

「죄송하지만, 혹시 목욕탕의 커튼을 보신 분 안 계십니까?」

롬바드가 고개를 갑자기 쳐들고 말했다.

「목욕탕 커튼? 도대체 무슨 말을 하는 거요?」

「그것이 없어졌어요. 집안의 커튼을 모두 내린 뒤에 가보니 목욕탕의 커튼이 없어졌어요.」

워그레이브 판사가 물었다.

「오늘 아침에는 있었나?」

「물론입니다.」

블로어가 말했다.

「어떤 커튼입니까?」

「붉은색 비단 커튼이었어요. 붉은색 타일에 어울리는 것이죠.」

롬바드가 말했다.

「그것이 없어졌다는 말인가요?」

「그렇습니다.」

그들은 서로를 바라보았다. 블로어가 무겁게 말했다.

「이상한 일이군. 하기는 모든 것이 이상하니까. 하지만 신경쓸 것 없소. 그것으로 사람을 죽일 수는 없을 테니까 말이오. 그만 잊어버리시오.」

로저스가 말했다.

「예, 그렇게 하지요.」

그는 문을 닫고 밖으로 나갔다.

방안에는 다시 불안의 빛이 감돌았다. 그들은 다시 서로를 경계의 눈빛으로 바라보기 시작했다.

6

저녁식사가 차려졌고, 그들은 그런 대로 맛있게 먹었다. 대부분 통조림으로 된 음식이었다. 다시 응접실에 모인 그들 사이에는 견딜 수 없는 긴장감이 흐르고 있었다. 9시가 되자 브렌트가 자리에서 일어나며 말했다.

「먼저 가서 자야겠어요.」

베라가 말했다.

「저도요.」

두 여자는 층계를 올라갔다. 롬바드와 블로어는 그들을 따라가 층계에 서서 두 여자가 각기 자기들 방으로 들어가서 자물쇠를 잠그는 소리를 확인했다. 블로어가 쓴웃음을 지으며 말했다.

「문을 잠그라고 말할 필요도 없군!」

롬바드가 말했다.

「어쨌든 오늘밤만은 두 사람 모두 안전하겠지.」

그들은 다시 층계를 따라 내려왔다.

7

　네 사람은 한 시간이 지나서야 잠자리로 갔다. 그들은 모두 함께 2층으로 올라갔다. 로저스는 식당 정리를 하면서 그들이 2층으로 올라가는 것을 보았다. 그는 2층에서 모두가 멈추어 서는 소리를 들었다. 이윽고 판사의 목소리가 들려 왔다.

　「내가 새삼스럽게 여러분에게 방문을 꼭 잠그라고 하지 않아도 되겠죠.」

　블로어가 말했다.

　「문 손잡이 밑에다 의자 같은 것을 놓아 두도록 하시오. 밖에서 방문을 열 수도 있으니까 말이오.」

　롬바드는 중얼거리듯이 말했다.

　「블로어 씨, 당신은 너무 알아서 탈이란 말이오.」

　판사가 묵직하게 말했다.

　「편히들 자시오. 내일 아침에 무사하게 만납시다!」

　로저스는 식당에서 나와 계단을 올라갔다. 그는 네 사람이 모두 방으로 들어가 문을 잠그는 소리를 들었다. 그는 고개를 끄덕였다.

　「이제는 괜찮을 거야.」

　그는 식당으로 다시 내려갔다. 모든 것이 잘 정돈되어 있었다. 그는 일곱 개의 꼬마 인디언 인형 쪽으로 시선을 돌렸다. 그의 얼굴에는 갑작스런 웃음이 떠올랐다. 그는 중얼거렸다.

　「오늘밤에는 아무도 장난치지 못할 거야.」

　그는 방을 가로질러 부엌으로 통하는 문에 자물쇠를 채웠다. 그리고 응접실로 통하는 문에도 자물쇠를 채우고는 열쇠를 주머니에 넣었다. 그리고는 불을 끄고 계단을 올라가서 그의 새 방으로 서둘러서 걸어갔다. 그 방에는 누가 숨어 있을 만한 데가 한 군데 있었는데, 그것은 옷장이었다. 그는 얼른 그곳을 조사해 보고는 방문을 잠그고 침대에 누웠다. 그는 혼자서 중얼거렸다.

「오늘밤에는 절대로 인디언 장난은 못 칠 거야.」

제 *11* 장

롬바드는 새벽에 잠이 깨는 습관이 있었다. 그는 그날 아침에도 일찍 잠이 깼다. 그는 팔꿈치로 몸을 지탱하고는 귀를 기울였다. 바람이 조금 수그러진 것 같기는 했으나, 아직까지도 불고 있었다. 하지만 빗소리는 들리지 않았다. 8시쯤 되자 바람은 더욱 거세어졌다. 하지만 롬바드는 그 소리를 들을 수가 없었다. 그는 다시 아침잠에 빠져들었기 때문이다.

9시 30분에 롬바드는 침대 끝에 앉아서 시계를 보았다. 시계를 귀에다 대어 보았다. 그리고 그의 특징인 이를 드러내며 늑대 같은 웃음을 지었다. 그는 매우 부드럽게 말했다.

「이거 시간이 꽤 지났는데.」

9시 35분에 그는 가까이에 있는 블로어의 방문을 노크했다. 블로어는 방문을 조심스럽게 열었다. 블로어의 머리는 헝클어져 있었고, 그의 눈은 아직도 졸린지 흐리멍덩했다.

롬바드가 말했다.

「하루 종일 잘 작정이오? 불안한 빛은 조금도 보이지 않는군.」

블로어가 간단하게 대꾸했다.

「무슨 일이오?」

롬바드가 대답했다.

「아무도 당신을 깨우지도 않고, 차를 날라다 주지도 않았단 말이오? 지금 몇 시인지 알고 있기나 합니까?」

블로어는 등을 돌려서 침대 곁에 있는 시계를 힐끔 쳐다보았다. 그리고는 말했다.

「이거 9시 35분 아니야! 내가 이렇게 오래 자다니. 로저스는 어떻게 된 거지?」

롬바드가 말했다.

「그것은 내가 묻고 싶은 말이오.」

「그게 무슨 뜻입니까?」

블로어가 날카롭게 물었다.

「로저스가 행방 불명이오. 그의 방에도, 아무데도 없다고요. 끓고 있는 냄비도 없고, 부엌의 불도 꺼져 있고 말입니다.」

롬바드가 말했다.

「도대체 어디를 갔을까? 섬으로 나간 게 아닐까요? 옷을 입을 때까지 잠깐만 기다리시오. 다른 사람들은 알고 있겠지요?」

블로어가 말했다.

롬바드가 고개를 끄덕였다. 그는 모든 사람의 방을 찾아갔다. 암스트롱은 일어나서 옷을 입고 있었다. 워그레이브 판사는 블로어처럼 아직도 자고 있었다. 클레이슨은 옷을 입고 있었고, 브렌트의 방은 비어 있었다.

몇 사람들이 함께 저택 안을 찾아다녔다. 로저스의 방은 롬바드의 말대로 비어 있었다. 침대에는 잠을 잔 흔적이 있었고, 면도칼과 비누

164

등도 사용된 흔적이 있었다.

「맞아요, 그는 일찌감치 일어났던 겁니다.」

롬바드가 말했다.

베라는 낮은 목소리로 말했다.

「혹시 어딘가에 숨어서 우리들을 기다리는 게 아닐까요?」

롬바드가 말했다.

「하지만 우리가 모두 대비하면 괜찮소! 그를 발견할 때까지 함께 있으면 돼요.」

암스트롱이 말했다.

「섬의 어딘가에 틀림없이 있을 거요.」

블로어는 옷은 입었지만 면도를 하지 않은 채 일행에 참가했다. 블로어가 입을 열었다.

「브렌트 양은 어딜 갔지? 그것도 이상한 일인데.」

그들이 아래층으로 내려갔을 때 브렌트가 현관문으로 들어서고 있었다. 그녀는 우비를 입고 있었다. 그녀가 말했다.

「파도가 아직도 심해요. 오늘도 배가 오기는 어렵겠어요.」

블로어가 말했다.

「혼자 산책하셨습니까? 위험하다고 생각하지 않았나요?」

브렌트가 말했다.

「걱정하지 마세요. 나는 경계를 소홀히 하지 않아요.」

블로어가 신음하듯이 말했다.

「로저스를 혹시 못 보셨나요?」

브렌트의 눈썹이 올라갔다.

「로저스? 아니오, 오늘 아침에는 보지 못했는데요. 그런데 왜 그러시죠?」

잠시 뒤에 워그레이브 판사가 면도를 하고 옷을 입고는 아래층으로 내려왔다. 그는 식당문을 열어 보고는 말했다.

「오, 벌써 아침 준비가 되어 있군.」

롬바드가 말했다.

「그것은 어젯밤에 준비해 놓은 겁니다.」

그들은 식당 안으로 들어갔다. 접시며 포크, 나이프, 그리고 컵 들이 가지런히 정돈되어 있었다. 커피포트도 준비되어 있었다. 베라는 먼저 인디언 인형부터 살펴보았다. 그녀는 판사의 팔을 움켜잡고는 외쳤다.

「저 인디언 인형! 저걸 좀 보세요!」

식탁 위에는 인디언 인형이 여섯 개밖에 없었다.

2

로저스의 시체는 곧 발견되었다. 그의 시체는 마당 저쪽편에 있는 작은 세탁장 안에 있었다. 그는 거기에서 부엌의 불을 피우는 데 사용할 장작을 패고 있었던 것 같았다. 작은 도끼가 그의 손에 쥐어져 있었다. 그리고 커다란 도끼가 문 옆에 반듯하게 세워져 있었다. 도낏날에는 온통 붉은 얼룩이 묻어 있었다. 로저스는 그것으로 뒤통수를 얻어맞은 것이다.

3

「아주 분명합니다.」

암스트롱이 말했다.

「범인은 몰래 등뒤로 다가가서는 로저스가 허리를 굽히고 있을 때 그의 뒤통수를 내려친 겁니다.」

블로어는 바쁘게 도끼와, 부엌에서 가져온 듯한 밀가루 체를 조사하고 있었다. 워그레이브 판사가 물었다.

「이 살인에는 센 힘이 필요하오?」

암스트롱 의사가 묵직하게 말했다.

「이것은 여자의 힘으로도 가능했을 겁니다.」

의사는 빠르게 주위를 둘러보았다. 베라 클레이슨과 에밀리 브렌트는 부엌으로 가 있었다.

「저 처녀라도 이런 일은 쉽게 할 수 있었을 거요──그녀는 운동선수 같지 않습니까? 또한, 브렌트 양도 보기에는 약한 것 같지만, 그런 여성이 의외로 아주 강한 힘을 갖고 있는 경우가 종종 있지요. 더구나 정신이 이상해지면 믿을 수 없을 만큼 굉장한 힘이 나올 수도 있고요.」

판사는 생각에 잠기며 고개를 끄덕였다. 블로어는 몸을 일으키며 한숨을 쉬었다. 그리고는 말했다.

「지문도 없습니다. 살인을 한 뒤에 닦은 것 같소.」

이때 갑자기 웃음 소리가 들려 왔다──그들은 놀라서 돌아보았다. 마당에 베라 클레이슨이 서 있었다. 그녀는 큰소리로 웃고 나서는 날카롭게 외쳤다.

「이 섬에서 꿀벌을 기르고 있나요? 가르쳐 주세요. 어디로 가면 꿀을 얻을 수 있지요? 아, 제발!」

그들은 이해할 수 없다는 듯이 그녀를 바라보았다. 그렇게 정신이 또렷하던 처녀가 드디어 미쳐 버린 것 같았다. 그녀는 날카로운 목소리로 계속 외쳤다.

「제발 그런 눈으로 저를 보지 마세요! 마치 제가 미친 것 같잖아요!

저는 멀쩡해요. 꿀벌, 꿀벌! 오, 당신들은 모르세요! 당신들은 그 동
요를 읽어 보지도 못했나요? 그것은 모두의 방에 걸려 있어요. 우리
가 그러한 사실을 깨닫고 있었다면 곧장 이곳으로 달려왔을 거예요.
'일곱 명의 인디언 소년이 장작을 패고 있었다.' 저는 다음 구절도 외
고 있어요. '여섯 명의 인디언 소년이 벌집을 가지고 놀았다.' 그래서
묻는 거예요──이 섬에서도 꿀벌을 기르고 있나요──이상하잖
아요?──너무도 우습잖아요?」

그녀는 다시 크게 웃기 시작했다. 그때 암스트롱 의사가 그녀에게
다가가서 뺨을 때렸다. 그녀는 숨을 몰아 쉬고는 침을 삼켰다. 그리고
는 잠시 움직이지 않고 서 있다가 말했다.

「고마워요. 이젠 괜찮아요.」

그녀의 목소리는 가라앉아 있었다.

그녀는 등을 돌리고 돌아섰다. 그리고는 마당을 가로질러 부엌으로
들어가면서 말했다.

「브렌트 양과 제가 아침식사를 준비하겠어요. 불을 피워야 하니까
장작 좀 날라다 주시겠어요?」

그녀의 뺨은 의사의 손바닥 자국으로 붉게 물들어 있었다.

그녀가 부엌으로 들어갔을 때 블로어가 말했다.

「아주 훌륭한 치료였소, 의사 선생.」

암스트롱은 대수롭지 않다는 듯이 말했다.

「어쩔 수 없잖아요! 지금은 여자의 히스테리에 매달려 있을 때가
아니지 않습니까?」

롬바드가 말했다.

「히스테리를 부릴 여자는 아닌데.」

암스트롱도 동의하면서 말했다.

「그건 그렇소. 매우 강인한 처녀입니다. 잠시 충격을 받은 것뿐이

오. 누구에게나 일어날 수 있는 거지요.」

로저스는 죽기 전에 많은 장작을 패 놓았다. 그들은 그것을 부엌으로 날라다 주었다. 베라와 브렌트는 부엌에서 매우 바빴다. 브렌트는 난로의 재를 치우고 있었고, 베라는 베이컨의 껍질을 벗기고 있었다. 브렌트가 말했다.

「서둘러야겠어요──. 40분이면 되겠죠? 냄비를 난로 위에 올려 놓아요.」

4

블로어는 낮고 거친 목소리로 롬바드에게 말했다.

「내가 지금 무엇을 생각하고 있는지 알고 있소?」

롬바드가 말했다.

「이야기해 봤자 그것은 추측에 불과할 거요.」

블로어는 진지해졌다. 가벼운 농담도 통하지 않았다. 그는 무겁게 말했다.

「미국에서 이런 사건이 있었지요. 노부부가 도끼로 살해된 사건입니다. 그 집에는 그들 말고 딸과 가정부밖에는 없었어요. 가정부는 그런 짓을 하지 않았다는 것이 증명되었고요. 딸은 신앙심이 깊은 중년의 독신녀였습니다. 따라서 그녀가 그런 짓을 했다고는 도저히 생각할 수 없는 거지요. 결국 증거가 없었기 때문에 그녀는 무죄가 되었습니다.」

그는 잠시 말을 멈추었다가 다시 이었다.

「아까 도끼를 보는 순간 그 사건을 생각했소. 나는 장작을 가지고 부엌으로 갔을 때 그녀를 보았소. 그녀는 매우 침착한 모습이었소. 머리도 돌리지 않더군! 반면에 그 처녀는 히스테리를 일으켰소——그것이 당연한 것 아닙니까?——당신은 어떻게 생각하시오?」

롬바드가 말했다.

「그 말도 일리가 있군.」

블로어는 계속했다.

「정말이지 브렌트 양은 너무나도 침착하게 앞치마를 두르고 있었단 말이오——로저스 부인이 쓰던 앞치마를. 또한 아침식사는 30분 정도면 준비될 거라고 침착하게 말하더군요. 그 여자는 분명히 머리가 이상해진 거요! 독신녀들이 대개 그렇듯이——그녀가 살인광이라고는 단정할 수 없지만, 머리가 이상한 것만은 분명해요. 불행히도 종교에 너무 깊이 빠진 나머지 자신을 신의 대리자로 생각하고 있는 것은 아닌지 모르겠소. 그녀는 언제나 자기 방에서 성경을 읽고 있다고요.」

롬바드는 긴 한숨을 쉬고는 말했다.

「하지만 그것만으로 미쳤다는 증거는 될 수 없지 않습니까?」

블로어는 굽히지 않고 계속 말했다.

「게다가 아침에 그녀는 우비를 입고 바닷가에 나갔다 왔잖소!」

롬바드는 머리를 좌우로 흔들었다. 그리고는 말했다.

「로저스는 장작을 패다가 살해되었소——그 일은 그가 아침에 눈을 뜨자마자 처음으로 한 일일 게요. 브렌트가 범인이라면 살인을 한 뒤에 밖에서 배회할 필요가 있겠소? 범인이라면 곧바로 침대에 들어가서 자는 체했을 것이오.」

블로어가 말했다.

「당신은 중요한 것을 빠뜨리고 있소. 만일, 그녀가 범인이 아니라면 무서워서 혼자서는 밖에 돌아다니지 못할 거요. 두려운 것이 없기 때문에 그렇게 할 수 있었던 것이 아닐까요? 그것은, 말하자면 그녀가 범인이라는 것이 아니겠소?」

롬바드가 말했다.

「아주 그럴 듯한 이야기로군. 나도 거기까지는 미처 생각하지 못했는데.」

그는 미소를 지으면서 덧붙였다.

「당신이 나를 의심하지 않게 되어서 기쁜데요.」

블로어는 거북한 듯이 말했다.

「사실 처음에는 당신을 의심했었소──그 권총도 그렇고──당신의 기묘한 이야기도 좀 수상했고. 하지만 지금은 너무도 분명한 증거를 그녀에게서 잡은 것 같소.」

그는 잠시 말을 멈추었다가 다시 이었다.

「당신도 나를 의심하지 않기를 바라오.」

롬바드는 신중하게 말했다.

「내 생각이 틀린지도 모르겠지만, 당신이 이번 일을 꾸민 사람 같지는 않소. 만일, 당신이 범인이라면 당신은 정말 훌륭한 배우요. 나는 당신에게 크게 감탄할 겁니다.」

그는 목소리를 낮추고 말했다.

「우리끼리 하는 이야기지만, 우리는 내일까지 살아 있을지도 모르는 운명이오. 그래서 말인데, 그 목소리에서 나온 당신의 위증죄는 사실인 것 같은데?」

블로어는 불안하게 발을 움직이면서 망설이다가 말했다.

「이제 와서 숨겨 봤자 소용도 없을 것 같군. 랜더는 사실 죄가 없었소. 누가 좀 부탁하기에 유죄로 만들었던 거요. 하지만 다른 증인이 있었다면 나는 그런 짓은 안 했을 거요.」

롬바드가 말했다.

「그렇다면, 당신은 큰 대가를 받았겠군요?」

「천만에! 얼마나 인색한 놈들인지 고작 승진만 시켜 주더군.」

「랜더는 종신형을 선고받고 감옥에서 죽었고요?」

「나는 그가 죽을 줄은 몰랐소.」

「운이 나빴던 게지.」

「내가 말이오? 그가 그렇다는 거겠지.」

「당신도 역시 마찬가지요. 그것 때문에 이렇게 목숨에 위협을 받고 있는 게 아니오?」

「내가?」

블로어는 그를 바라보면서 말했다.

「내가 로저스나 다른 사람들처럼 그렇게 쉽게 당할 것처럼 보입니까? 천만에! 나는 철저하게 경계하고 있다오!」

롬바드가 말했다.

「어쨌든, 나는 내기를 좋아하지 않소. 당신이 죽는다고 해서 내게 이득이 될 것은 없으니까.」

「그게 무슨 말입니까?」

롬바드는 이를 드러내면서 말했다.

「내 생각에는 당신이 행운을 얻을 것 같지가 않소이다.」

「뭐라고?」

「당신은 상상력이 부족한 것 같소. 그것은 함정에 쉽게 걸릴 수 있다는 이야기지. U.N. 오언같이 상상력이 풍부한 범인이라면 당신은 언제든지 그가 원하는 함정에 빠질 거요.」

블로어는 얼굴이 붉어졌다. 그는 화가 난 목소리로 말했다.

「그렇게 말하는 당신은 어떻소?」

롬바드는 냉담한 표정을 지으면서 말했다.

「나는 다행히도 상상력이 매우 풍부한 편이라오. 지금까지 어려운 상황에서도 잘 빠져 나왔단 말입니다. 따라서 이번 사건도 무사히 넘길 자신이 있소.」

5

달걀이 프라이팬에 넣어졌다. 베라는 난로 앞에서 속으로 생각하고 있었다.

'내가 왜 그런 어리석은 행동을 했는지 모르겠어? 그건 실수였어. 침착해야 돼. 나는 항상 침착한 자세를 잃지 않는 것이 자랑이었는데.'

「클레이슨 양은 훌륭했습니다. 조금도 당황하지 않고 시릴의 뒤를 쫓아 헤엄쳐 갔어요.」

'내가 지금 왜 그 생각을 하고 있을까? 다 끝난 일인데.'

시릴은 그녀가 바위에 닿기도 전에 모습이 사라졌다. 그녀는 조류가 자기를 바다 바깥쪽으로 밀어내고 있는 것을 알았다. 그녀는 조류에 몸을 맡기고는 침착하게 물 위에 떠 있었다——배가 구조하러 올 때까지…….

사람들은 그녀의 용기와 침착성을 칭찬했다. 하지만 휴고만은 달랐다. 그는 말없이 그녀를 바라볼 뿐이었다. 휴고를 생각하면 지금도 가슴이 아프다. 그는 지금 어디에 있을까? 무엇을 하고 있을까? 결혼은 했을까?

그때 브렌트가 날카롭게 외쳤다.

「베라 양, 베이컨이 타고 있어요.」

「오, 미안해요. 깜빡했어요.」

브렌트는 마지막 달걀을 부치고 있었다. 베라는 베이컨을 프라이팬에다 놓았다. 그리고는 궁금한 듯이 말했다.

「당신은 정말 침착하시군요, 브렌트 양.」

브렌트는 입술에 힘을 주어 말했다.

「나는 어렸을 때부터 무슨 일이 일어나도 당황하지 않고 침착하게 행동하는 것을 배웠어요.」

베라는 생각했다! 어렸을 때 여러 가지로 억압을 받으면······나중에 많은 면에서 그것이 나타나지······. 그녀는 다시 말했다.

「두렵지 않으세요! 죽음이 두렵지 않으세요?」

죽음! 이 말이 브렌트의 뇌를 송곳으로 찌른 것처럼 아프게 했다.

'죽음? 하지만 나는 죽지 않을 거야! 다른 사람들은 모두 죽을지 몰라도 나는 죽지 않을 거야.'

클레이슨은 이해할 수 없었다. 브렌트는 선천적으로 죽음을 두려워하지 않았다. 브렌트 집안 사람은 누구나 그렇다. 그 집안 사람들은 신앙심이 깊었다. 그들은 죽음을 두려워하지 않았다. 그들은 숭고한 생활을 해 나갔다.

'나는 부끄러운 일을 한 적이 없어. 그러니까 죽지 않을거야.'

「하나님이 항상 우리와 함께 있으면 밤이나 낮이나 두려움이 없을 것이다.」

지금은 낮이다──공포는 없다.

「우리들 중 아무도 이 섬을 빠져 나갈 수 없을 거요.」

누가 한 말이었더라? 그것은 매카서 장군의 말이었다. 그는 죽음을 두려워하는 것 같지가 않았다. 그는 오히려 죽기를 바라고 있었는지도 모른다.

끔찍한 일이야! 그런 생각을 해서는 안돼. 어떤 사람들은 죽음을 아무렇지도 않게 생각해서 스스로의 목숨을 끊는 경우도 있다. 비어트리스 테일러······어젯밤에 그녀는 비어트리스의 꿈을 꾸었다──꿈에서 그녀가 창문을 두드리며 안으로 들여보내 달라고 애원하고 있었다. 하지만 브렌트는 그녀를 들어오게 하고 싶지 않았다. 왜냐하면 그녀가 들어오면 무서운 일이 일어날 것만 같았다.

에밀리 브렌트는 문득 정신을 차렸다. 베라가 이상하다는 듯이 그녀를 쳐다보고 있었다. 그녀는 간단하게 말했다.

「모두 준비되었죠? 아침식사를 할 수 있도록 식탁에 차려 놓읍시다.」

6

아침 식사는 좀 이상한 분위기 속에서 진행되었다. 모든 사람들이 매우 정중하게 상대방을 대했다.

「커피 좀 더 드시겠습니까, 브렌트 양?」

「클레이슨 양, 햄을 더 드시겠습니까?」

「베이컨은요?」

여섯 명 모두가 겉으로는 아무 일도 없었던 것처럼 행동했다.

하지만 속으로는 갖가지 생각들이 머릿속에서 이리저리 왔다갔다 하고 있었다.

'다음은 누구일까?'

'정말 그런 일이 일어날까? 글쎄……정말 그럴 만한 가치가 있는 것일까? 시간만 있다면…….'

'종교에 깊이 빠졌다면, 그것은 큰 문제야……저 여자를 좀 봐. 하지만 다른 사람들은 믿지 않을걸…….'

'내가 잘못 생각하고 있는지도 모르지…….'

'그것은 미친 짓이야——모두 미친 것 같아. 나도 미쳐가는 것 같아. 커튼이 없어졌다고——? 빨간 비단 커튼이——알 수 없는 일

이야. 나는 그 이유를 모르겠어…….'

'어리석게도 그는 내가 한 말을 모두 믿고 있어. 정말 쉬운 일이었어……. 하지만 조심해야 돼.'

'여섯 개의 인디언 인형……단지 여섯 개밖에 ── 오늘밤에는 몇 개가 될까……?'

「달걀을 더 드실 분은 안 계신가요?」

「마멀레이드는요?」

「고마워요. 햄을 더 드릴까요?」

여섯 명의 손님들은 모두 아침 식사를 하면서 평상시처럼 행동하고 있었다.

제 *12* 장

식사가 모두 끝났다. 워그레이브 판사는 목소리를 가다듬었다. 그는 작지만 권위 있는 목소리로 말했다.

「우리는 모여서 아까의 사건에 대해 이야기하는 것이 좋을 것 같소. 응접실에서 한 30분 동안만 이야기할까요?」

모든 사람이 그 말에 동의했다.

베라가 접시를 치우며 말했다.

「설거지는 제가 하겠어요.」

롬바드가 말했다.

「우리가 접시를 날라다 주겠소.」

「고마워요.」

브렌트가 일어서려 하다가 다시 앉았다.

「어머나!」

「왜 그러십니까, 브렌트 양?」

판사가 물었다.

「미안해요. 클레이슨 양을 도와 주고 싶은데 머리가 조금 어지러워요.」

「어지럽다고요?」

암스트롱 의사가 그녀에게 다가갔다.

「당연한 겁니다. 충격을 받으셨을 테니까요. 약을 드릴까요?」

「천만에요!」

이 말은 마치 폭탄이 터지는 것 같은 외침이었다. 모든 사람들이 깜짝 놀랐다. 암스트롱 의사가 이 말에 얼굴을 붉혔다.

브렌트의 얼굴에는 공포와 의심의 표정이 어려 있었다. 의사는 딱딱하게 말했다.

「좋으실 대로 하세요, 브렌트 양.」

그녀는 말했다.

「어떤 것도 먹고 싶지 않아요——어떤 것도, 좀 괜찮아질 때까지 그냥 앉아 있겠어요.」

접시를 모두 치우고 나서 블로어가 처음으로 입을 열었다.

「나는 집안일 거드는 걸 좋아한답니다. 내가 도와 주겠소, 클레이슨 양.」

클레이슨이 말했다.

「고마워요.」

브렌트는 식당에 혼자 남게 되었다. 잠깐 동안 그녀는 부엌에서 중얼거리는 소리를 들었다. 어지러움 증세는 가라앉았지만, 이제는 졸음이 왔다. 그녀의 귀에서 윙윙거리는 소리가 들려 왔다. 이것이 방에서 나는 소리일까? 그녀는 생각했다.

'마치 꿀벌 소리 같은데…….'

그녀는 정말로 꿀벌을 보았다. 꿀벌이 유리창을 기어 올라가고 있었다. 베라 클레이슨이 오늘 아침에 갑자기 꿀벌에 관해서 이야기를 했었다.

벌과 꿀……그녀는 꿀을 좋아했다. 벌집을 자루에 넣고 꿀을 짜내면…….

방안에 누군가가 있는 것 같았다. 온몸에서 물을 뚝뚝 떨어뜨리며 누군가가 있는 것 같았다……비어트리스 테일러가 강에서 올라온 것이다……브렌트는 고개만 돌리면 그녀를 볼 수 있다.

하지만 그녀는 고개를 돌릴 수 없었다.

만일, 소리를 친다면……하지만 그녀는 소리를 칠 수도 없었다. 집안에는 아무도 없었다. 그녀는 이곳에 혼자 있는 것이다……그녀는 발자국 소리를 들었다——그녀의 등뒤에서 부드럽게 끌리면서 나는 발자국 소리를. 물에 빠져 죽은 처녀의 발자국 소리……그녀는 축축한 냄새를 맡을 수 있었다……. 유리창에서는 꿀벌이 윙윙거리고 있었다——윙윙……. 그리고 그녀는 통증을 느꼈다. 벌이 그녀의 목을 쏜 것이다…….

2

그들은 응접실에서 브렌트를 기다리고 있었다. 클레이슨이 말했다.
「그녀를 불러올까요?」

블로어가 빠르게 말했다.

「잠깐만 기다려요.」

베라는 그 말을 듣고 자리에 다시 앉았다. 모든 사람이 이상하다는 듯이 블로어를 쳐다보았다. 블로어는 말했다.

「내 생각은 이렇소! 지금 식당에 가면 범인을 알 수 있습니다. 나는 우리가 찾고 있는 범인이 바로 그 여자라고 믿고 있어요!」

암스트롱이 말했다.

「만일 그렇다면 그녀가 이런 짓을 하는 이유가 무엇일까요?」

「지나친 신앙심 때문이라고 볼 수 있겠죠. 의사 선생의 의견은 어떻소?」

암스트롱이 말했다.

「있을 수 있는 일이오. 하지만 증거가 없잖소.」

베라가 말했다.

「아침식사를 준비할 때 그녀는 좀 이상했어요. 그녀의 눈빛이 .」

베라는 이렇게 말하면서 몸을 떨었다.

롬바드가 말했다.

「그것만으로 그녀를 의심할 수는 없습니다. 아무래도 우리 모두가 이상해진 것 같소!」

블로어가 말했다.

「또 의심나는 점이 있습니다. 그녀는 전축에서 나온 목소리에 대해 한마디 설명도 하지 않았소. 왜냐고요? 그녀는 할 말이 없었던 거지요.」

베라는 의자에서 몸을 움직이면서 말했다.

「그것은 그렇지 않아요. 나중에 저에게 설명을 해주었어요.」

워그레이브가 말했다.

「무슨 이야기를 하던가요, 클레이슨 양?」

베라는 비어트리스 테일러의 이야기를 해주었다.

판사가 다시 말했다.

「결국 그녀는 잘못이 없다는 이야기로군. 내 생각에도 맞는 이야기 같소. 혹시 그녀가 그 사건에 대해 죄의식을 가지고 괴로워하지는 않던가요?」

「전혀 없었어요.」

베라는 덧붙였다.

「그녀는 전혀 신경도 쓰지 않는 것 같았어요.」

블로어가 말했다.

「감정도 없는 여자 같으니라고! 분명히 질투 때문일 겁니다!」

워그레이브 판사가 말했다.

「벌써 10시 55분이오. 이제부터 회의를 열어야 하니 브렌트 양을 불러오는 것이 좋을 것 같소.」

블로어가 말했다.

「당신은 그녀에게 어떠한 조치도 취하지 않겠다는 겁니까?」

판사가 말했다.

「나는 잘 모르겠소. 증거가 없는 혐의는 단지 의심에 불과할 뿐이오. 암스트롱 의사에게 그녀의 정신 상태를 진찰해 보도록 합시다. 그럼, 그만 식당으로 갑시다.」

그들은 브렌트가 식당의 의자에 앉아 있는 것을 보았다. 그녀는 그들이 들어온 것도 모르는 것 같았다.

그들은 다가가서 그녀의 얼굴을 쳐다보았다──핏기가 없고, 새파란 입술을 한 채 눈을 부릅뜨고 있었다. 블로어는 놀라서 소리쳤다.

「죽었어!」

3

워그레이브 판사는 낮고 조용한 목소리로 말했다.

「또 한 사람의 혐의가 벗겨진 셈이군──너무 늦어 버렸지만!」

암스트롱은 죽은 여자를 들여다보고 있었다. 그는 입술을 냄새맡아 보고는 고개를 흔들고, 눈꺼풀을 조사해 보았다. 롬바드가 기다릴 수 없다는 듯이 물었다.

「죽은 원인이 무엇이오? 우리가 조금 전에 이곳을 나갔을 때만 해도 괜찮았는데!」

암스트롱은 그녀의 목에 있는 상처를 발견했다. 그는 말했다.

「주사기에 찔린 자국이 있소!」

유리창에서 윙윙거리는 소리가 들렸다. 베라가 외쳤다.

「저길 보세요――벌이 있어요. 오늘 아침에 제가 말한 대로예요.」

암스트롱은 거칠게 말했다.

「그녀를 찌른 것은 벌이 아니오! 사람이 주사기로 찌른 것이란 말입니다!」

판사가 물었다.

「무슨 독이오?」

암스트롱이 대답했다.

「청산가리 같습니다. 앤소니 마스턴이 죽었을 때와 같은 종류 같아요. 그녀는 질식해서 곧 죽었을 겁니다.」

베라가 외쳤다.

「그렇지만 저 벌은 어떻게 된 거죠? 우연은 아닌 것 같은데!」

롬바드가 딱 잘라서 말했다.

「저것은 우연이 아닙니다! 살인광이 꾸민 것이 틀림없소! 그는 장난을 친 겁니다. 가능하면 그 동요에 맞추어 가면서 살인을 해 나가자는 거겠지!」

처음으로 판사의 목소리는 떨리고 있었다. 오랜 직업에서 온 침착함도 이제는 찾아볼 수가 없었다. 그는 격렬하게 말했다.

「미친 짓이야! 우리 모두가 미쳤어!」

판사는 다시 침착하게 말했다.

「하지만 우리는 아직도 이성을 가지고 있소. 누군가가 이 섬으로 주사기를 가지고 왔다는 이야기인데…….」

암스트롱 의사는 힘없는 목소리로 말했다.

「내가 가지고 왔습니다.」

네 사람의 눈이 일제히 그에게 쏠렸다. 그는 적의에 찬 시선을 받으면서 말했다.

「여행할 때마다 항상 가지고 다닙니다. 대부분의 의사가 그렇게 하지요.」

워그레이브 판사가 침착하게 말했다.

「그렇다면, 그 주사기는 지금 어디에 있소?」

「내 가방 안에 있을 겁니다.」

워그레이브가 말했다.

「함께 가서 조사해 봅시다.」

다섯 사람은 말없이 2층으로 올라갔다. 가방에 들어 있는 물건을 모두 꺼내 보았다. 그러나 주사기는 거기에 없었다.

4

암스트롱은 흥분해서 말했다.

「누군가가 훔쳐 간 것이 틀림없소!」

방안에는 침묵이 흘렀다. 암스트롱은 창문을 등진 채 서 있었다. 네 사람의 시선이 의혹으로 가득차서 그에게 향해졌다. 의사는 워그레이브와 베라를 바라보면서 힘없이 말했다.

「분명히 누군가가 훔쳐 간 겁니다!」

블로어는 롬바드를 쳐다보았다. 판사가 말했다.

「우리 다섯 사람 중에 분명히 범인이 있소. 그리고 상황은 매우 위험한 지경에 이르렀소. 그러므로 나머지 네 사람의 안전을 위해서 모든 것을 확실히 해 두어야 합니다. 암스트롱 의사 선생, 당신은 무슨 약품을 가지고 왔소?」

암스트롱이 대답했다.

「나는 작은 약상자를 가지고 왔소. 조사해 보면 알겠지만, 수면제와 탄산소다, 그리고 아스피린 이외에는 아무것도 없소. 청산가리는 가지고 있지 않아요.」

판사가 말했다.

「나도 수면제는 가지고 있소. 수면제도 분량이 지나치게 많으면 생명이 위험하게 되지요. 그리고 롬바드 씨, 당신은 권총을 가지고 있지요?」

「그게 무슨 상관입니까?」

「의사의 약품, 내가 가지고 있는 수면제, 그리고 당신의 권총, 기타 위험한 물건들을 함께 안전한 곳에 놓아 두자는 겁니다. 그 다음에 각자의 몸과 가지고 온 짐을 조사해 보도록 합시다.」

롬바드가 말했다.

「나는 권총을 내놓을 수 없소.」

워그레이브 판사는 날카롭게 말했다.

「롬바드 씨, 당신이 매우 건장한 사람이긴 하지만, 블로어 씨도 만만치 않은 사람이오. 당신 둘이 싸우면 결과가 어떻게 될지는 모르지만, 당신에게 이것만은 말해 줄 수 있소. 나와 암스트롱 의사, 클레이슨 양은 블로어 씨의 편이 될 것이오. 당신이 끝까지 고집을 부린다면 당신에게 불리할 뿐이오.」

롬바드는 머리를 뒤로 젖히고 이를 드러내 보이며 말했다.

「알았소. 그렇게 하지요.」

워그레이브 판사는 고개를 끄덕이고는 말했다.

「당신은 역시 현명하구먼. 그럼, 권총은 어디에 있소?」

「내 침대 옆의 서랍 안에 있소.」

「좋소.」

「내가 가져오겠습니다.」

「우리도 함께 가는 것이 좋겠소.」

롬바드는 비웃음 같은 미소를 지으면서 말했다.

「나를 의심하는군요?」

그들은 롬바드의 방으로 갔다. 롬바드는 침대 옆에 있는 서랍으로 다가가서 거칠게 서랍을 열었다. 그 순간, 그들은 일제히 소리를 질렀다. 서랍은 텅 비어 있었던 것이다!

5

「이젠 만족하셨소?」

롬바드가 말했다. 그는 나체가 되어 있었고, 그의 방은 다른 세 사람에 의해서 수색을 당했다. 클레이슨은 복도에 서 있었다. 수색은 암스트롱, 워그레이브 판사, 블로어의 순으로 진행되었다.

블로어의 방에서 나온 네 사람은 베라에게 다가갔다. 판사가 입을 열었다.

「미안하지만, 수색에는 예외가 없습니다. 권총은 반드시 찾아야 합니다. 수영복을 갖고 있죠?」

베라는 고개를 끄덕였다.

「그러면 수영복을 입고 이리로 나오시오.」

베라는 자기의 방으로 들어가서 문을 닫았다. 그녀는 잠시 뒤에 몸에 딱 달라붙는 수영복을 입고 나타났다.

워그레이브 판사는 고개를 끄덕이며 말했다.

「고맙소. 잠깐만 여기서 기다려 주시오. 당신의 방을 수색할 때까지만.」

베라는 그들이 자기의 방에서 나올 때까지 밖에서 기다렸다. 그런 뒤에 그녀는 옷을 갈아입고 다른 사람들이 기다리고 있는 곳으로 갔다. 판사가 말했다.

「이제 한 가지는 확신할 수 있소. 우리 다섯 사람은 이제 위험한 무기나 약품을 갖고 있지 않다는 것이 판명되었소. 이것은 큰 수확이오. 자, 이제 약품들을 안전한 곳으로 옮깁시다. 부엌에 은식기를 보관해 둔 상자가 있는 것 같던데?」

블로어가 말했다.

「매우 좋은 곳이오. 그러면 누가 그 열쇠를 갖죠?」

워그레이브 판사는 대답하지 않고 부엌으로 발걸음을 향했다. 다른 사람들도 그의 뒤를 따라갔다. 그 상자는 은수저와 접시를 보관하기 위한 것이었다. 판사의 지시에 따라 약품들이 그 속에 넣어지고 자물쇠가 채워졌다. 그리고 그 상자는 찬장 안에 넣어졌고, 찬장도 역시 자물쇠로 채워졌다. 그런 뒤에 판사는 롬바드에게 상자의 열쇠를, 그리고 블로어에게 찬장의 열쇠를 주었다. 그리고는 말했다.

「당신 둘은 육체적으로 가장 힘이 센 사람들이오. 당신들이나 우리 세 사람 모두가 열쇠를 빼앗기는 매우 어려울 거요. 그리고 찬장이나 그 상자를 부수고 열면 소리가 나기 때문에, 다른 사람의 눈에 띄지 않고 열기는 매우 힘들 겁니다.」

그는 잠시 멈추었다가 계속했다.

「아직까지 해결되지 않은 문제가 있소. 그것은 롬바드 씨 권총의 행방이오.」

블로어가 말했다.

「그거야 권총의 주인이 알고 있을 테지.」

롬바드는 안색이 달라지며 말했다.

「무슨 소리요? 나는 도둑맞았다고 분명히 말했잖소!」

워그레이브 판사가 물었다.

「그 총을 마지막으로 본 게 언제요?」

「어젯밤입니다. 잠자리에 들기 전에는 분명히 서랍 안에 있었어요. 무슨 일이 일어날지 몰라서 그 속에 넣어 두었소.」

판사는 고개를 끄덕이고는 말했다.

「그 총은 오늘 아침에 로저스를 찾느라고 혼란한 틈이나, 그의 시체가 발견된 뒤에 도난당했을 겁니다.」

베라가 말했다.

「집안 어딘가에 숨겨져 있을 거예요. 우리는 그것을 찾아야 해요.」

워그레이브는 턱을 쓰다듬으면서 말했다.

「수색은 별로 소용이 없을 겁니다. 살인광은 우리가 모르는 기막힌 장소에 숨긴 것이 분명할 테니까요. 우리는 그것을 쉽게 찾을 수 없을 겁니다.」

블로어가 힘주어 말했다.

「권총을 어디에 숨겼는지 모르겠지만, 주사기는 어디에 있는지 알 것 같습니다. 나를 따라와 보세요.」

그는 현관문을 열고 나가서 집을 따라 돌아갔다. 식당의 창문에서 좀 떨어진 곳에 주사기가 떨어져 있었다. 그리고 그 옆에는 부서진 인디언 인형이 있었다——여섯 번째의 인디언 인형이었다. 블로어는 만족해 하며 말했다.

「이럴 줄 알았지. 그놈이 브렌트 양을 죽인 뒤에 창문을 열고 주사기와 인디언 인형을 이리로 던진 겁니다.」

주사기에는 지문이 남아 있지 않았다. 그것은 잘 닦여져 있었다. 베라가 말했다.

「그럼, 권총을 찾아봐야 되잖아요?」

워그레이브 판사가 말했다.

「하지만 우리는 함께 있어야 합니다. 우리가 떨어져 있으면 범인에게 기회를 주는 것이오.」

그들은 다락에서 지하실까지 샅샅이 뒤져보았지만 헛수고였다. 권총은 찾을 수가 없었다.

제 *13* 장

'우리들 중 하나가……우리들 중 하나가……우리들 중 하나가
…….'

이 세 마디 말이 끝없이 반복되며 잔뜩 긴장해 있는 머릿속으로 스
며들었다. 다섯 사람들――다섯 명의 놀란 사람들. 이 다섯 사람들
은 이제 그들의 긴장된 상태를 거의 감추려고 하지도 않으면서 서로
를 쳐다보았다. 이제 가식은 거의 없었다――그 어떤 형식적인 대화
도 없었다. 그들은 자기 보호라는 본능에 의해서 묶여진 다섯 명의 적
들이었다.

그리고 그들 모두는 갑자기 비인간적으로 보이기 시작했다. 그들은
마치 짐승 같은 모습으로 되어가고 있었다. 워그레이브 판사는 겁많
은 늙은 거북처럼 웅크리고 앉아서 꼼짝 않고 눈만 날카롭게 번뜩이
고 있었다.

형사 출신인 블로어의 그 우람한 몸이 무척 거칠고 어정쩡하게 보
였다. 그의 걸음걸이는 느리게 터벅터벅 걷는 동물 같았다. 두 눈은

충혈되어 있었다. 그에게서는 사나움과 어리석음이 뒤섞인 모습이 보였다. 그것은 마치 궁지에 몰린 쥐가 고양이에게 덤벼들 것 같은 모습이었다.

필립 롬바드의 감각은 무디어지는 것이 아니라 오히려 더욱 날카로워진 것 같았다. 그의 귀는 아주 가느다란 소리에도 반응을 보였다. 발걸음은 매우 가볍고 빨라졌으며, 몸동작은 유연하고도 부드러웠다. 그리고 그는 길고 흰 이빨을 드러내 보이며 자주 미소지었다.

베라 클레이슨은 거의 말이 없었다. 그녀는 대부분의 시간을 의자에 웅크리고 앉아서 보냈다. 그녀의 두 눈은 자기 앞의 공간을 응시하고 있었다. 그녀는 마치 유리에 머리가 부딪쳐 떨어져서 집어 올린 새 같았다. 그 새는 꼼짝 않고 있는 것만이 살아날 길이라고 믿는 것처럼, 겁에 질려서 꼼짝못하고 있었다.

암스트롱은 보기에도 딱할 만큼 신경이 쇠약한 상태에 있었다. 그는 가끔 경련을 일으켰고, 두 손은 떨리고 있었다. 계속해서 담배에 불을 붙였으나, 곧 꺼 버리곤 했다. 다른 사람들의 의식적인 침묵이 더욱 그를 초조하게 만드는 것 같았다. 그는 이따금씩 신경질적인 말들을 억수같이 쏟아 냈다.

「우리, 우리는 아무것도 하지 않고 여기에 앉아만 있어선 안돼요. 분명히 할 일이 있을 겁니다. 틀림없이 우리가 할 수 있는 일이 있을 거예요. 그렇지 않겠어요? 만일, 횃불이라도 들어 신호를 보낸다면 ──.」

블로어가 무겁게 말했다.

「이런 날씨에 말이오?」

다시 비가 쏟아지고 있었다. 바람도 방향을 알 수 없게 마구 몰아치고 있었다. 후두두 떨어지는 빗방울의 침울한 소리는 그들을 더욱 미치게 만들었다. 그들은 비록 말은 없었으나 무언 중에 행동을 통일

하고 있었다. 그들은 모두 커다란 응접실에 앉아 있었다. 그리고 한 번에 한 사람씩만 방을 떠났다. 나머지 네 사람은 그 다섯 번째 사람이 돌아올 때까지 기다렸다.

롬바드가 말했다.

「이건 단지 시간 문제입니다. 날씨는 갤 거요. 그러면, 우리는 무슨 일인가를 할 수 있을 거요. 불을 피운다든가, 신호를 보낸다든가, 아니면 뗏목을 만드는 일 같은 것 말이오.」

암스트롱이 갑자기 웃음을 터뜨리며 말했다.

「시간 문제라고요——시간? 우리는 시간이 없어요. 우리는 모두 죽을 겁니다…….」

워그레이브 판사가 말을 했다. 작지만 분명한 그의 음성에는 무겁고도 단호한 면이 들어 있었다.

「만일, 우리가 조심스럽게 행동한다면 그렇지는 않을 거요. 우리는 매우 조심스러워야 합니다…….」

점심식사는 제시간에 했다——그러나 늘 갖추던 그런 형식은 필요없었다. 다섯 명 모두 함께 식당으로 갔다. 그들은 식료품 창고에서 수많은 통조림을 찾아냈다. 소 혓바닥 고기 통조림 하나와 과일 통조림 두 개를 땄다. 그리고는 부엌의 탁자 둘레에 서서 먹었다. 그런 뒤에 모두가 함께 응접실로 되돌아왔다. 그리고는 앉아서 서로를 쳐다보았다…….

이때에 그들의 머릿속을 스치는 생각들은 비정상적이고도 열병과 같은, 마치 병에 걸린 듯한 것들이었다…….

'그래 맞아, 암스트롱이야……아까 저 사람이 나를 곁눈질로 쳐다보는 것을 보았어……그의 눈빛이 이상해……너무 광적이야……어쩌면 그는 의사가 아닌지도 몰라……그래, 바로 그거야! 맞았어!……저 사람은 어떤 병원에서 도망친 미치광이일 거야——그래서 의사인 체하는 거지……그게 맞아……다른 사람들에게 말할까?……크게 외쳐 버릴까?……아니야, 그렇게 하면 그는 조심하게 될 거야……더군다나 제정신으로 보이도록 행동할 수도 있어……지금 몇 시지?……겨우 3시 반이군!……오, 하나님, 이대로 미쳐 버리는 것은 아닐까?……그래, 바로 암스트롱이야……지금도 나를 쳐다보고 있잖아…….'

'나에게 덤벼들지는 못할걸! 적어도 나 자신은 지킬 수 있어……나는 과거에 이보다 더 위험한 곳에도 있어 보았어……. 그런데 도대체 그 권총은 어디에 있지?……누가 갖고 있을까?……누가 가졌지?……아무에게도 나오지 않았는데——모두 그걸 알고 있어. 우린 모두 몸까지 뒤져보았으니까……아무도 그걸 갖고 있을 수 없어……하지만 한 사람은 그게 어디에 있는지 알고 있어…….'

'저 사람들은 미쳐 가고 있어……모두들 미쳐 버릴 거야……죽음의 두려움……우리는 모두 죽음을 두려워하고 있어……나도 죽음이 두려워……그래, 하지만 그렇다고 죽음이 오는 것을 막을 수는 없지……'영구차가 문 앞에 왔어요.' 이 구절을 어디에서 읽었더라? 저 여자……저 여자를 살펴봐야겠어. 그래, 저 여자를 조심해야지.'

'3시 40분……이제 겨우 3시 40분이로군. 설마 시계가 멈춰 버린 건 아니겠지……알 수가 없어. 아니야, 도무지 이해할 수 없어……이것은 있을 수 없는 일이야……. 왜 우리는 깨어나지 못하는 걸까? 깨어나라——심판의 날이 왔도다——아니야, 그것이 아니야! 아, 내가 알아낼 수 있다면……내 머리——내 머릿속에서 무슨 일이 일어나고 있어. 터져 버릴 거야——산산히 쪼개지고 말 거야……이런 일은 있을 수가 없어……지금 몇 시지? 오, 하나님! 이제 겨우 3시 45분이라니!'

'정신차려야 해……정신차려! 정신만 제대로 가눌 수 있으면……모든 게 명백하게 밝혀질 거야——모두 풀 수 있어. 하지만 아무도 의심할 수 없어. 속임수일지도 몰라. 분명해! 과연 누구일까! 그게 바로 문제인데 ——누구지? 내 생각에는——그래, 그 사람일 거야. 맞아!'

시계가 5시를 알리자 그들은 모두 꿈틀했다. 베라가 말했다.

「차 마시고 싶은 분 있으세요?」

잠시 침묵이 흘렀다. 블로어가 말했다.

「나는 한 잔 마시고 싶소.」

베라는 일어섰다. 그녀가 말했다.

「제가 가서 차를 가져오겠어요. 모두 여기 계세요.」

워그레이브 판사가 점잖게 말했다.

「이봐요, 클레이슨 양, 우리 모두 함께 가서 당신이 차를 타는 걸 지켜보는 게 좋을 것 같군요.」

베라는 그를 바라보다가 짧고 신경질적인 웃음을 터뜨렸다. 그녀는 말했다.

「물론 그러시겠지요!」

다섯 사람은 부엌으로 갔다. 차가 마련되자 베라와 블로어가 마셨다. 다른 세 사람은 위스키를 마셨다. 새 병을 따고, 못질한 상자에서 꺼낸 빨대를 사용했다. 판사는 얄미운 미소를 지으며 중얼거렸다.

「우리는 모두 조심해야 합니다…….」

그들은 다시 응접실로 돌아왔다. 여름이었으나 그 방은 어두웠다. 롬바드가 전등 스위치를 켰으나 불이 들어오지 않았다. 그는 말했다.

「로저스가 발동기를 움직이지 않았으니 오늘은 작동되지 않았을 거요.」

그는 잠시 주저하다가 말했다.

「우리가 나가서 움직여 봅시다. 가능할 것 같기도 한데요, 어떻습니까?」

워그레이브 판사가 말했다.

「식료품 저장실에 양초 꾸러미가 있는 것을 보았소. 그것을 씁시다.」

롬바드가 나갔다. 나머지 네 사람은 서로를 쳐다보며 앉아 있었다. 그는 양초 상자 하나와 접시 몇 개를 가지고 돌아왔다. 촛불 다섯 개가 방안 여기저기에 놓여졌다. 시간은 5시 30분이었다.

2

6시 20분이 되자 베라는 더 이상 앉아 있을 수 없었다. 그녀는 빨리 자기 방에 들어가서 머리와 쑤시는 관자놀이를 찬물에 씻고 싶었다. 그녀는 일어나서 문 쪽을 향했다. 그러다가 문득 생각이 나서 되돌아와서는 상자에서 초를 하나 집어 들었다. 그녀는 초에 불을 붙인 다음 접시에 촛농을 조금 떨어뜨리고 초를 고정시켰다. 그리고는 문을 닫고 네 사람을 남겨 둔 채 방을 나갔다. 그녀는 계단을 올라가서 자신의 방으로 향했다. 그녀는 방문을 열고는 온몸이 굳어진 채 우뚝 서 버렸다. 그녀의 콧구멍이 떨렸다. 바다……세인트 트레데닉의 바다 냄새…….

정말이었다. 그녀가 잘못 알 리가 없었다. 물론 섬에 있으면 바다 냄새가 난다. 하지만 이것은 좀 달랐다. 이것은 그날 해변에서 맡았던 바로 그 냄새였다──파도가 치고, 바위 위에는 햇빛에 말리는 해초가…….

「저 섬까지 헤엄쳐 가 보고 싶어요, 클레이슨.」

「왜 저기에 가면 안되나요?」

밉살스럽게 칭얼거리던 버릇없는 꼬마 녀석! 그 애만 아니었다면 휴고는 부자가 되고……그가 사랑하는 여자와 결혼할 수 있었을 텐데…….

휴고……정말──정말로──휴고가 그녀 곁에 온 것일까? 아니야, 그 방에서 그녀를 기다리는 것은…….

그녀는 한 걸음 앞으로 내디뎠다. 창문으로 들어오는 바람 때문에 촛불이 깜박거리다가 이내 꺼져 버렸다. 어둠 속에서 그녀는 두려움이 솟구쳤다.

「바보같이 굴지 마!」

베라 클레이슨은 스스로에게 타일렀다.

「괜찮아. 다른 사람들은 아래층에 있어. 네 사람 모두. 이 방에는 아무도 없어. 있을 수가 없지. 너는 상상하고 있는 거야, 정말이라고!」

하지만 저 냄새──세인트 트레데닉의 해변에서 맡았던 저 냄새는……그건 단지 상상이 아니었다. 그것은 사실이었다…….

그리고 방에는 누군가가 있었다……그녀는 어떤 소리를 들었다──분명히 무슨 소리를 들었다……. 그리고 바로 그때 그녀가 우두커니 서서 귀를 기울이고 있을 때──차갑고 끈적끈적한 손이 그녀의 목에 닿았다──물에 젖은 축축한 손이──그 바다 냄새를 풍기면서…….

3

베라는 비명을 질렀다. 저택이 떠나가라 하고 외쳤다. 자제할 수 없는 극심한 공포의 외마디 소리──구원을 바라는 거칠고 절망적인 외침. 그녀는 아래층에서 의자가 넘어지고, 문이 열리며 사람들이 계단을 뛰어올라오는 요란한 소리도 듣지 못했다. 그녀는 오직 극심한 공포만을 의식할 뿐이었다. 그리고는 의식을 되찾았을 때 문 근처에서 불빛이 반짝거렸다——양초 불빛——남자들이 방으로 허겁지겁 달려오고 있었다.

「무슨 일이오? 무슨 일이지?」

「맙소사, 이게 어떻게 된 거지?」

그녀는 몸서리치며 몇 발자국 움직이다가 그만 바닥에 무너지듯이 주저앉아 버렸다. 베라는 누군가가 그녀에게 상체를 굽히는 것과, 누군가가 그녀의 머리를 그녀의 두 무릎 사이에 밀어 넣는 것을 반쯤 의식하였다.

그리고는,

「이런 세상에! 저것 좀 봐요!」

하는 커다란 소리에 그녀의 의식이 되돌아왔다. 그녀는 눈을 뜨고 머리를 들었다. 남자들이 촛불을 들고 바라보는 것이 무엇인지 알 수 있었다. 축축하게 젖은 해초가 천장에 매달려 있는 것이었다! 어둠 속에서 그녀의 목을 스친 것은 바로 저것이었다. 그것을 끈적끈적한 손으로 착각했던 것이다. 죽음의 심연에서 그녀의 생명을 받아 가기 위해 되돌아온 물에 빠져 죽은 손!

그녀는 신경질적으로 웃기 시작했다. 그녀는 말했다.

「해초였어! 단지 해초였어! 그게 바로 그 냄새를……」

그리고는 그녀는 다시 기절했다——넘실거리며 몰려오는 고통의 파도와 함께 다시 누군가가 그녀의 머리를 들어 무릎 사이로 밀어 넣었다.

영겁의 시간이 흐른 것 같았다. 누가 유리잔을 그녀의 입술에 갖다 대면서 마시라고 했다. 그녀가 그것을 막 받아 마시려고 했을 때 갑자기 머릿속에서 비상벨과 같은 경고가 울렸다. 그녀는 벌떡 일어나 앉아서 그 유리잔을 밀어 버렸다. 그리고는 날카롭게 말했다.

「이거 어디서 난 거죠?」

블로어가 대답했다. 그는 대답하기 전에 잠시 베라를 쳐다보았다.

「아래층에서 가져왔소.」

베라는 소리쳤다.

「마시지 않겠어요……!」

잠시 침묵이 흐르다가 롬바드가 웃었다. 그는 조심스럽게 말했다.

「잘했어요, 베라! 매우 똑똑하군요. 혼이 빠질 정도로 놀라긴 했어도. 내가 아직 따지 않은 새 병을 가져오리다.」

그는 재빨리 방에서 나갔다.

베라는 입속으로 우물거리면서 말했다.

「이제는 괜찮아요. 물을 좀 마셔야겠어요.」

암스트롱이 그녀가 일어서려 애쓰는 것을 도와 주었다. 그녀는 부축을 받으면서 비틀비틀 세면대로 걸어갔다. 그리고는 찬물을 틀어서 유리잔을 채웠다.

블로어가 화가 나서 말했다.

「그 브랜디는 정말 괜찮은 거였어요!」

암스트롱이 말했다.

「그걸 어떻게 압니까?」

블로어는 또다시 화를 벌컥 내며 말했다.

「나는 아무것도 넣지 않았소! 당신은 그걸 말하고 싶은 모양인데!」

암스트롱이 말했다.

「당신이 그랬다는 것이 아니오. 당신이 그랬을 수도 있고, 다른 사람이 이런 때를 대비해서 미리 그 병에 무엇인가를 탔을 수도 있지 않겠소?」

그때 롬바드가 방으로 돌아왔다. 그는 새 브랜디 한 병과 마개 따는 기구를 들고 있었다. 그는 밀봉된 병을 베라의 코 앞에 갖다 댔다.

「자, 여기 있어요, 클레이슨 양. 이제는 믿겠소?」

그는 양철 조각을 벗겨 내고 마개를 뽑았다.

「운 좋게도 이 집엔 술이 풍부합니다. U.N. 오언은 생각이 깊기도 하지.」

베라는 몸을 부르르 떨었다. 암스트롱이 잔을 들고 롬바드가 브랜디를 따랐다. 그는 말했다.

「이걸 마시는 게 좋을 겁니다, 클레이슨 양. 너무 심한 충격을 받은 것 같소.」

베라는 그 술을 조금 받아 마셨다. 그녀의 안색이 본디대로 되돌아왔다. 필립 롬바드가 웃으며 말했다.

「자, 여기에 계획대로 되지 않은 또 하나의 음모가 있군요!」

베라는 거의 속삭이듯이 말했다.

「당신은 정말 그렇게 생각하세요?」

롬바드가 고개를 끄덕였다.

「범인은 당신이 놀라서 기절하리라고 기대했겠죠. 아니, 그럴 수도 있고 그렇지 않을 수도 있지요. 그렇지 않소, 의사 선생?」

암스트롱은 동의하지 않았다. 그는 미심쩍어 하면서 말했다.

「흠, 글쎄, 뭐라고 말할 수 없군요. 젊고 건강한 사람이 ——심장도 튼튼하고——그럴 듯하지 않은데. 그것보다는 오히려——.」

그는 블로어가 가져온 브랜디 잔을 집어 들었다. 그는 손가락 하나를 살짝 잔 속에 집어넣고는 얼른 맛을 보았다. 그의 표정은 변하지 않았다. 그는 애매하게 말했다.

「흠, 아무 이상이 없는데.」

블로어가 화를 내며 앞으로 나서서 말했다.

「내가 여기에다가 무엇을 탔다고 의심한다면, 당신의 그 혈색 좋은 몸뚱이를 때려 눕혀 버리겠소!」

베라는 브랜디를 마시고 기운을 되찾자 화제를 돌리기 위해서 말을 했다.

「워그레이브 씨는 어디에 있지요?」

세 남자는 서로를 쳐다보았다.

「그거 이상한데……우리와 함께 올라온 줄 알았는데.」

블로어가 말했다.

「나도 그렇게 생각했는데. 의사 선생, 어떻게 된 거요? 당신이 내 뒤에서 계단을 올라왔잖소?」

암스트롱이 말했다.

「그가 내 뒤에 따라오는 줄로만 알았소……물론 우리보다 늦게 왔 겠지만. 노인이라서.」

그들은 다시 서로를 바라보았다. 롬바드가 말했다.

「이거 정말 이상한데…….」

블로어가 말했다.

「그 사람을 찾아봐야겠소!」

그는 문 쪽으로 걸어갔다. 다른 사람들도 그를 따랐다. 베라가 맨 뒤였다. 그들이 계단을 내려갈 때 암스트롱이 뒤를 돌아보며 말했다.

「분명히 그는 응접실에 남아 있을 거요…….」

그들은 홀을 지나갔다. 암스트롱이 크게 소리쳤다.

「워그레이브 씨, 워그레이브 씨, 어디에 있소?」

아무런 대답이 없었다. 조용히 떨어지는 빗방울 소리를 제외하고는 죽음과 같은 정적이 집안을 감쌌다. 그때 응접실 문 입구에서 암스트 롱이 우뚝 멈추었다. 다른 사람들이 몰려가서 그의 어깨 위로 방안을 바라보았다. 누군가가 비명을 질렀다.

워그레이브 판사는 방 끝에 있는 높은 등받이 의자에 앉아 있었다. 그의 옆에 두 개의 촛불이 타고 있었다. 그러나 그들을 놀라게 한 것은 그가 머리에 판사의 가발을 쓰고, 붉은색 가운을 두르고 앉아 있다는 사실이었다.

암스트롱은 다른 사람들에게 물러서라는 몸짓을 했다. 그는 마치 술취한 사람처럼 약간 비틀거리면서 침묵 속을 응시하고 앉아 있는 사람에게 다가갔다. 그는 앞으로 몸을 숙여서 그의 굳은 얼굴을 바라보았다. 그는 얼른 그 가발을 벗겨 냈다. 그것이 바닥에 떨어지면서 하얀 이마가 드러났다. 그 이마 한가운데는 둥그런 얼룩이 져 있었고, 무언가가 그곳에서 뚝뚝 떨어지고 있었다.

암스트롱 의사는 그의 축 처진 손을 들어서 맥박을 짚어 보았다. 그리고는 사람들에게 돌아섰다. 그는 감정이 없고 죽은 듯한 멀찍한 음성으로 말했다.

「총에 맞았소…….」

블로어가 말했다.

「세상에 ——! 그 총이!」

의사가 여전히 생기 없는 목소리로 말했다.

「머리를 관통했소. 즉사했을 겁니다.」

베라는 가발 쪽으로 몸을 숙였다. 그녀는 공포에 찬 음성으로 말했다.

「브렌트 양이 잃어버린 회색 털실인데……?」

블로어가 말했다.

「그리고 저 가운은 지난번에 목욕탕에서 없어진 붉은색 커튼이오…….」

베라가 속삭였다.

「이게 바로 그것들이 없어진 이유로군요…….」

갑자기 필립 롬바드가 웃었다. 크고 부자연스러운 웃음이었다.

「다섯 명의 인디언 소년이 법률을 공부했다. 한 명이 대법원에 들어가서 네 명이 되었다. 그것이 피맺힌 워그레이브의 최후로군. 그는

200

더 이상 판결을 내릴 수도 없고, 더 이상 검은 모자를 쓸 수도 없게 되었어! 이것이 그가 법정에 앉는 마지막 순간이오. 더 이상의 판결문 낭독도, 죄없는 사람을 죽음으로 보내는 일도 없을 것이오. 만일 에드워드 세튼이 있다면 얼마나 웃을까! 정말이지 배꼽 빠지게 웃어 댈 거야!」

그의 거친 목소리는 다른 사람들을 놀라게 했다. 베라가 외쳤다.

「바로 오늘 아침에 범인이 저 사람일 거라고 당신이 말했잖아요!」

필립 롬바드의 얼굴이 변했다——그는 정신을 가다듬고 나지막이 말했다.

「그렇게 말했죠. 흠, 잘못 짚었어. 여기 또 우리들 중 한 사람의 무죄가 증명되었군요——너무 늦긴 했지만!」

제 *14* 장

    그들은 워그레이브 판사를 2층 그의 방으로 옮겨서 침대에 눕혔다. 그리고는 다시 아래층으로 내려와서 서로를 바라보며 홀에 서 있었다. 블로어가 딱딱하게 말했다.

「이제 어떻게 하죠?」

롬바드가 기운차게 말했다.

「무엇이든지 좀 먹읍시다. 우리는 먹어야 해요.」

그들은 부엌으로 들어갔다. 그리고는 또 소 혓바닥 고기 통조림을 땄다. 그들은 거의 맛도 보지 않고 기계적으로 먹었다.

갑자기 베라가 말했다.

「다시는 소 혓바닥 고기는 먹지 않을 거야.」

그들은 식사를 마쳤다. 그리고 식당의 식탁 주위에 둘러앉아서 서로를 쳐다보았다. 블로어가 말했다.

「이제 겨우 우리 4명……다음은 누구일 것 같소?」

암스트롱이 쳐다보았다. 그는 거의 기계적으로 말했다.

「우리는 매우 조심해야 합니다.」

그리고는 말을 멈췄다.

블로어가 말했다.

「그건 판사가 한 말이오. 그리고 그는 지금 죽었소!」

암스트롱이 말했다.

「어떻게 그런 일이 일어났을 것 같소?」

롬바드가 말했다.

「지독히도 교활한 녀석이오! 클레이슨 양의 방에 해초를 걸어 놓고는 연극을 한 거지. 우리는 모두 그녀가 살해되는 줄 알고 그곳으로 달려갔소. 그 혼란을 이용해서 그 노인을 다른 사람들에게서 떨어뜨려 놓은 거요.」

블로어가 말했다.

「왜 아무도 총소리를 듣지 못했을까?」

롬바드가 머리를 저었다.

「클레이슨 양이 계속해서 비명을 지르고 있었고, 바람도 윙윙거렸소. 게다가 우리는 달려가면서 크게 소리를 질렀소. 그런 속에서 총소리가 들릴 수 있겠소?」

그는 잠시 멈췄다.

「하지만 그런 속임수는 다시는 써먹지 못할 겁니다. 그는 다음 번엔 또 다른 방법을 써야 할 것이오.」

「그렇겠지.」

블로어가 말했다. 그의 음성에는 불쾌한 어조가 담겨 있었다. 그 두 사람은 서로를 쳐다보았다.

암스트롱이 말했다.

「우리 네 사람, 우리는 누가 범인인지 아직도 모르고 있소…….」

블로어가 말했다.

「나는 알고 있소.」

베라가 말했다.

「저는 전혀 짐작이 가지 않는데요…….」

암스트롱이 말했다.

「나도 알 것 같소…….」

필립 롬바드가 말했다.

「내게 아주 좋은 생각이 있소…….」

그들은 또다시 서로를 쳐다보았다.

베라가 비틀거리며 일어섰다. 그녀는 말했다.

「끔찍한 일이에요. 저는 자러 가야겠어요. 너무 피곤하군요.」

롬바드가 말했다.

「그러는 게 좋겠소. 앉아서 서로 쳐다본다고 뾰족한 수가 나오는 것도 아니니.」

블로어가 말했다.

「나도 이의가 없소…….」

의사가 중얼거렸다.

「그게 가장 좋은 방법인 것 같소——우리 중에 누가 잠을 잘 자는지는 의문이지만.」

그들은 문으로 향했다. 블로어가 말했다.

「권총은 어디에 있을까……?」

2

그들은 계단을 올라갔다.

그 다음 동작은 마치 희극에 나오는 장면 같았다. 네 사람 모두 자기 방문 손잡이를 쥐고 멈춰 섰다. 그리고는 마치 신호라도 받은 것처럼 일제히 방으로 들어가서 문을 잡아당겨 닫았다. 자물쇠를 채우고 빗장을 거는 소리와 가구를 움직이는 소리가 났다. 겁에 질린 네 사람은 아침이 될 때까지 서로에게서 격리된 것이다.

3

필립 롬바드는 문 손잡이 아래에 의자를 갖다 놓고 돌아서면서 안도의 한숨을 내쉬었다. 그는 거울 앞으로 갔다. 깜박이는 촛불 속에서 그는 자기 얼굴을 이상한 듯이 뜯어보았다. 그리고는 혼잣말로 중얼거렸다.

「그래, 이 사건은 너를 온통 뒤흔들어 놓았어.」

그는 갑자기 늑대 같은 미소를 지었다. 그는 재빠르게 옷을 벗었다. 그리고는 침대로 가서 곁에 있는 탁자에 회중 시계를 올려 놓았다. 그런 뒤에 탁자의 서랍을 열었다. 그 순간, 그는 멍하니 서서 그 속을 들여다보았다. 권총이 들어 있었던 것이다!

4

베라 클레이슨은 침대에 드러누웠다. 촛불은 여전히 그녀 곁에서 타고 있었다. 아직까지도 그것을 꺼버릴 용기가 나지 않았다. 그녀는 어둠이 두려웠다…….

그녀는 몇 번이고 자신에게 속삭였다.

'내일 아침까지는 괜찮을 거야. 어젯밤에 아무 일도 없었으니까 오

늘밤에도 괜찮을 거야. 자물쇠도 채워 놓았고, 빗장도 걸었어. 어느 누구도 가까이 올 수 없어…….'

그리고 그녀는 문득 생각이 났다.

'그래, 이 안에서만 지낼 수도 있을 거야! 문만 꼭 잠그고 있으면 돼! 먹는 것은 문제가 안돼! 누가 구조하러 올 때까지 여기에 안전하게 있을 수 있어. 하루 종일이든, 아니 이틀이라도…….

여기에서 나가지 말자. 그래, 맞았어. 하지만 정말로 이 안에서만 있을 수 있을까? 대화를 나눌 사람도 없고, 하는 일도 없이, 다만 머릿속으로 생각만 하면서……?'

그녀는 콘월에 대해, 휴고에 대해, 그녀가 시릴에게 한 말에 대해 생각하기 시작했다. 끔찍하게 싫었던 그 꼬마 녀석. 언제나 그녀를 들볶았지…….

「왜 저기에 가면 안되나요? 나는 갈 수 있어요. 정말이에요. 갈 수 있다고요.」

그때 대답한 것이 정말로 그녀의 목소리였던가?

「물론 갈 수 있어, 시릴. 정말이야, 나도 알아.」

「그럼, 가도 되는 거지요, 클레이슨?」

「물론이지, 시릴. 하지만 어머니가 너를 무척 염려하고 계신단다. 그러니까 이렇게 하면 돼. 내일 저 바위까지 헤엄쳐 가는 거야. 내가 해변에서 어머니에게 말을 걸어 주의를 돌려놓을게. 그리고 나서 어머니가 너를 찾으면, 너는 저 바위 위에서 어머니에게 손을 흔들어 보이는 거야. 그럼, 무척 놀라운 일이 되지 않겠니?」

「멋있어요, 클레이슨! 정말 재미있을 거예요.」

그녀는 말했다.

「내일 하는 거야!」

휴고는 뉴쿼이로 갈 것이다. 그가 돌아왔을 때 모든 것은 끝나 있을 테지…….

하지만 일이 잘못된다면? 만일에……시릴은 구조될지도 몰라. 그리고는 말하겠지.

「클레이슨이 한번 해 보라고 했어요.」

하지만 그게 무슨 문제인가? 누구나 약간의 위기는 각오해야 한다. 최악의 경우가 생겨도 그저 뻔뻔스럽게 행동하리라.

「넌 어떻게 그런 못된 거짓말을 할 수 있니, 시릴? 내가 언제 그런 말을 했다고 그러는 거지?」

사람들은 그녀를 믿을 것이다. 시릴은 자주 거짓말을 했었다. 아무도 시릴의 말을 믿어 주지 않을 것이다. 따라서 그런 건 별문제가 안 된다……. 어쨌든 밀쳐야 본전이다. 그냥 그 애를 따라서 헤엄쳐 가는 체하면 되는 거야. 그렇지만 늦게 뒤쫓아가는 거지……그러면, 아무도 의심하지 않을 거야…….

휴고는 의심했을까? 그래서 그렇게 이상하게 거리감 있는 눈빛으로 쳐다본 것일까……? 휴고가 정말 알아차렸을까? 그래서 조사가 끝나자마자 그렇게 터벅터벅 가버린 것일까?

그는 그녀의 편지에 답장을 보내지도 않았다…….

휴고…….

베라는 안절부절못하며 침대에서 뒤척였다. 아니야, 휴고를 생각해서는 안돼! 그건 너무 가슴 아픈 일이었어! 모두 끝났어……휴고는 잊어버렸을 거야. 그런데 왜 오늘밤에는 그가 이 방에 있는 것처럼 느껴질까?

그녀는 천장을 올려다보며 방 한가운데 달려 있는 커다란 검은 고리를 바라보았다. 전에는 그 고리를 보지 못했다. 저기에 해초가 걸려 있었지…….

그녀는 자기 목에 닿았던 그 차갑고 끈적끈적한 감촉을 생각하며 부르르 몸을 떨었다……그녀는 천장 위에 달린 그 고리가 싫었다. 하지만 그쪽으로 자꾸만 눈길이 쏠리는 것이었다……커다랗고 검은 고리…….

<h1 style="text-align:center">5</h1>

블로어는 침대에 걸터앉았다. 눈언저리가 붉게 충혈되어 있었지만, 조금도 방심하지 않고 눈을 크게 뜨고 있었다. 그는 잠자고 싶은 생각이 없었다. 이제 위기가 다가오고 있다……열 명 중에서 여섯 명! 그렇게도 현명하고 철저하게 행동하던 그 늙은 판사도 별수없이 다른 사람들과 똑같은 길을 갔다.

블로어는 일종의 야만적인 만족 속에서 코웃음을 쳤다. 그 괴상한 늙은이가 한 말이 무슨 뜻일까?

「우리는 매우 조심해야 합니다…….」

독선적이고 잘난 체하던 위선자. 전능한 신 같은 기분으로 법정에 앉았었겠지. 그는 많은 권리를 가졌었다……하지만 이제 더 이상 그 권리를 남용하지 못할 것이다.

그리고 이제는 넷만이 남게 되었다. 그 여자와 롬바드, 암스트롱, 그리고 자기 자신. 곧, 그들 중의 한 사람이 또 죽게 될 것이다……그러나 그것은 윌리엄 헨리 블로어는 아니다. 그는 매우 조심스럽게 행동할 것이다.

'하지만 그 권총……그 권총은 어디에 있을까? 그게 불안한 요소다——그 권총!'

블로어는 침대 위에 올라가서 앉았다. 그 권총에 대해 곰곰이 생각하는 동안, 그의 이마는 찡그려지고 눈가는 주름이 잡혀 오므라들었다. 죽음 같은 정적 속에서 아래층에서 울리는 시계 소리가 들렸다. 자정——그는 조금 긴장을 풀었다. 그리고 침대 위에 드러누웠다. 그러나 옷을 벗지는 않았다.

그는 누워서도 계속 생각해 보았다. 형사시절에 늘 그렇게 했듯이 이 섬에서 일어난 모든 사건을 처음부터 차근차근 더듬어 보았다. 그러자 결국 안전하게 행동하는 것이 최선의 방책임을 알게 되었다.

촛불이 타내려가고 있었다. 성냥이 손쉽게 닿을 수 있는 거리에 있나를 확인하고는 촛불을 불어서 껐다. 이상하게도 그는 어둠이 무서워졌다. 마치 수천 년 묵은 두려움들이 깨어나 그의 머릿속에서 과시하는 것만 같았다. 수많은 얼굴들이 허공에 떠다녔다. 회색 털실로 만든 가짜 가발이 씌워진 판사의 얼굴, 로저스 부인의 싸늘한 얼굴, 앤소니 마스턴의 일그러진 보랏빛 얼굴……그리고 또 하나의 얼굴——안경을 쓰고 옅은 노란색의 수염을 가진 작고 창백한 얼굴……언젠가 보았던 얼굴이다. 하지만 언제였지? 이 섬에서는 아니었다. 아니, 그보다 훨씬 더 오래 전이었다. 이상하다. 그 이름이 생각나지 않다니 ……정말 바보 같은 얼굴인데——어딘가 바보같이 보이는 남자.

맞다! 놀라움과 함께 생각이 났다. 랜더였다!

랜더의 모습을 까맣게 잊고 있었다니 좀 이상했다. 바로 어제, 그는 그 남자의 얼굴을 기억해 내려고 했으나 실패하고 말았었다. 그러나 지금은 마치 바로 어제 본 듯이 이목구비가 뚜렷하고 명확하게 떠오르는 것이었다.

랜더에게는 부인이 있었다——근심스러운 얼굴에다가 가냘픈 몸매의 여자. 그들에게는 아이도 있었다. 14살 가량의 여자 아이. 그는 처음으로 그들이 어떻게 살아가고 있을까 생각해 보았다.

'권총, 그 권총은 어떻게 되었을까? 지금은 그게 더 중요해…….'

그것을 생각하면 할수록 머리는 점점 더 혼란해졌다. 그는 그 권총

사건을 이해할 수 없었다. 하지만 이 집안의 누군가가 그 권총을 갖고 있다…….

아래층의 시계가 1시를 알렸다. 블로어의 생각이 갑자기 끊어졌다. 그는 침대에서 일어나 앉아 귀를 기울였다. 침실 문 밖 어디에선가 희미한 소리가 나는 것이 들렸기 때문이다. 누군가가 어두운 집 안에서 움직이고 있었다. 그의 이마에서 땀이 흘렀다. 누구일까? 복도를 따라 조심스럽게 살그머니 걷는 사람이? 누군가가 좋지 않은 일을 꾸미고 있다고 그는 확신했다.

그는 육중한 몸집을 소리도 없이 움직여 침대에서 내려와 성큼성큼 두어 걸음으로 문가까지 와서는 귀를 바싹 기울였다. 그러나 그 소리는 다시 들려 오지 않았다. 그렇지만 그는 자기가 착각했다는 생각은 들지 않았다. 그는 정말로 그 문 밖에서 발걸음을 옮기는 소리를 들었던 것이다. 그의 머리카락이 비쭉 솟아올랐다. 그는 다시 두려워졌다…….

누군가가 이 밤중에 몰래 돌아다니고 있다. 그는 귀를 기울였다 ──. 그러나 그 소리는 다시 들리지 않았다.

그리고 이제 새로운 유혹이 그를 부르고 있었다. 그는 어떻게 해서든지 밖에 나가서 살펴보고 싶었다. 이 어둠 속을 돌아다니는 것이 누구인지 알아낼 수만 있다면……그러나 문을 여는 것은 어리석은 행동이다. 녀석은 바로 그것을 노리고 있으리라. 그는 블로어가 밖으로 나오도록 일부러 소리를 냈는지도 모른다.

블로어는 귀를 기울이며 잔뜩 긴장한 채 서 있었다. 그러자 저택 여기저기에서 찰칵 하는 소리와 옷이 스치는 소리, 그리고 신비스런 속삭임을 들을 수 있었다. 그러나 그의 냉정하고 현실적인 두뇌는 그것이 무엇인지를 곧 알아차렸다. 그것은 자기 자신의 긴장된 상상력의 소산이었다. 하지만 다음 순간 그는 상상이 아닌 진짜 소리를 들었다. 블로어처럼 귀를 잔뜩 기울이고 있는 사람이나 들을 수 있는 매우 약하고도 조심스러운 발자국 소리였다. 그 소리는 조심스럽게 복도를 따라서 들려 왔다.(롬바드와 암스트롱의 방은 둘 다 블로어의 방보다는 계단에서 더 떨어져 있었다.) 그 발자국 소리는 조금도 주저하지 않고 그의 문을 지나갔다.

그러는 동안에 블로어는 결심을 했다. 그는 드디어 나가 보기로 했던 것이다. 그 발자국은 분명히 그의 문 앞을 지나서 계단으로 갔다. 그는 어디로 가는 것일까? 블로어는 일단 행동에 들어갔다 하면, 그렇게 무겁고 느리게 보이는 사람치고는 놀랄 만큼 재빠르게 움직였다. 그는 발꿈치를 들고 침대로 돌아가서 주머니에 성냥을 집어넣은 뒤에, 침대 곁에 놓인 전기 스탠드의 플러그를 뽑았다. 그리고 전깃줄을 스탠드에 둘둘 감았다. 그것은 에보나이트 받침대가 붙어 있는 크롬 제품이었는데, 아주 좋은 무기가 될 수 있었다.

그는 소리없이 방을 가로질러 가서, 문 손잡이 밑에 놓인 의자를 치우고 조심스럽게 빗장과 자물쇠를 풀었다. 그는 살짝 복도로 나섰다. 아래 홀에서 희미한 소리가 들려 왔다. 블로어는 양말을 신은 발로 살금살금 계단 끝으로 걸어갔다. 그때 그는 왜 아까 그 발자국 소리를 그토록 분명히 들을 수 있었는지를 알았다. 바람은 완전히 수그러졌고, 하늘도 갠 것 같았다. 층계참의 창문을 통해 희미한 달빛이 들어와 아래 홀을 밝혀 주고 있었다. 그래서 블로어는 현관을 통해 나가는 사람의 뒷모습을 잠깐 볼 수 있었다.

그는 계단을 쫓아 내려가다가 문득 멈추었다. 하마터면 큰 바보짓을 할 뻔했던 것이다. 이것은 그를 집 밖으로 유인해 내기 위한 함정일지도 모른다!

그러나 녀석은 한 가지를 미처 깨닫지 못한 것이다. 그것은 블로어가 자기를 쉽게 찾아낼 수 있도록 만들어 놓았다는 점이다. 왜냐하면

2층에 있는 세 개의 방 중에서 하나는 반드시 비어 있을 테니까 말이다. 그것이 어느 방인가를 확인하는 일만이 남았다. 블로어는 잽싸게 복도를 따라 되돌아 왔다. 그는 먼저 암스트롱 의사의 방 앞에 서서 문을 두드렸다. 그러나 아무 대답이 없었다. 그는 잠시 기다렸다. 그리고는 필립 롬바드의 방으로 갔다. 그곳에서는 곧 대답이 있었다.

「누구시오?」

「블로어요. 암스트롱 씨가 방에 없는 것 같소. 잠깐 그대로 기다려요.」

그는 복도 맨 끝에 있는 문으로 갔다. 그는 문을 두드렸다.

「클레이슨 양! 클레이슨 양!」

베라가 놀란 목소리로 대답했다.

「누구세요? 무슨 일이지요?」

「아, 됐습니다. 클레이슨 양. 잠깐만 기다려요. 곧 되돌아오리다.」

그는 롬바드의 방으로 되돌아갔다. 그때 문이 열렸다. 그는 왼손에 촛불을 들고 있었다. 그는 잠옷 위에다 바지를 입고 있었다. 그의 오른손은 잠옷 윗도리 주머니에 들어가 있었다. 그는 날카롭게 말했다.

「도대체 무슨 일입니까?」

블로어가 재빨리 설명을 했다. 롬바드의 눈이 빛났다.

「암스트롱이? 그가 바로 우리의 멍청이였군!」

그는 암스트롱의 방으로 갔다.

「미안하오, 블로어. 하지만 나는 아무것도 믿을 수가 없소.」

그는 거칠게 문을 두드렸다.

「암스트롱――암스트롱!」

대답이 없었다. 롬바드는 무릎을 굽히고 열쇠 구멍으로 들여다보았다. 그는 자물쇠를 손가락으로 꾹 누르면서 말했다.

「안쪽에는 열쇠가 꽂혀 있지 않소.」

블로어가 말했다.

「그렇다면 바깥에서 잠그고 열쇠를 가지고 나갔다는 이야기군.」

필립이 고개를 끄덕였다.

「홍, 평범한 주의 사항이지. 그를 잡으러 갑시다, 블로어……이번에는 놓치지 않겠다. 당장에——.」

그는 베라의 방으로 달려갔다.

「베라——.」

「왜 그러시죠?」

「우리는 암스트롱 씨를 찾으러 갑니다. 그 사람이 밖으로 나갔소. 무슨 일이 일어나든지 문을 열지 말아요. 알겠소?」

「예, 알겠어요.」

「만일, 암스트롱 씨가 나타나서 내가 죽었다거나 블로어 씨가 죽었다고 해도 믿으면 안됩니다. 알겠어요?」

베라가 말했다.

「예, 알겠어요. 그런 바보는 아니에요.」

롬바드가 말했다.

「좋아요.」

그는 블로어에게 돌아가서 말했다.

「자, 이제 그를 찾아 나섭시다. 어서 나갑시다!」

블로어가 말했다.

「조심하는 게 좋을 겁니다. 그가 권총을 가졌다는 것을 잊지 마시오.」

필립 롬바드는 계단을 내려가면서 싱긋 웃으며 말했다.

「그건 잘못 생각한 거요.」

그는 현관문을 열면서 말했다.

「빗장이 젖혀져 있으니 쉽게 들어올 수 있을 거요.」

그는 계속해서 말했다.

「권총은 내게 있소!」

그는 말을 하면서 권총을 주머니에서 반쯤 꺼냈다.

「오늘밤 내 서랍에 다시 들어 있는 것을 발견했소.」

블로어는 문가에서 우뚝 멈추어 섰다. 그의 얼굴색이 변했다. 필립 롬바드는 그것을 알아차렸다. 그는 참을 수 없다는 듯이 말했다.

「바보 같은 생각 말아요, 블로어! 나는 당신을 쏘지 않소. 믿지 못하겠다면 돌아가서 다시 문을 잠그고 방안에 숨어 계시지. 나 혼자서 암스트롱을 뒤쫓을 테니까.」

그는 달빛 속으로 뛰어갔다. 블로어는 잠시 망설이다가 그를 따라 갔다. 그는 생각했다.

'이건 모험인데……하지만…….'

그는 전에 권총을 든 범죄자와 싸운 적이 있었다. 다른 것이라면 몰라도 블로어는 용기 하나만은 나무랄 데 없었다. 위험이 닥치면 대담하게 싸워 보리라. 그는 열려진 위험은 두려워하지 않는다. 단지, 어딘지 모르게 미신적인 것이 가미된 위험만은 두려워했다.

6

베라는 어떻게 될지를 기다리면서 혼자 남게 되자, 자리에서 일어나 옷을 입었다. 그녀는 한두 번 문 쪽을 바라보았다. 그것은 매우 튼튼한 문이었다. 빗장과 자물쇠가 채워져 있었고, 손잡이 아래에는 참나무 의자를 받쳐 놓았다. 힘으로는 부수고 들어올 수가 없다. 특히 암스트롱 의사로서는 그것이 불가능하리라. 그는 힘이 센 남자가 아니었다. 만일, 그녀가 암스트롱이라면 힘보다는 교활한 방법을 쓸 것이다.

그녀는 암스트롱이 어떤 방법을 사용할 것인지 이리저리 생각해 보면서 초조함을 달랬다. 아마도 필립이 말한 것처럼 두 사람 중의 하나가 죽었다고 할지도 모른다. 아니면 그녀의 방문 앞에 와서 신음 소리를 내면서 크게 다쳤다고 할지도 모른다.

또 다른 가능성도 있다. 집이 불타고 있다고 말할지도 모른다. 더구나 실제로 집에 불을 지를 수도 있다……그래, 그것도 하나의 방법이겠지. 두 사람을 집 밖으로 유인해 낸 뒤 집에다 휘발유를 뿌리고 불을 붙일지도 모른다. 그렇게 되면 그녀는 바보같이 방안에 장벽을 치고 앉아서 죽음을 기다리게 되는 것이다.

그녀는 창가로 다가갔다. 그런 대로 괜찮았다. 위기에 닥치면 그리로 도망치리라. 물론 뛰어내려야 하겠지만, 창문 바로 아래는 꽃밭이었다.

그녀는 앉아서 일기장을 펴고 또박또박 글을 쓰기 시작했다. 어떻게든 시간을 보내야 한다.

그녀는 갑자기 온몸을 굳힌 채 주의를 기울였다. 어떤 소리가 났던 것이다. 유리창이 깨지는 소리같이 느껴졌다. 아래층 어디에선가 난 것 같았다. 그녀는 조용히 귀를 기울여 보았으나 그 소리는 다시 들리지 않았다.

그 대신 발자국 소리, 계단을 밟고 올라오는 삐걱거리는 소리, 그리고 옷깃 스치는 소리들이 들려 왔다. 아니, 들렸다고 생각했다. 그러나 확실하지는 않았다. 그녀는 블로어가 그랬던 것처럼 그 소리가 자신의 머릿속에서 만들어진 것이라고 판단했다.

그러나 곧 그녀는 더욱 확실한 소리를 들을 수 있었다. 아래층에서 사람이 움직이는 소리였다. 뭐라고 중얼거리는 목소리. 그리고 누군가가 계단을 올라오는 소리. 문이 열리고 닫히는 소리. 위의 다락으로 올라가는 발걸음 소리가 들렸다. 그러더니 더욱 시끄러운 소리가 들렸다. 마침내 발걸음 소리가 복도에 나타났다. 롬바드가 말했다.

「클레이슨 양――.」

「아무 일 없었소?」

「그래요, 무슨 일이 일어났나요?」

블로어가 말했다.

「우리 좀 들어가게 해주겠소?」

베라는 문으로 갔다. 그녀는 의자를 치우고 자물쇠를 열고 빗장을 젖혔다. 그리고는 문을 열었다. 두 남자가 숨을 거칠게 몰아 쉬며 서 있었다. 그들의 발과 바지 아랫부분이 물에 흠뻑 젖어 있었다.

그녀가 다시 물었다.

「무슨 일이 있었나요?」

롬바드가 말했다.

「암스트롱 의사가 사라졌소.」

7

베라가 외쳤다.

「뭐라고요?」

「이 섬에서 깨끗이 자취를 감추었단 말이오.」

블로어가 말했다.

「사라졌소――정말 그래요! 마치 요술처럼.」

베라가 어이가 없다는 듯이 말했다.

「말도 안돼요! 어딘가에 숨어 있을 거예요!」

블로어가 말했다.

「아닙니다. 그렇지 않아요. 이 섬에는 숨을 곳이 없소. 우리는 손바닥처럼 환히 알고 있소! 밖에는 달빛이 비치고 있소. 마치 대낮 같아요. 그런데도 아무데서도 보이지 않는 겁니다.」

베라가 말했다.

「집으로 돌아온 것이 아닐까요?」

블로어가 말했다.

「우리도 그렇게 생각했었소. 그래서 집 안도 샅샅이 뒤져보았소. 아마 우리 소리를 들었을 텐데. 그는 이 집 안에도 없어요. 분명히 그는 갔소. 깨끗이 사라졌습니다. 달아난 것이오.」

베라가 못 믿겠다는 듯이 말했다.

「그런 일은 있을 수 없어요!」

롬바드가 말했다.

「사실입니다, 클레이슨 양.」

그는 잠시 멈추었다가 말을 계속했다.

「그리고 또 다른 사실이 있소. 식당 유리창이 하나 깨어졌습니다 ——그리고 식탁 위에 인디언 인형이 세 개만 남아 있었소.」

제 *15* 장

　　세 사람은 식당에 앉아서 아침식사를 했다. 밖에는 태양이 빛났다. 아름다운 날이었다. 폭풍은 이미 밀려 가고 없었다. 그리고 날씨의 변화와 함께 이 섬의 죄수들의 분위기에도 변화가 왔다. 이제 그들은 막 악몽에서 깨어난 사람들 같았다. 물론 어딘가에 위험이 도사리고 있었지만, 그것은 밝은 대낮의 위험이었다. 바람이 몹시 불던 어젯밤──그들을 담요처럼 둘러쌌던 공포의 분위기는 이제 사라졌다.

　　롬바드가 말했다.

　　「우리 오늘 이 섬의 꼭대기에 가서 거울로 신호를 보냅시다. 저쪽 절벽에서 어떤 영리한 친구가 그것을 보고 구조하러 올지도 모르잖겠소? 밤이 되면 횃불을 켤 수도 있소. 나무가 많지 않기는 하지만. 또, 그것을 보고 노래하고 춤을 추며 신나게 노는 것으로 생각할지도 모르지만 말이오.」

　　베라가 말했다.

　　「어쩌면 모르스 신호를 읽을 수 있는 사람이 있을지도 몰라요. 그러면 우리를 데리러 올 거예요. 오늘밤이 되기 전에 말이에요.」

롬바드가 말했다.

「날씨는 깨끗하게 개었지만 바다는 아직 가라앉지 않았소. 상당히 물결이 세군요! 내일까지는 섬 가까이에 배를 댈 수가 없을 겁니다.」

베라가 소리쳤다.

「이 집에서 또 하룻밤을 묵어야 한단 말이에요!」

롬바드가 어깨를 으쓱했다.

「어떻든 한번 해 봅시다! 24시간이면 충분할 거요. 그 정도만 버텨 나가면 됩니다.」

블로어가 목청을 가다듬고 말했다.

「하지만 먼저 좀더 분명히 짚고 넘어가야 할 게 있소. 암스트롱 의사는 어떻게 되었을까요?」

롬바드가 말했다.

「글쎄, 증거가 하나 있긴 있소. 식탁 위에 인디언 인형이 세 개밖에 남지 않았소. 아무래도 암스트롱 의사는 죽은 것 같은데…….」

베라가 말했다.

「그렇다면, 왜 시체가 보이지 않는 거죠?」

블로어가 말했다.

「맞아요.」

롬바드가 머리를 흔들며 말했다.

「바로 그게 이상하단 말입니다.」

블로어가 눈을 빛내며 말했다.

「어쩌면 바다에 떨어졌는지도 모르지 않겠소?」

롬바드가 날카롭게 말했다.

「누가 그랬단 말입니까? 당신이? 내가? 당신은 그가 현관문으로 나가는 것을 보았소. 그리고 당신은 내가 방에 있는 것을 확인했소.

그리고 우리 둘이 밖으로 나가서 함께 찾아보았소. 도대체 어느 틈에 내가 그를 죽이고 그 시체를 섬 밖으로 끌고 갈 수 있었단 말이오?」

블로어가 말했다.

「그건 잘 모르겠소. 하지만 한 가지는 압니다.」

롬바드가 물었다.

「그게 뭡니까?」

블로어가 말했다.

「그 권총——그것은 당신 거였소. 지금도 당신이 갖고 있소. 그것을 줄곧 당신이 갖고 있지 않았다는 증거가 전혀 없지 않소?」

「이봐요, 블로어 씨, 우리 전에 몸수색을 했잖소?」

「물론 그래요. 하지만 당신은 그전에 그것을 어딘가에 숨겨 놓았을 수도 있소. 그리고는 나중에 다시 찾은 척했겠지!」

「이런 얼간이 같으니라고! 하늘에 맹세하지만, 그것은 나도 몰래 내 서랍 속에 넣어져 있었단 말이오! 나도 그것을 보고 얼마나 놀랐는 줄 아시오?」

블로어가 말했다.

「당신은 우리 보고 그런 것을 믿으라고 하는 모양인데! 그렇다면 왜 암스트롱 의사나 또는 다른 사람이 그것을 되돌려놓아야 했을까?」

롬바드가 어쩔 수 없다는 듯이 어깨를 일으켜 세웠다.

「나도 그걸 알 수 없다오. 그래서 미칠 지경이오. 정말이지 아무리 생각해 봐도 알 수 없는 일이란 말이오. 도대체 아무런 증거도 없으니 원!」

블로어가 맞장구를 쳤다.

「맞아요. 증거가 없소. 좀더 그럴 듯한 이야기를 생각해 내지 그랬소?」

「당신들이 좀더 믿기 쉬운 이야기로 말이오?」

「나는 그렇게는 말하지 않았소.」

필립이 말했다.

「물론 그러시겠지.」

블로어가 말했다.

「이것 봐요, 롬바드 씨, 만일 당신이 말하는 것처럼 솔직하다면
…….」

필립이 중얼거렸다.

「내가 언제 솔직한 사람이라고 했소? 아니오, 나는 절대로 그런 말
은 하지 않았소.」

블로어가 그런 것은 상관없다는 듯이 말을 이었다.

「아무튼 당신이 지금 사실을 말하는 거라면, 한 가지 할 일이 있소.
당신이 그 권총을 지니고 있는 한, 클레이슨 양과 나는 늘 당신 손아
귀에 있는 거요. 우리 모두에게 공평한 방법은 그 권총을 자물쇠로 채
워 놓은 물건들 속에 함께 집어넣는 겁니다. 그리고 당신과 내가 열쇠
를 한 개씩 갖는 것이오.」

필립 롬바드가 담배에 불을 붙였다. 그는 연기를 내뿜으며 말했다.

「바보 같은 소리 마시오!」

「그럼 동의하지 않는단 말이오?」

「동의하지 않소. 그 권총은 내 것이오. 나를 지키기 위해서는 그게
꼭 필요합니다. 나는 그것을 계속 갖고 있겠소.」

블로어가 말했다.

「그렇다면, 한 가지 결론에 이를 수밖에 없겠군.」

「내가 U.N. 오언이란 결론 말이오? 당신 마음대로 생각하시오. 하
지만 정말 그렇다면 왜 어젯밤에 내가 당신을 쏘지 않았을까요? 나는
20번도 넘게 그럴 수가 있었는데.」

블로어가 머리를 가로저으며 말했다.

「모르겠소. 하지만, 그게 사실이오. 뭔가 이유가 있었겠지.」

베라는 이 말싸움에 어느편도 들지 않았다. 그녀는 흥분이 되어서 말했다.

「당신들은 둘 다 똑같이 어리석어요!」

롬바드가 그녀를 바라보았다.

「무슨 말이오?」

베라가 말했다.

「당신들은 그 동요를 잊고 있어요. 그 속에 단서가 있다고 생각되지 않으세요?」

그녀는 의미 있는 목소리로 그 동요를 암송했다.

「네 명의 인디언 소년이 바다로 나갔다.

한 명이 훈제된 청어에 먹혀서 세 명이 되었다.」

그녀는 말을 이었다.

「훈제된 청어——바로 그게 단서예요. 암스트롱 씨는 죽지 않았어요……그는 자기가 죽은 거로 믿게 하려고 그 인디언 인형을 가져간 거예요. 뭐라고 말해도 좋아요——하지만 분명히 암스트롱 씨는 아직 이 섬에 있을 거예요. 그가 사라진 것은 훈제된 청어(이 말은 사람의 주의를 딴 데로 돌린다는 뜻으로 쓰인다)라는 단어에 나타나 있어요.」

롬바드가 다시 자리에 앉아서 말했다.

「당신 말이 맞을지도 모르겠군.」

블로어가 말했다.

「맞습니다. 그렇다면, 그는 어디에 있을 것 같소? 우리가 모두 뒤져보았잖소. 안팎을 모두.」

베라가 경멸적으로 말했다.

「우린 권총을 찾기 위해서도 모두 다 조사해 봤어요. 그리고도 결국 그걸 찾지 못했잖아요? 하지만 그것은 틀림없이 어디엔가 있었잖아요!」

롬바드가 중얼거렸다.

「하지만 사람과 권총은 크기가 다릅니다.」

베라가 말했다.

「그런 건 문제가 아니에요──제 말이 틀림없어요.」

블로어가 중얼거렸다.

「그렇다면, 그것은 오히려 자신의 정체를 밝히는 것이 아닙니까? 그 동요에 훈제된 청어가 들어가 있는 게 말이오. 그는 조금 다르게 그 동요를 쓸 수도 있었을 텐데?」

베라가 말했다.

「하지만 그가 미쳤다는 것을 모르나요? 모두 미친 일이에요. 그 동요대로 진행되는 모든 것이 미친 짓이야! 판사에게 그런 옷을 입혀 놓은 것도 그렇고, 장작을 패고 있던 로저스를 죽인 것이나──로저스 부인에게 약을 먹여서 죽인 것 ──브렌트 양을 죽일 때 꿀벌을 준비해 놓은 것! 마치 무서운 아이들의 장난 같아요. 그렇게 모두 들어맞다니!」

블로어가 말했다.

「그래요. 당신이 맞는 것 같소.」

그는 잠시 생각했다.

「하지만 이 섬에 동물원은 없소. 그가 그 점을 해결하려면 꽤나 힘들 겁니다.」

베라가 외쳤다.

「우리가 바로 동물들이란 것을 모르나요?……어젯밤에 우리는 인간이 아니었어요. 거의 동물이나 마찬가지였어요…….」

2

그들은 절벽 위에서 교대로 육지에다 거울로 신호를 보내며 오전을 보냈다. 하지만 그 신호를 받았다는 반응은 전혀 없었다. 정말이지 아무런 반응도 없었다. 날씨는 약간 엷은 안개가 끼었지만 대체로 맑았다. 저 아래 바다에서는 아직도 거친 파도가 섬을 때리고 있었다. 바다에 떠 있는 배는 하나도 없었다. 그들은 또다시 섬을 뒤져보았지만 허사였다. 사라진 의사의 모습은 어디에서도 발견되지 않았다.

베라는 그들이 서 있는 곳에서 저택을 올려다보았다. 그녀는 조금 숨을 죽여 가며 말했다.

「여기 이 탁 트인 곳이 더 안전할 것 같아요······다시는 저 집 안으로 들어가지 않겠어요.」

롬바드가 말했다.

「그것도 좋은 생각이오. 정말 이곳이 훨씬 안전할 것 같소. 아무도 우리의 눈에 띄지 않고는 다가올 수 없을 테니.」

베라가 말했다.

「우리 여기서 지내요.」

블로어가 말했다.

「하지만 어디선가 밤을 보내야 되지 않겠소? 그러자면 아무래도 집 안으로 들어가야 할 것 같은데.」

베라가 몸서리치며 말했다.

「그건 참을 수 없어요. 그곳에서는 하룻밤도 더 지낼 수 없어요!」

필립이 말했다.

「안전할 겁니다――문을 꼭 잠그고 방안에만 있으면.」

베라가 중얼거렸다.

224

「정말 그렇겠군요.」

그녀는 두 손을 앞으로 뻗으면서 중얼거렸다.

「햇볕을 다시 쬐니 정말 좋아요…….」

그녀는 생각했다.

'정말 이상해……기분이 아주 좋단 말이야. 그런데도 사실은 위험 속에 있거든……하지만──지금은──아무 문제도 없는 것 같아 ……이 환한 대낮에……힘이 넘치는 것 같아──나는 절대로 죽지 않을 거야…….'

블로어는 손목시계를 들여다보며 말했다.

「벌써 2시로군. 점심 먹는 게 어때요?」

베라가 고집스럽게 말했다.

「저는 집으로 절대로 들어가지 않겠어요! 여기 남아 있겠어요── 이렇게 탁 트인 곳에.」

「오, 이러지 말아요, 클레이슨 양. 기운을 차려야 합니다.」

베라가 말했다.

「혓바닥 고기 통조림은 보기만 해도 구역질이 날 것 같아요! 아무 것도 먹고 싶지 않아요. 다이어트를 할 때는 며칠이고 아무것도 안 먹고 지내요.」

블로어가 말했다.

「나는 시간에 맞추어서 먹어야 합니다. 롬바드 씨는 어때요?」

필립이 말했다.

「나도 그 혓바닥 고기 통조림은 먹고 싶은 생각이 없소. 여기에서 클레이슨 양과 함께 있겠소.」

블로어는 주저했다. 베라가 말했다.

「저는 괜찮아요. 당신이 등을 돌리자마자 롬바드 씨가 저를 쏘리라 고는 생각지 않아요. 그걸 걱정한다면 염려하지 마세요.」

블로어가 말했다.

「그렇다면 됐습니다. 하지만 우리는 서로 떨어지지 않기로 했잖소?」

필립이 말했다.

「당신은 사자 우리로 들어가려는 사람이오. 원한다면 함께 가겠소.」

「아니오.」

블로어가 말했다.

「여기 남아 있으시오.」

필립이 웃었다.

「당신은 아직도 나를 의심하는군. 나는 지금이라도 당신들 둘을 쏠 수 있소.」

블로어가 말했다.

「물론 그렇지. 하지만 그것은 계획에 일치하지 않겠지. 한 번에 한 명씩 미리 정해 놓은 방법대로 해 나가야 하니까.」

「글쎄.」

필립이 말했다.

「모든 것을 알고 있는 것 같군요.」

「물론이지요.」

블로어가 말했다.

「나 혼자서 집안에 들어가는 게 좀 신경쓰인단 말이오.」

필립이 부드럽게 말했다.

「그러니까 날더러 권총을 빌려 달라는 말인가요? 천만에! 빌려 주지 않겠소. 그렇게 간단한 일이 아니잖소?」

블로어는 어깨를 으쓱해 보이고는 집 쪽의 경사진 곳을 오르기 시작했다. 롬바드가 조용히 말했다.

「동물원의 먹이 주는 시간이군! 동물들은 그 습성이 매우 규칙적이란 말이야!」

베라가 근심스럽게 말했다.

「너무 위험하지 않을까요? 저 사람은 무엇을 하려는 거지요?」

「당신이 말하는 뜻은——아니오, 그렇게 생각하지 않소. 암스트롱은 무기가 없어요. 게다가 블로어는 체격에서는 그의 두 배나 되고, 또 자기 방어에 꽤 자신이 있는 사람입니다. 그리고 암스트롱이 집안에 있을 가능성은 전혀 없습니다. 그는 거기에 없어요.」

「그러면——다른 생각이라도 가지고 있나요?」

필립이 조용히 말했다.

「범인은 블로어요.」

「어머나——정말 그렇게 생각하세요?」

「이봐요, 클레이슨 양, 블로어의 이야기 못 들었소? 만일 그게 사실이라면 나는 암스트롱이 사라진 것과는 아무 관련이 없다는 것을 인정해야 합니다. 그의 이야기는 내가 결백하다는 것을 말해 주는 겁니다. 하지만 그 자신의 결백을 증명하진 못합니다. 우리는 단지 그가 어떤 사람의 발자국 소리를 들었고, 그 사람이 아래층으로 내려가서 현관으로 나가는 것을 보았다는 말만 들었을 뿐입니다. 그 말이 거짓일지도 모르지요. 그가 몇 시간 전에 이미 암스트롱을 죽여 놓고 꾸민 연극인지도 모른단 말입니다.」

「어떻게요?」

롬바드는 어깨를 으쓱했다.

「그것은 우리로서는 알 수가 없지요. 그러나 한 가지 분명한 것은 우리가 조심해야 할 위험이 있다는 것이오——그 위험은 바로 블로어입니다! 우리가 그 사람에 대해서 무엇을 압니까? 거의 아무것도 모르지 않습니까? 경찰관 출신이라는 것도 따지고 보면 믿기 어려운

이야기가 아니오? 그는 다른 사람일 수도 있습니다——그 미치광이 백만 장자이거냐——정신이 돌아 버린 사업가 아니면, 브로드무어에서 탈출한 녀석일지도 모르고. 어떻든 확실한 것은 그가 이 모든 범죄를 저질렀을 수도 있다는 것이오.」

베라의 얼굴이 창백해졌다. 그녀는 숨막히는 음성으로 이야기했다.

「만일, 그가 우리를 공격한다면?」

롬바드는 조용히 그의 주머니에 있는 권총을 두드리며 말했다.

「그가 도저히 할 수 없는 방법이 나한테 있지요.」

그리고 나서 그는 그녀를 조심스럽게 쳐다보았다.

「나는 확실한 신념이 있소. 그렇지 않소, 당신은? 클레이슨 양, 내가 당신을 쏘지 않으리라고 확신하지 않소?」

베라가 말했다.

「믿을 수밖에 없잖아요……하지만 당신이 블로어 씨를 잘못 생각하고 있는 것 같아요. 저는 아무래도 암스트롱인 것 같아요.」

그녀는 갑자기 그에게로 돌아섰다.

「당신은 느끼지 못하세요? 누군가가 있다고 말이에요. 누군가가 우리를 감시하면서 기다리고 있다고 느껴지지 않으세요?」

「그건 신경 과민이오.」

「그러면 당신도 느끼고 있군요?」

베라는 힘주어 말했다.

그녀는 부르르 떨었다. 그리고는 약간 앞으로 몸을 숙였다.

「말해 주세요——그렇게 생각하지 않는다고요——.」

그녀는 잠시 말을 중단했다가 계속했다.

「어디선가 이런 이야기를 읽은 적이 있어요——미국의 어떤 조그만 마을에 판사 두 사람이 나타났어요——그들은 대법원에서 왔지요. 그들은 정의를 심판했어요——완벽한 정의를. 왜냐하면——그들은 이 세상 사람이 아니었기 때문이에요…….」

롬바드는 눈썹을 치켜 올리고 말했다.

「천국에서 온 방문자란 말이오? 아니오, 나는 미신을 믿지 않소. 이 사건은 지극히 인간적이오.」

베라는 낮은 목소리로 말했다.

「하지만 저는 가끔씩 그렇지 않다는 생각이 들어요…….」

롬바드가 그녀를 바라보며 말했다.

「그건 양심이오…….」

잠시 침묵이 흐른 뒤에 그는 아주 조용하게 말했다.

「결국 당신이 그 아이를 물에 빠져 죽게 했군요?」

「저는 안 그랬어요! 아니에요! 당신이 그런 말을 할 권리는 없어요!」

그는 거리낌없이 웃었다.

「아, 그래요? 아니야, 당신이 그랬어, 클레이슨 양! 왜 그랬는지는 모르지. 상상할 수가 없지. 그렇지만 아마 거기엔 남자가 끼여 있었을 겁니다. 그렇지 않소?」

갑자기 베라의 온몸 위로 피로감이 ——극심한 피로감이 몰려왔다. 그녀는 무뚝뚝한 목소리로 말했다.

「그래요——남자가 있었어요…….」

롬바드는 조용히 말했다.

「고맙소. 그것이 내가 알고 싶어하던 것이었소…….」

베라는 갑자기 고쳐 앉으면서 소리쳤다.

「저게 무슨 소리죠? 지진은 아니었지요?」

「아니, 지진은 아닌데……이상하군. 쿵 하는 소리가 땅을 울렸는데. 내 생각엔 ——당신도 비명 소리를 들었소? 나는 들었는데.」

그들은 집 쪽으로 걸어가기 시작했다. 롬바드가 말했다.

「저기에서 그 소리가 났소. 가 보는 것이 좋을 것 같은데.」

「싫어요. 저는 안 가겠어요.」

「마음대로 해요. 난 가겠소.」

베라는 단념한 듯이 말했다.

「좋아요, 함께 가겠어요.」

그들은 경사진 곳을 올라서 집으로 향했다. 정원은 햇빛을 받아서 조용하고 평화스러웠다. 그들은 거기에서 잠시 주저하다가 현관으로 곧장 들어가지 않고 집 주위를 조심스럽게 한바퀴 돌아보았다.

그들은 블로어를 발견했다. 그는 집 동쪽의 돌로 된 정원에서 팔다리를 벌리고 쓰러져 있었다. 그의 머리는 희고 커다란 대리석에 맞아서 엉망이 되어 있었다.

필립이 위를 올려다보며 말했다.

「저 위는 누구의 방입니까?」

베라가 나지막하고 떨리는 목소리로 말했다.

「제 방인데요——그리고 저것은 제 방의 벽난로 장식에 붙어 있던 시계예요……이제 생각이 나요. 그것은——곰을 조각한 것이었어요…….」

그녀는 마지막 말을 반복했다. 목소리가 몹시 떨리고 있었다.

「그것은 곰을 조각한 것이었어요…….」

3

필립은 그녀의 어깨를 붙잡았다. 그는 절박하고도 냉정한 목소리로 말했다.

「이제는 확실해졌소! 암스트롱이 이 집 안 어디엔가 숨어 있소. 그를 잡아야 됩니다!」

　그러나 베라는 그에게 매달리면서 외쳤다.

　「바보 같은 짓 마세요. 이제는 우리 둘뿐이에요! 우리가 다음 희생
자라고요! 그는 우리가 자기를 찾기를 바라고 있어요. 그는 그걸 노
리고 있단 말이에요!」

　필립은 집 쪽으로 향하던 발걸음을 멈추었다. 그는 생각에 잠기며
말했다.

　「맞았어.」

　베라가 외쳤다.

　「이제는 제가 옳았다는 것을 인정하시겠지요?」

　그는 고개를 끄덕였다.

　「맞아요, 당신이 이겼소! 바로 암스트롱이오. 그렇다면, 도대체 그
가 어디에 숨어 있었단 말이지? 우리는 촘촘한 빗으로 빗질하듯이 온
통 뒤졌는데.」

　베라는 초조한 듯이 말했다.

　「어젯밤에 그를 찾지 못했으면 지금도 찾지 못할 거예요……그건
당연해요!」

　롬바드는 마지못해 말했다.

　「물론 그렇겠지. 하지만 ──.」

　「그는 그전에 미리 비밀 장소를 준비해 놓았는지도 몰라요 ──당
연해요. 틀림없이 그랬을 거예요. 왜 있잖아요, 오래 된 영주의 저택
에 있는 성직자의 굴 같은 거 말이에요.」

　「이 집은 그런 낡은 집이 아니오.」

　「그가 만들었을 수도 있잖아요?」

　필립 롬바드는 고개를 저으면서 말했다.

　「우리는 집 안을 조사해 보았소 ──첫날 아침에. 정말이지 그럴

듯한 공간이 전혀 없었소.」

베라가 말했다.

「분명히 어딘가에…….」

롬바드가 말했다.

「그걸 확실하게 알아봐야겠소…….」

베라가 외쳤다.

「바로 그거예요! 당신은 그것을 꼭 알고 싶어해요. 그리고 그는 그 것까지도 계산하고 있단 말이에요! 그는 저 안에 있어요──당신이 오기를 기다리며.」

롬바드는 주머니에서 권총을 반쯤 꺼내며 말했다.

「내겐 이것이 있잖소!」

「당신은 블로어 씨는 괜찮다고 했어요──그는 암스트롱에게는 상대도 안된다고 했어요. 사실 육체적으로도 그랬고, 조심성에서도 그랬어요. 그러나 당신은 암스트롱이 미쳤다는 것을 모르는 것 같아 요! 미친 사람은 모든 면에서 달라요! 그는 보통 사람보다 두 배는 교 활하단 말이에요!」

롬바드는 주머니에 권총을 다시 집어넣으며 말했다.

「그러면 좋아요.」

4

롬바드가 말했다.

「밤이 되면 우리는 어떻게 하지요?」

베라는 대답하지 않았다. 롬바드는 나무라듯이 말했다.

「당신은 그걸 생각도 해 보지 않았소?」

그녀는 절망적으로 말했다.

「우리가 뭘 할 수 있겠어요? 오, 하나님, 저는 미칠 것만 같아요 …….」

필립 롬바드가 말했다.

「날씨가 맑으니 달이 뜰 겁니다. 적당한 장소를 찾아야겠어요——아마 절벽 꼭대기 근처가 괜찮을 거요. 거기에 앉아서 아침까지 기다리는 겁니다. 잠을 자선 안돼요……우리는 밤새도록 망을 봐야 합니다. 그리고 누가 우리를 향해서 올라오면 쏘겠소.」

그는 잠시 멈추었다가 말을 이었다.

「당신은 옷이 얇아서 좀 춥겠는데?」

베라는 쉰 듯한 목소리로 말했다.

「춥다고요? 죽으면 더 춥겠죠!」

필립 롬바드가 조용히 말했다.

「그렇군. 그 말이 맞소…….」

베라는 초조한 듯이 몸을 움직이면서 말했다.

「여기 더 오래 앉아 있다가는 정말 미쳐 버리겠어요. 우리 어떻게든 움직여 봐요.」

「좋습니다.」

그들은 바다가 내려다보이는 절벽을 따라서 천천히 왔다갔다 했다. 태양은 서쪽으로 지고 있었다. 하늘은 황금색으로 아름답게 물들었다. 그 빛이 그들의 몸을 금빛 찬란하게 감쌌다. 베라가 갑자기 신경질적으로 웃으면서 말했다.

「저 속에서 목욕할 수 없는 게 유감이로군요…….」

필립은 바다를 내려다보다가 갑자기 말했다.

「저게 뭐지, 저기? 저것 봐요. 저기 큰 바위 곁에. 아니, 더 오른쪽에.」

베라도 바라보면서 말했다.

「사람의 옷 같은데요.」

「목욕하는 사람 말이오?」

롬바드는 웃었다.

「좀 이상한데. 해초 같기도 하고…….」

베라가 말했다.

「어서 가서 살펴봐요.」

「옷이로군.」

그들이 가까이 다가가자 롬바드가 말했다.

「두툼한 옷 뭉치. 저건 장화. 자, 올라가 봅시다.」

그들은 바위 위로 기어올라갔다. 베라가 우뚝 멈추어 섰다.

「옷이 아니에요——저건 사람…….」

그 사람은 한낮의 파도에 밀려와 두 개의 바위 틈에 끼여 있었다.
롬바드와 베라는 좀더 기어서 그 앞까지 다가갔다. 그들은 몸을 굽혔
다. 붉게 변색된 얼굴——물에 빠져 죽은 끔찍한 얼굴……롬바드가
말했다.

「세상에! 암스트롱이야…….」

제 16 장

수많은 영겁의 시간이 흘렀다……세상은 돌고 소용돌이쳤다……
시간은 움직이지 않았다……드디어 멈추어 선 것이다──시간은 수
천 년을 지나갔다……아니, 단지 몇 분이 지났을 뿐이다……두 사람
은 죽은 사람을 내려다보며 서 있었다……천천히, 아주 천천히 베라
클레이슨과 필립 롬바드는 머리를 들고 서로의 눈을 들여다보았다.

2

롬바드가 웃으면서 말했다.
「그렇게 됐군. 그렇죠, 베라?」
베라가 말했다.
「이 섬에는 아무도 없어요──어느 누구도──우리 둘밖에는
…….」

그녀의 목소리는 속삭임에 가까웠다——그 이상도, 그 이하도 아니었다.

롬바드가 말했다.

「정확한 말이오. 이제 우리가 어디에 와 있는지를 알겠군.」

베라가 말했다.

「그것을 어떻게 했지요——? 그 대리석 곰, 속임수 말이에요?」

그는 어깨를 으쓱했다.

「마술 같은 속임수지요, 아주 훌륭한 속임수…….」

그들의 눈길이 마주쳤다. 베라는 생각했다.

'왜 내가 진작에 저 얼굴을 잘 살펴보지 못했지……? 늑대——바로 그거야——늑대의 얼굴이야……저 무시무시한 이빨…….'

롬바드가 말했다. 그의 목소리는 차라리 으르렁거리는 소리라고 하는 게 어울렸다——위험하고 위협적인 소리.

「이것이 마지막이오. 알겠소? 우리는 이제 한 가지 사실에 도달한 거요. 그리고 이제 마지막이오…….」

베라가 조용하게 말했다.

「알고 있어요…….」

그녀는 멀리 바다를 바라보았다. 매카서 장군도 바다를 바라보았다——언제였더라——바로 어제였던가? 아니면 그저께였던가? 그도 역시 같은 말을 했었다.

「이것이 마지막이오…….」

그는 그것을 받아들이듯이 말했다——거의 환영하듯이. 그러나 베라에게는 이 말들이, 그런 생각 자체가 반감을 불러일으켰다.

'아니야, 마지막이 되어서는 안돼.'

그녀는 죽은 사람을 내려다보면서 말했다.

「불쌍한 암스트롱 의사…….」

롬바드가 코웃음쳤다.

「무슨 소리요? 여자의 동정심인가요?」

베라가 말했다.

「왜, 안되나요? 당신은 동정심도 없어요?」

그는 말했다.

「당신에겐 조금도 동정심이 없어요. 그것을 기대하지 마시오!」

베라는 다시 한 번 시체를 내려다보면서 말했다.

「저 사람을 옮겨야 해요. 집으로 옮겨요.」

「다른 희생자들 곁에 두자는 거요? 모두 단정하고 깨끗하게? 내 생각으로는 그는 지금 있는 곳에 그냥 있어도 될 것 같소.」

베라가 말했다.

「어쨌든, 그를 바닷물이 닿지 않는 곳으로 옮겨요.」

롬바드가 웃으면서 말했다.

「원하신다면.」

그는 몸을 굽혀서 시체를 끌어당겼다. 베라는 그에게 기대어 그를 도왔다. 그녀는 힘껏 끌어당겼다. 롬바드가 숨을 가쁘게 내쉬었다.

「쉬운 일은 아니군.」

그들은 간신히 시체를 만조가 되어도 바닷물이 닿지 않는 곳으로 끌어 올렸다. 롬바드가 일어서며 말했다.

「이제 만족했소?」

베라가 말했다.

「아주 좋아요.」

그녀의 말투에서 그는 문득 위험을 알아차렸다. 그는 정신이 아찔했다. 주머니에 손을 넣었을 때에서야 비로소 주머니가 빈 것을 알았다. 그녀는 조금 뒤로 물러서서 권총을 손에 들고 그를 바라보았다.

롬바드가 말했다.

「그래서 그런 여자의 동정심을 보인 것이군! 내 주머니를 털려고!」

그녀는 고개를 끄덕였다. 그리고는 흔들림 없이 똑바로 권총을 들었다.

이제 필립 롬바드에게 죽음이 바로 가까이까지 다가와 있었다. 이보다 더 가까이 온 적은 없다고 그는 생각했다. 그렇지만 아직 진 것은 아니다. 그는 위엄 있게 말했다.

「그 권총을 주시오.」

베라는 웃었다.

롬바드가 말했다.

「자, 그것을 이리 던져요!」

그의 두뇌가 재빠르게 움직이고 있었다. 어떤 방법을 쓸까? 어떻게 한다……말을 걸어서——방심하게 만들어 놓을까……아니면 잽싸게 덤벼들까——

롬바드는 일생 동안 위험한 길을 택했었다. 지금도 그러했다. 그는 천천히, 토론이라도 하듯이 말했다.

「자, 이것 봐요. 클레이슨 양. 내 말을 들어 봐요.」

그 말과 동시에 그는 잽싸게 움직였다. 표범처럼 재빨리——마치 고양이과 동물처럼……순간적으로 베라는 방아쇠를 당겼다……롬바드의 몸이 허공 속으로 뛰어오르다 잠깐 멈칫하더니 육중한 소리를 내며 땅에 떨어졌다.

그리고나서 베라는 무척 조심스럽게 한걸음 또 한걸음 앞으로 나아갔다.

그녀의 손엔 여전히 권총이 쥐어져 있었다. 그러나 더 이상 조심할 필요는 없었다.

필립 롬바드는 죽었다——.

가슴을 관통한 것이다…….

3

안도감이 머리를 감쌌다──더할 나위 없이 나른한 안도감이. 이제는 모든 것이 끝났다. 더 이상의 공포는 없다──그녀의 감정을 냉혹하게 만드는 것도 더 이상 없으리라……그녀는 섬 위에 혼자 남았다……아홉 개의 시체 곁에 홀로……하지만 문제될 게 하나도 없잖아? 그녀는 살아 있다……그녀는 그 자리에 주저앉았다──더할 나위 없는 행복감──어디에도 비길 데 없는 평온함……두려움은 더 이상 없을 것이다.

4

마침내 베라가 일어났을 때 태양은 거의 다 지고 있었다. 그녀는 그것을 바라보면서 조금도 움직이지 않았다. 그녀에게는 그 찬란한 안도감 이외에는 어떤 것도 느낄 수 없었다.

그녀는 문득 배가 고프고 졸립다는 것을 깨달았다. 무엇보다도 한꺼번에 몰려드는 졸음은 정말 참기 힘들었다. 그녀는 침대에 파묻혀 한없이 자고 싶었다……아마 내일쯤이면 그녀를 구하러 사람들이 올 것이다──그러나 그런 것은 어때도 상관없다. 이곳에 계속 남아 있는다고 해도 괜찮다. 그녀는 이제 혼자 남은 것이다…….

그녀는 일어서서 저택을 바라보았다. 이제는 두려울 것이 하나도 없다! 어떤 공포도 그녀를 기다리지 않는다! 저것은 단지 잘 지은 현대식 저택에 불과하다. 조금 전만 해도 몸을 떨지 않고서는 쳐다볼 수 없었는데……

두려움——이 낱말은 얼마나 이상스러운 것인가……하지만 이제
는 모든 게 끝났다. 그녀는 정복한 것이다——정말로 아슬아슬한 위
기를 넘어서 승리를 거둔 것이다. 그녀는 순간적인 판단과 기민함으
로 자기를 파멸시킬지도 모르는 상대를 넘어뜨렸던 것이다.

그녀는 집 쪽으로 걸어올라갔다. 해는 거의 다 져 가고 있었고, 서
편 하늘은 붉은색과 오렌지색으로 물들어 있었다. 무척이나 아름답고
평화로운 광경이다……베라는 생각했다. '이 모든 일이 꿈인지도 몰
라…….'

얼마나 지쳤는지 모른다——몹시도 피곤했다. 그녀는 온몸이 욱
신거렸고, 눈꺼풀은 아래로 처졌다. 더 이상 두려워할 것이 없다……
잠을 자야지. 자야겠어. 자야겠어……잠……섬에 혼자 남았으니 안
전하게 잘 수 있겠지. 한 명의 인디언 소년이 혼자 남았다. 그녀는 빙
그레 웃었다.

그녀는 현관으로 들어갔다. 저택도 이상스럽게 평온했다.

베라는 생각했다.

'사람들은 방마다 시체가 누워 있는 집에서는 잠자려 하지 않지!'

부엌으로 가서 아무거라도 좀 먹어야 하지 않을까? 그녀는 잠시 망
설였다. 하지만 그만두기로 했다. 정말이지 너무도 피곤했다. 그녀는
식당 앞에서 멈추었다. 식탁 위에는 아직도 세 개의 인디언 인형이 남
아 있었다. 베라는 웃으며 말했다.

「얘들아, 너희들은 지각생이야.」

그녀는 두 개를 집어 들어서 창 밖으로 내던져 버렸다. 정원의 돌
바닥에 부딪쳐서 부서지는 소리가 들렸다. 그녀는 남아 있는 인형을
손에 들고 말했다.

「나하고 함께 가자. 우리는 이겼단다! 우리는 이겼어!」

홀은 어두워져 가는 빛으로 인해 침침했다. 베라는 인디언 인형을 손에 꼭 쥐고 계단을 오르기 시작했다. 아주 천천히. 다리가 천근 만근 무거웠다.

'한 명의 인디언 소년이 혼자 남았다. 그 애는 어떻게 되었지? 아, 그래! 그 애는 결혼해서 아무도 없게 되었지.'

결혼이라……우스운 일이었다. 갑자기 휴고가 이 집 안에 있다는 느낌이 들다니. 그것도 아주 강하게. 맞았어. 휴고는 위층에서 기다리고 있을 거야.

베라는 혼잣말로 중얼거렸다.

'이런 바보! 너는 너무 피곤해서 환상을 일으키고 있는 거야……'

그녀는 천천히 계단을 올라갔다……계단 맨 위에서 무엇인가가 그녀의 손에서 떨어졌다. 그러나 그것은 부드러운 양탄자 위에 떨어져서 아무 소리도 내지 않았다. 그녀는 자신이 권총을 떨어뜨렸다는 것을 눈치채지 못했다. 그녀는 단지 인디언 인형을 쥐고 있다는 것만을 의식하고 있을 뿐이었다.

집 안은 무척이나 고요했다. 그런데도 빈집 같지가 않았다……휴고가 방에서 그녀를 기다리고 있는 것이다…….

'한 명의 인디언 소년이 혼자 남았다. 그 다음은 무엇이었지? 결혼에 관한 것이었나? 아니면 다른 건가?'

그녀는 자기의 방문 앞에 이르렀다. 휴고가 안에서 그녀를 기다리고 있었——그녀는 그것을 확신하고 있었다.

그녀는 문을 열었다……그리고는 숨을 헐떡거렸다……저건 무엇일까——? 천장의 고리에 걸려 있는 저것? 목매달 올가미가 달려 있는 밧줄이잖아? 그리고 올라설 의자 하나——발로 차 버리면 되는 의자……저게 휴고가 원하는 것인가……물론 그것은 그 동요의 마지막 구절이다.

'그가 목을 매어 죽어서 아무도 없게 되었다…….'

꼬마 인디언 인형이 그녀의 손에서 떨어져 나갔다. 인형은 데굴데굴 굴러서 벽난로에 부딪쳐 버렸다. 베라는 자동 인형처럼 무의식적으로 앞으로 나아갔다. 이것이 마지막이다──물에 젖은 차가운 손(물론 시릴의 손)이 그녀의 목에 닿았던 이곳에서.

「시릴, 너는 저 바위까지 갈 수 있어…….」

'그것이 바로 살인이었어──아주 간단했지! 하지만 그것은 언제나 나를 따라다녔지.'

그녀는 의자 위로 올라갔다. 그녀의 눈은 몽유병 환자처럼 자기 앞의 허공을 바라보고 있었다…….그녀는 목을 그 올가미 속에 집어넣었다. 그녀가 당연히 해야 할 행동을 지켜보기 위해 휴고는 거기에 있었다.

그녀는 의자를 발로 차버렸다…….

에필로그

런던 경시청의 부경시총감인 토머스 레그 경이 참을성 없게 불쑥 말했다.

「하지만 그 사건은 전부가 도무지 믿을 수 없는 일투성이야!」

그러자 메인 경감이 정중하게 대꾸했다.

「저도 그렇게 생각하고 있습니다.」

부경시총감은 계속 말을 이었다.

「섬에서 열 사람이 죽고, 그밖에는 아무도 없다니, 그것은 말이 안 돼!」

메인 경감이 무뚝뚝하게 말했다.

「하지만 실제로 그런 걸 어떻게 합니까?」

토머스 레그 경이 말했다.

「제기랄! 이보게, 메인, 누군가가 틀림없이 그들을 죽였을 거야.」

「그게 바로 문제입니다.」

「검시 보고서에는 뭐 좀 도움이 될 만한 게 없던가?」

「하나도 없습니다. 워그레이브 판사와 롬바드 대위는 총에 맞았는데, 워그레이브 판사는 머리를 관통했고, 롬바드 대위는 심장을 관통했습니다. 브렌트 양과 마스턴은 청산가리로 독살되었지요. 로저스 부인은 수면제 과용으로 죽었고요. 로저스의 머리는 쪼개져 있었습니다. 블로어의 머리는 부서졌고요. 암스트롱 의사는 물에 빠져서 죽었습니다. 매카서 장군은 머리 뒤를 맞아서 죽었고, 베라 클레이슨 양은 목매달려 죽었습니다.」

부경시총감은 질겁을 하며 말했다.

「그것 참 골치 아픈 사건이군!」

그는 잠시 생각에 잠겼다가 신경질적으로 말했다.

「스티클헤이븐 주민들에게서도 쓸 만한 단서를 하나도 얻을 수 없었다는 말인가? 빌어먹을! 그들은 뭔가를 알 텐데?」

메인 경감은 어깨를 으쓱했다.

「그 마을은 아주 순박한 어촌입니다. 그 사람들은 오언이라는 사람이 그 섬을 샀다는 것밖에 모르더군요.」

「누가 그 섬에 식량을 공급하고 모든 필수품을 준비해 주었나?」

「모리스라는 사람입니다. 아이작 모리스지요.」

「그럼, 그는 뭐라고 하던가?」

「그는 아무 말도 할 수 없습니다. 죽었으니까요.」

부경시총감은 얼굴을 찌푸렸다.

「모리스란 사람에 대해서는 아무것도 아는 게 없나?」

「아니, 그에 대해선 아주 많이 조사했습니다. 모리스는 점잖은 사람은 아니었던 것 같습니다. 3년 전에 있었던 배니토 증권 사기 사건과 관련이 있는 것 같습니다. 우리는 심증은 갖고 있었지만 증거가 없었습니다. 그리고 그는 마약 밀매에도 손을 대고 있었지요. 하지만 그것도 증거가 없었습니다. 모리스는 아주 철저한 녀석이었거든요.」

「그렇다면 그가 이번 사건에도 관계되었다는 말인가?」

「그렇습니다. 그가 그 섬을 샀지요. 하지만 그는 다른 사람의 대리로 그 섬을 사는 것이라고 분명히 밝혔답니다. 이름을 감추고 있는 제3의 인물 말입니다.」

「그렇다면 자금 출처에 관해서는 틀림없이 단서가 있겠군 그래?」

메인 경감은 미소지었다.

「그것은 모리스가 어떤 인물인지 몰라서 하시는 말씀입니다! 그녀석은 우리 나라 최고의 회계사도 당해 낼 수 없을 정도로 장부를 교묘하게 꾸며 놓거든요. 배니토 사건에서도 우리가 크게 당했지요. 그는 자기 의뢰인의 행적을 철저하게 감춰 놓았습니다.」

토머스는 한숨을 쉬었다. 메인 경감은 계속 말을 이었다.

「스티클헤이븐에서 모든 일을 꾸며 놓은 것은 모리스였습니다. 그는 자기가 오언이라는 사람의 부탁을 받고 일하는 거라고 말했답니다. 그리고는 마을 사람들에게 그 섬에서 어떤 시합이 있다고 말해 놓았다는군요——외딴 섬에서 1주일간 버틸 수 있는지를 내기하는 시합이라고요. 그러니까, 그곳에서 구조 연락이 와도 모르는 체하라고 했답니다.」

토머스 레그 경은 불안스러운 표정을 지으며 말했다.

「그러면, 그 마을 사람들이 조금도 눈치채지 못했단 말인가? 그렇게 될 때까지?」

메인 경감은 어깨를 으쓱하고 말했다.

「그 인디언 섬은 그전에 젊은 미국인인 엘머 로브슨이 사들였다는 것을 잊고 계신 모양이군요, 부경시총감님? 그 사람은 그곳에서 아주 유별난 파티를 열곤 했지요. 그 지방 사람들의 눈이 튀어나올 정도로 말입니다. 하지만 이제는 그런 것에 익숙해져서 인디언 섬에서 일어나는 일은 아예 자기들의 상상을 초월하는 것들뿐이라고 여기게 되었지요. 그 점을 생각한다면 당연한 일입니다.」

부경시총감은 침통하게 그 말을 인정했다.

메인 경감이 말했다.

「프레드 내러코트가 그 파티에 조금 관여했던 모양인데——그가 단서가 될 만한 이야기를 했습니다. 그는 그 사람들이 전혀 예상 밖이어서 깜짝 놀랐다고 합니다. 로브슨의 파티에 참석했던 사람들과는 너무도 틀렸다는 거였죠, 모두 평범하고도 말이 없었던 점이. 그 때문에 그는 SOS 신호에 대해서 말을 들었을 때 모리스의 명령을 어기고 그 섬으로 배를 타고 갔던 것 같습니다.」

「그 사람들은 섬에 언제 갔나?」

「11일 아침에 보이 스카우트 단원들이 그 신호를 보았답니다. 하지만 그날은 갈 수가 없었습니다. 그래서 12일 오후에 배를 보낼 수 있게 되자마자 그곳으로 가 보았다고 하는군요. 그들은 자신들이 섬에 닿기 전에는 아무도 그 섬을 떠날 수 없었다고 확신하더군요. 폭풍이 분 다음이라서 바다가 거칠었으니까요.」

「육지로 헤엄쳐 왔을 수도 있지 않을까?」

「육지까지는 1마일(약 1.6km)이 넘는 데다가, 해안 근처에는 파도가 높았다고 합니다. 그리고 그 해안의 절벽 위에서 많은 사람들과 보이 스카우트 단원들이 섬을 지켜 보고 있었답니다.」

부경시총감은 한숨을 쉬었다.

「그 레코드는 어떻게 된 건가? 그 집에서 발견된 것 말일세. 거기에서는 뭐 도움이 될 만한 것 좀 발견하지 못했나?」

메인 경감이 말했다.

「그것도 철저히 조사해 보았습니다. 그것은 연극이나 영화의 음향효과를 전문적으로 맡고 있는 회사에서 만들어진 겁니다. 그건 U.N. 오언이 주문했는데, 아이작 모리스에게로 보내졌습니다. 아직 공연이 되지 않은 아마추어 연극에 사용될 거라고 했다더군요. 그 레코드와 원고를 함께 보냈다고 합니다.」

레그 경이 말했다.

「내용은 어떻게 된 것이었나?」

메인 경감이 침울하게 말했다.

「이제 그 이야기를 해야겠군요.」

그는 목청을 가다듬었다.

「저는 그 레코드에 있는 내용을 가능한 한 거의 조사했습니다. 가장 먼저 그 섬에 도착한 로저스 부부부터 시작해서 말입니다. 그들은 전에 브래디라는 노부인 밑에서 일했는데, 그 노부인이 어느 날 갑자기 죽었습니다. 그녀의 사인을 조사한 의사에게서는 별다른 것을 알아내지 못했습니다. 그들이 그 노부인을 독살하거나, 또는 그 비슷한 짓을 저지르지 않은 것만은 분명하다고 하더군요. 하지만 그의 개인적인 생각으로는 상당히 석연치 않은 점이 있었다고 합니다——즉, 그들이 성의 없이 돌보아서 그녀가 죽었을지도 모른다는 것이지요. 그 의사는 그런 것은 증명할 수 없는 일이라고 하더군요.

그리고 워그레이브 판사에 대해서는——아무런 의심이 없는 것 같습니다. 그는 세튼에게 사형을 언도한 판사였습니다. 물론, 세튼에게는 죄가 있었습니다——분명히 죄가 있었지요. 그가 교수형으로 죽은 뒤에 그것을 명백하게 뒷받침해 주는 증거가 나왔습니다. 그러나 그때에는 여러 가지 말이 많았지요——거의 모든 사람들이 세튼이 결백하다고 했습니다. 워그레이브 판사의 판결에는 개인적인 감정이 깊게 관련되어 있다고 생각했지요.

클레이슨 양은 물에 빠져 죽은 아이의 가정 교사였습니다. 하지만 그녀는 그 사건과 아무런 관련도 없는 것 같아요. 아니, 그보다도 사실은 아주 모범적인 일을 했더군요. 그 아이를 구하러 물에 뛰어들어

헤엄쳐 가다가 간신히 그녀만 구조되었습니다.」

「계속하게.」

부경시총감이 한숨을 지으며 말했다.

메인 경감도 길게 숨을 들이쉬었다.

「이제 암스트롱 의사입니다. 그 사람은 유명한 의사입니다. 할리 거리에 병원을 가지고 있는데, 무척 성실하고 정직한 사람입니다. 불법적인 수술 같은 것을 한 흔적이라고는 찾아볼 수가 없었습니다. 그가 1925년 리드무어에 있는 병원에 근무하고 있을 때 클리스라는 여자를 수술한 것은 사실입니다. 그 여자는 복막염이었는데, 수술 도중에 죽었습니다. 아마 그는 그 당시에 기술이 미숙했던 모양입니다. 그때는 수술 경험이 많지 않았다고 하니까요. 하지만 기술이 미숙하다는 것이 범죄가 되지는 않지요. 분명히 의도적으로 그런 것 같지는 않습니다.

그리고 에밀리 브렌트가 있습니다. 비어트리스 테일러라는 처녀가 브렌트의 집에서 가정부로 일을 했었습니다. 그런데 그녀가 애인하고 놀아나다가 임신한 것이 발각되었습니다. 그래서 그녀는 물에 빠져 죽었지요. 좋은 일은 아니지만——그렇다고 또 범죄 행위도 아니지요.」

부경시총감이 말했다.

「그게 바로 중요한 점인 것 같군. U.N. 오언은 법이 손댈 수 없는 사건들만 다루었단 말일세.」

메인 경감은 그 말에는 신경쓰지 않고 보고서를 읽어 나갔다.

「마스턴 청년은 꽤나 험하게 운전을 해댄 모양입니다. 그는 두 번이나 운전 면허증을 빼앗겼더군요. 제 생각에는 아예 운전을 못하게 했어야 했던 것 같습니다. 그에 대한 내용은 이렇습니다. 그는 케임브리지 부근에서 존과 루시 컴베스라는 두 아이를 치어 죽였더군요. 그의 친구들이 증언을 해서 그는 벌금형으로 풀려 났습니다.

　매카서 장군에 대해서는 별다른 사항을 발견할 수 없었습니다. 전쟁에서 많은 공을 세웠더군요. 아서 리치몬드가 프랑스 전선에서 그의 보좌관으로 있었는데, 작전중에 죽었습니다. 그와 장군 사이에는 아무런 마찰이 없었습니다. 그들은 친구처럼 가깝게 지냈다고 하더군요. 당시에 몇 가지 잘못된 점들이 있긴 했지만――그것은 지휘관들이 불필요하게 부하들을 희생시킨 거였습니다――아마 매카서 장군의 경우도 그런 종류의 실수였던 것 같습니다.」

　「있을 수도 있는 이야기로군.」

　부경시총감이 말했다.

　「이젠 필립 롬바드입니다. 롬바드 대위는 외국에서 매우 복잡한 사건에 관련되었더군요. 한두 번인가 법정에까지 갔었던 모양입니다. 대담하고도 철두철미한 사람이라고 하더군요. 아마 어떤 곳에서는 살인을 저지를 수도 있을 만한 인물이지요. 그리고 블로어가 있습니다.」

　메인 경감은 잠시 주저했다.

　「그는 이곳 출신입니다.」

　레그 경은 흥분했다.

　「블로어라――.」

　부경시총감은 딱딱하게 말했다.

　「그 친구는 악당이었어!」

　「그렇게 생각하십니까?」

　부경시총감은 말했다.

　「나는 언제나 그렇게 생각하고 있었어. 하지만 그 친구는 요리조리 잘도 빠져 나갔지. 아주 교활한 친구야. 내 생각에도 그가 랜더 사건에서 거짓 증언을 한 것 같네. 그 당시 나는 무척 불쾌했었지. 하지만 증거가 없었어. 해리스에게 조사해 보라고 했지만, 그도 역시 아무 단서도 잡지 못했어. 하지만 좀더 철저하게 조사했다면 틀림없이 무엇인가를 찾아냈을 거라고 생각해. 그는 정직하지 않았어.」

잠시 말이 끊겼다가 토머스 레그 경이 입을 열었다.

「그리고 아이작 모리스가 죽었다고 했지? 그는 언제 죽었나?」

「그것을 물어 보실 줄 알았습니다. 아이작 모리스는 8월 8일 밤에 죽었습니다. 수면제 과용으로——바르비투르산염 종류였습니다. 그것이 사고인지 자살인지 확인할 만한 증거는 하나도 없습니다.」

레그 경이 느릿느릿 말했다.

「내 생각을 좀 들어 보겠나, 메인?」

「그러죠.」

레그 경은 무거운 목소리로 말했다.

「모리스는 너무도 적절한 시기에 죽었단 말일세!」

메인 경감은 고개를 끄덕이며 말했다.

「그렇게 말씀하실 거라고 생각했습니다.」

부경시총감은 주먹으로 책상을 내리치며 소리질렀다.

「그 모든 일이 정말이지 놀라워——! 불가능하단 말이야. 열 명의 사람들이 바위섬에서 모두 죽다니——그리고 우리는 누가 그랬는지, 왜 그랬는지, 또 어떻게 했는지도 모른단 말이야!」

메인 경감은 기침을 한 뒤에 말했다.

「저, 사실은 그렇지 않습니다. 저는 왜 그랬는지 대충 짐작할 수 있을 것 같습니다. 정의에 대해서 집착한 어떤 미치광이의 소행입니다. 그는 법의 손길이 닿지 않는 사람들을 심판하기 위해서 나선 겁니다. 그는 열 사람을 추려 냈습니다——그들이 정말로 죄가 있는지 없는지는 문제가 되지 않았지요…….」

부경시총감은 흥분해서 날카롭게 말했다.

「죄가 없다고? 내 생각으로는———.」

그는 말을 끊었다. 메인 경감은 잠자코 기다렸다. 레그 경이 한숨을 쉬며 머리를 흔들었다.

「계속하게.」

그는 말했다.

「무언가 짚이는 데가 있는 것 같아서 그랬네. 이 사건의 단서 말일세. 그런데 그만 사라져 버렸어. 자네가 하던 말을 계속하게.」

메인 경감은 말을 이었다.

「처형시켜야 할 열 명의 사람이 있었습니다. 물론, 결과적으로 그들은 처형되었지요. U.N. 오언은 그의 임무를 완수했습니다. 그리고 나서, 그는 그 섬에서 공기 속으로 증발해 버렸습니다.」

부경시총감이 말했다.

「그 사라졌다는 게 문제야. 하지만 메인, 뭔가 방법이 있지 않겠나?」

메인 경감이 말했다.

「각하께서 생각하시는 대로, 정말로 그가 섬에 있었다면 그는 섬을 떠날 수가 없었을 겁니다. 그리고 여러 사람들의 흥미 있는 진술을 종합해 보면, 그는 섬에는 절대로 없었습니다. 그렇다면, 한 가지 설명이 가능한 것은 그가 사실은 그 열 명 중의 하나였다는 겁니다.」

부경시총감은 고개를 끄덕였다. 메인 경감이 진지하게 말했다.

「저는 그 점을 생각해 보았지요. 조사도 해 보았고요. 게다가 우리는 그 인디언 섬에서 어떤 일이 있었는지에 대해 전혀 모르는 것은 아닙니다. 베라 클레이슨이 일기를 썼고, 에밀리 브렌트도 그랬으니까요. 워그레이브 노인도 기록을 했습니다———딱딱한 법조문체였지만 상당히 명백합니다. 그리고 블로어도 기록을 남겼고요. 이러한 것들이 잘 설명해 주고 있습니다. 그들의 죽음은 이러한 순서로 일어났습니다. 마스턴, 로저스 부인, 매카서 장군, 로저스, 브렌트 양, 워그레이브 판사――그가 죽은 뒤에 베라 클레이슨의 일기에는 암스트롱 의사가 밤에 몰래 집을 빠져 나갔고, 블로어와 롬바드가 그를 따라 나갔다고 써 있습니다. 블로어도 그것을 기록해 놓았습니다. 단 두 마디, '암스트롱이 사라졌다.'」

이 모든 것을 종합해 보면 우리는 아주 훌륭한 결론에 이를 것 같습니다. 암스트롱 의사는 물에 빠져 죽었습니다. 만일 암스트롱 의사가 미쳤다고 한다면, 그가 다른 사람들을 모두 죽인 뒤에 바다에 빠져서 자살했거나, 육지로 헤엄쳐 가려다 죽었다고 생각해 볼 수 있지 않을까요?

그것은 좋은 결론이었지만――효과가 없었습니다. 조금도 도움이 되지 못했지요. 첫째로, 검시 의사의 보고를 들어보겠습니다.

그는 8월 13일 아침 일찍 섬에 도착했습니다. 그는 우리에게 단서를 줄 만한 것은 알아내지 못했습니다. 단지 그 사람들이 적어도 36시간이나, 또는 그보다 훨씬 더 오래 전에 죽었다는 것뿐이었습니다. 그러나 암스트롱 의사에 대해서만은 상당히 다른 말을 하더군요. 그의 시체가 물에 떠 밀려오기 전에 8~10시간 가량 물속에 있었다는 겁니다. 그것은 이런 설명으로도 가능한데, 즉 암스트롱 의사는 10일에서 11일 사이의 밤에 바다로 나갔다는 겁니다. 그 이유를 지금부터 설명드리겠습니다. 우리는 그의 시체가 물에 떠밀려온 장소를 발견했습니다――시체는 두 개의 바위 사이에 끼여 있었는데, 그 주위에는 옷 뭉치와 머리카락 등이 떨어져 있었습니다. 11일 만조 때에 그곳에 떠밀려왔던 것이지요. 즉, 아침 11시경에. 그 이후에 폭풍이 차츰 가라앉아서, 그 뒤부터는 만조선(만조 때 바닷물이 올라오는 선)이 점점 낮아졌습니다.

암스트롱이 그날 밤 바다로 나가기 전에 나머지 셋을 해치웠다고 일단 가정해 보지요. 그러나 여기서 그냥 넘어가서는 안될 중요한 사항이 있습니다. 암스트롱의 시체가 만조선 밖으로 끌어내져 있었다는 사실 말입니다. 파도가 닿았던 곳보다 훨씬 위쪽에서 시체가 발견되었습니다. 그리고 그 시체는 땅 위에 똑바로 눕혀져 있었지요——아주 단정하고 깨끗하게. 그러니까, 한 가지 사실이 확실해지는 것이지요. 암스트롱이 죽은 뒤에 누군가가 섬에 살아 있었다는 사실입니다.」

그는 잠시 멈추었다가 말을 이었다.

「그렇다면, 남는 것은——분명하지 않습니까? 여기서 11일 이른 아침의 상황을 생각해 보겠습니다. 암스트롱이 사라졌습니다. 아니면 물에 빠져 죽었겠지요. 그러면 세 명이 남게 됩니다. 롬바드와 블로어, 그리고 클레이슨. 롬바드는 총에 맞았습니다. 그의 시체는 암스트롱의 시체 가까이 바닷가에 있었습니다. 베라 클레이슨은 그녀의 방에서 목매달린 채로 발견되었습니다. 블로어의 시체는 정원에 있었습니다. 머리가 커다란 대리석에 맞고 으깨어져 있었으니까, 그 대리석은 그 바로 위에 있는 창문에서 떨어졌다고 보는 것이 합당하겠지요.」

부경시총감이 날카롭게 물었다.

「누구의 창문이었나?」

「베라 클레이슨의 창문입니다. 이제 이 사건들을 따로따로 생각해 보겠습니다. 먼저 필립 롬바드——가령 그가 그 대리석을 블로어에게 떨어뜨리고 나서 베라 클레이슨을 기절시켜서 목매달았다고 합시다. 그런 뒤에 바닷가로 나가서 자신을 쏘았다고 말입니다. 하지만 그렇다면 누가 그의 권총을 옮겨 놓았단 말입니까? 그 권총은 2층의 방에서 발견되었으니까요——워그레이브 판사의 방에서.」

부경시총감이 물었다.

「그 총에 지문은 없었나?」

「있었습니다. 베라 클레이슨의 것이었습니다.」

「그러나 그것은 그 남자가 살아 있어야만——.」

「무슨 말씀이신지 알겠습니다. 따라서 베라 클레이슨이란 말씀이지요? 그녀가 롬바드를 쏘고, 그 권총을 집 안으로 가지고 와서 블로어의 머리에 그 대리석을 떨어뜨린 뒤에 목을 매달았다는 말씀 아닙니까? 그것도 가능합니다——어느 정도는. 그녀의 방에 있는 의자에는 그녀의 신발에 묻어 있는 것과 똑같은 해초 자국이 있었습니다. 그 의자 위에 올라가서 목에 밧줄을 매고 의자를 차버렸을 가능성도 있지요.

하지만 그 의자는 발로 찬 것이 아니었습니다. 그것은 다른 의자들처럼 벽에 똑바로 놓여 있었거든요. 그것은 베라 클레이슨이 죽은 뒤에 갖다 놓은 겁니다——누군가 다른 사람이.

그렇다면, 마지막으로 블로어가 남습니다. 롬바드를 쏘고 베라 클레이슨을 목매단 뒤, 밖으로 나가서 줄이나 다른 것으로 매달아 놓은 커다란 대리석을 자신의 머리에 떨어뜨렸다고 한다면——저, 저는 그것을 믿지 않습니다. 아무도 그런 식으로 자살을 하지는 않거든요 ——그리고 더군다나, 블로어는 그럴 만한 인물도 되지 못합니다. 우리는 블로어를 잘 압니다——그는 완벽한 정의를 심판하기 위해서 자신의 목숨까지 내버릴 그럴 만한 사람이 아니거든요.」

부경시총감이 말했다.

「나도 그렇게 생각하네.」

메인 경감이 말했다.

「따라서, 그 섬에는 누군가 다른 사람이 있었다는 결론에 이를 수밖에 없습니다. 누군가가 모든 사건을 끝내고 자기 자신도 깨끗이 정리한 것입니다. 하지만 그는 어디에 있었을까요——그리고 어디로 갔겠습니까? 스티클헤이븐 사람들은 구조선이 그곳에 닿기 전에는 아무도 그 섬을 떠날 수 없었을 거라고 절대적으로 확신하고 있습니다. 정말로 그렇다면.」

그는 말을 끊었다. 부경시총감이 말했다.

「그렇다면 ──.」

그는 한숨을 쉬고 머리를 흔들었다. 그는 앞으로 몸을 숙였다.

「정말로, 그렇다면 ──. 누가 그들을 죽였을까?」

그는 말했다.

트롤 어선인 에마 제인 호의 선장이
런던 경시청에 보낸 고백서

나는 어렸을 때부터 성격이 모순으로 가득찼다는 것을 알았다. 무엇보다도 나는 억제할 수 없는 감상적인 상상력을 가지고 있다. 중요한 기록을 병에 넣어서 바다에 던지는 것은, 어린시절 모험 소설을 읽었을 때 나를 무척 매료시켰던 방법이다. 그것은 아직도 나를 미치게 한다――그리고 그러한 이유 때문에 나는 이러한 방법을 택하기로 했다――나의 고백을 적어서 병에다 넣어 바다에 내던지는 것이다. 아마 나의 고백이 발견될 확률은 백분의 일 정도이리라――그렇게 되면(사실은 나 자신에게 아첨하는 행위이겠지만) 그때까지도 풀리지 않은 살인사건의 비밀이 설명될 것이다.

나는 감상적인 상상력 이외에도 또 다른 특이한 성격을 가지고 있다. 그것은 내가 죽음을 보거나, 죽음을 유발시키는 행동에서 상당히 가학적인 기쁨을 맛본다는 사실이다. 나는 말벌 실험을 기억하고 있다――여러 가지 정원의 해충들을 대상으로……어려서부터 나는 매우 강렬하게 살인의 욕망을 느껴 왔다. 그러나 그것과 함께 반대의 성격도 길러졌다──그것은 강한 정의감이었다. 죄없는 사람이나 짐 승이 나의 행위에 의해 고통을 받거나 죽는다는 것은 견딜 수 없는 일이었다. 나는 언제나 이 권리가 우세해야 한다고 강하게 느꼈다.

바로 이러한 성격 때문에 내가 법률을 직업으로 삼게 되었다는 것을 알아주기 바란다──아마 심리학자는 이해할 것이라 생각한다. 그 직업은 나의 모든 본능을 거의 충족시켜 주었다.

범죄와 그에 대한 처벌은 언제나 나를 매료시켜 왔다. 나는 수많은 추리소설과 괴기소설을 즐겨 읽었다. 그러는 중에 나는 나 자신의 개인적인 즐거움을 충족시키기 위해서 가장 독창적으로 살인하는 방법들을 고안해 내었다.

그러는 과정 속에서 나는 판사가 되었다. 그것이 나의 비밀스런 본능의 또 다른 면을 자극시켰다. 피고석에서 몸부림치고 있는 비열한 범죄자를 보는 것 ──그의 최후가 단계를 밟아서 천천히 다가오는 가운데, 저주받은 영혼이 고통을 받고 있는 것을 바라보는 것은 내게 있어서 더할 나위 없는 즐거움이었다. 하지만 결백한 사람을 보고서는 아무런 즐거움도 못 느낀다는 것을 알려 주고 싶다. 나는 적어도 두 번은 피고가 명백하게 무죄라고 느낀 사건을 배심원들이 유죄라고 판명하도록 유도한 적이 있다. 그러나 우리의 공정한 경찰과 그들의 노력 덕분에 내 앞에 살인죄로 기소된 대부분의 피고들은 정말로 죄가 있었다.

나는 여기에서 에드워드 세튼의 경우도 그러했다고 말하고자 한다. 그의 외모와 태도는 배심원들의 판단을 흐리게 했다. 그는 배심원들에게 좋은 인상을 주었던 것이다. 그러나 비록 크게 눈에 띄는 것은 아니더라도 분명히 유죄를 말해 주는 증거가 있었다. 범죄에 관한 나의 오랜 경험은 의심할 여지없이 그가 기소된 혐의대로 그를 믿었던 나이 많은 여인을 잔인하게 살해했다는 것을 알려 주고 있었다.

나는 교수형 판사라는 악평을 받고 있다. 그러나 이것은 정말 부당하다. 나는 언제나 정확하고 공정하며 세심하게 사건을 분석해 왔다. 나는 감정에 호소하는 변호인의 화술에 의해서 배심원들의 마음이 흔들리지 않도록 하는 데에 온 힘을 기울였다. 나는 실제적인 증거로 그들의 관심을 유도하였다.

　지난 몇 년 동안 나는 나 자신의 커다란 변화를 인식해 왔다. 그것은 통제력의 감소이다——즉, 재판보다도 실행으로 옮기고 싶은 욕망이다. 나는——좀더 솔직히 말해서——내가 직접 살인을 하고 싶어진 것이다. 이것은 예술가가 자신을 표현하려는 욕망이라고 말할 수 있다. 나는 범죄의 예술가였거나, 아니면 적어도 그렇게 될 소지가 있었던 것이다! 판사라는 직업 때문에 엄격히 통제되었던 나의 욕망은 은밀한 곳에서 차츰차츰 거대한 힘으로 뭉쳐져 가고 있었다. 나는 반드시——반드시——어떻게 해서든지 살인을 해야 한다! 그러나 그것은 보통 살인이어서는 안된다! 그것은 환상적인 범죄이어야만 한다——엄청나면서도 상상을 초월한 범죄! 그런 면에선 나는 아직도 사춘기적인 흥분을 지닌 것 같았다. 나는 극적이고도 불가능한 것을 원했다! 살인을 하고 싶었다……그래, 정말로 살인을 하고 싶었다……그러나——이 말이 모순되게 들릴지 모르지만——정의감에 의해서 그러한 욕망이 늘 억압을 받았다. 죄없는 사람이 고통을 받아서는 안된다는 것.

　그러던 중에 한 가지 멋진 생각이 떠올랐다. 아무 생각 없이 나누던 대화 속에서. 나는 별로 유명하지 않은 어떤 의사와 이야기할 기회가 있었다. 그는 지나가는 말로 법이 손댈 수 없는 살인이 얼마나 많이 일어나고 있는지에 대해서 이야기했다. 그러면서 어떤 사건을 말해 주었다——그것은 얼마 전에 죽은 자기의 단골 환자인 어느 노부인의 일이었다. 의사는 그녀를 시중들던 하인 부부가 진정제를 숨겨

두는 바람에 그녀가 죽었다고 했다. 물론 하인 부부는 그녀가 죽음으로 인해서 경제적으로 이익을 보게 되어 있었다. 그는 그러한 일은 증명하기가 불가능하지만, 자기는 그것을 확신한다고 말했다. 그러나 그런 비슷한 성질의 사건들이 많이 있다고 덧붙였다. 계획적인 살인——그러나 절대로 법의 손길이 닿지 않는 범죄.

그것이 모든 것의 시작이었다. 나는 내가 해야 할 일을 분명하게 알게 되었던 것이다. 여기에서 나는 하나의 살인이 아닌 대규모의 살인을 꾸며 보기로 결심했다.

어렸을 때 즐겨 부르던 동요가 생각났다——열 명의 인디언 소년. 그 동요는 두 살 때 벌써 나를 사로잡았었다. 차례로 사라지는 인디언 소년——피할 수 없는 운명. 나는 몰래 희생자들을 모았다……여기에서 어떻게 이들을 모았는지에 대해 지루하게 늘어놓으면서 시간을 낭비하지는 않겠다. 나는 만나는 모든 사람들과 거의 비슷한 내용의 대화를 나누었다——그러는 동안에 내가 얻은 결과는 정말로 놀라운 것이었다. 요양원에 있는 동안 나는 암스트롱 의사에 대해서 듣게 되었다——내 시중을 들던 간호사는 술을 전혀 마시지 않았는데, 그녀는 몇 년 전에 어떤 의사가 술취한 채 수술을 하다가 환자를 죽인 일을 이야기하면서 술의 불필요함을 강조했다. 나는 그녀가 어느 병원에서 근무를 했었는지 하는 등의 일상적인 대화를 통해서 필요한 정보를 알아냈다. 별 어려움 없이 그 의사와 죽은 환자에 대해 알아낼 수 있었던 것이다.

어떤 술집에서 두 퇴역 군인이 하는 대화를 엿듣고서, 나는 매카서 장군을 조사하게 되었다.

얼마 전에 아마존 강 탐험에서 돌아온 어떤 남자가 필립 롬바드라는 사람의 잔인한 행동을 들려 주었다.

매조르카에 사는 어떤 마나님이 엄격한 청교도인 에밀리 브렌트와

불쌍한 하녀에 대해서 열을 올리며 내게 이야기해 주었다.

수많은 교통 사고 범죄 중에서 나는 앤소니 마스턴을 골랐다. 자기가 빼앗은 생명에 대해서 아무런 죄책감도 느낄 줄 모르는 그의 철저한 비인간성은 이 사회에 필요없는 독소이며, 살려 둘 필요가 없다고 판단했기 때문이다.

내 친구 몇 사람이 랜더 사건에 대해서 진지하게 이야기하는 것을 듣고 나는 망설임 없이 전직 경찰관인 블로어를 선택했다. 나는 그의 범죄를 매우 심각하게 생각했다. 법을 시행하는 경찰은 반드시 거의 완벽한 사고 방식을 갖고 있어야 한다. 왜냐하면, 그들의 말은 직업상의 성격 때문에 필연적으로 신임을 받기 때문이다.

마지막으로 베라 클레이슨이 있다. 내가 대서양을 건너고 있을 때였다. 어느 날 밤늦게 흡연실에서 잘생긴 휴고 해밀턴이란 청년과 이야기를 나누게 되었다. 그는 마음의 상처를 달래기 위해서 술을 잔뜩 마셨다. 그러다가 엉켜 있던 마음이 풀어지면서 자기 이야기를 털어 놓게 된 것이다. 하지만 나는 별로 큰 기대는 가지지 않고 내가 늘 하던 수법대로 그를 내 대화 속으로 끌어들였다. 그 반응은 정말 놀라운 것이었다. 나는 지금도 그가 한 말을 기억한다. 그는 이렇게 말했다.

「당신 말이 맞아요. 살인은 대부분의 사람들이 생각하는 그런 것만이 아닙니다——누군가에게 독약을 먹이거나——절벽에서 밀거나—— 그런 것만이 아니에요.」

그는 내게로 얼굴을 바짝 내밀며 말했다.

「나는 어떤 여자 살인자를 알고 있습니다——그런 여자를 알고 있다고요. 더구나 나는 그녀를 사랑했었지요……신이여 저를 도와 주소서! 나는 아직도 그녀를 사랑하는 것 같아요……그것은 지옥입니다. 지옥이에요. 그녀는 분명히 나를 위해서 그런 짓을 한 겁니다 ……내가 결코 잘못 생각한 것이 아닙니다. 그 여자는 악마예요——!

철저한 악마──! 그런 여자가──그렇게 아름답고 정직하고 상냥한 여자가──그런 짓을 하리라고 생각지 않겠지요. 그렇죠? 그런 여자가 어린애를 바다로 데리고 나가서 물에 빠뜨려 죽이리라고는──그런 여자가 그런 일을 하리라고는 생각지 않겠지요?」

나는 그에게 말했다.

「정말로 그녀가 그랬다고 확신하시오?」

「확실해요. 아무도 그런 것은 생각도 해 보지 않았을 겁니다──내가 나중에 돌아갔을 때……그녀는 내가 사실을 알고 있다는 것을 눈치챈 것 같았습니다……그러나 그녀가 깨닫지 못한 것이 있었습니다. 그것은 내가 그 아이를 사랑했다는 것이지요…….」

그는 더 이상 말을 잇지 못했다. 그러나 그것만으로도 내가 그 이야기를 재조사하고 재구성하게 하기에 충분한 것이었다.

나는 열 번째의 희생자가 필요했다. 모리스라는 사나이에게서 그것을 발견했다. 그는 떳떳하지 못한 사람이었다. 무엇보다도 그는 마약 밀매업자였고, 내 친구의 딸이 마약 중독이 되도록 만들어 놓은 장본인이다. 그녀는 21살의 젊은 나이에 자살을 했다.

이 모든 조사 기간 동안에 내 마음속에는 하나의 계획이 차츰차츰 굳어져 갔다. 이제 그것은 완전히 틀을 갖추었고, 할리 거리에 있는 어떤 병원에서의 일이 그 계획의 막을 열어 주었다. 나는 그 병원에서 수술을 받았다. 그러나 또 한 번 수술한다 해도 나의 병을 고칠 수 없다는 것을 알게 되었다. 담당 의사는 그 내용을 아주 빙 돌려서 이야기했지만, 나는 이미 사람들이 하는 말에서 진실을 가려낼 수 있었다.

나는 의사에게 나의 결심을 이야기하지 않았다──즉, 나의 죽음은 자연 상태에서처럼 그렇게 느리고 긴 것이어서는 안된다는 사실을. 아니다, 나의 죽음은 환희의 절정에서 이루어져야만 한다. 나는 죽기 전까지 살 것이다!

이제는 인디언 섬에서 벌일 멋진 축제의 실제적인 기술만이 남았다. 그 섬을 얻기 위해서 모리스를 이용하여 나의 존재를 덮어 버리는 것은 매우 쉬웠다. 그는 그러한 일에는 뛰어난 전문가였다. 나의 희생자들로 선택된 사람들에 관해 모아 둔 정보를 검토한 끝에, 나는 그들 개개인에게 던질 미끼를 만들 수가 있었다. 나의 계획은 하나도 흐트러지지 않았다. 나의 손님들은 모두 8월 8일에 인디언 섬에 도착했다. 거기에는 나도 끼여 있었다.

모리스에 대해선 이미 설명을 했다. 그는 소화 불량으로 고생하고 있었다. 런던을 떠나기 전에 나는 그에게 밤에 먹으라고 하면서 알약을 주었다. 그리고 그 약이 내 위장병을 고치는 데 큰 효과를 보았다고 말해 주었다. 그는 망설이지 않고 그것을 받았다——그는 약간의 우울증 환자였다. 나는 그가 어떤 기록이나 메모를 남기리라고는 생각지 않는다. 그는 그럴 만한 사람이 아니다.

섬에서의 죽음의 순서는 잘 생각해서 짜놓은 것이다. 나는 그 손님들의 죄의 무게를 고려했다. 죄가 가벼운 사람부터 먼저 죽고, 냉혹한 피를 가진 사람은 정신적인 학대와 공포를 더욱 길게 겪어야 한다고 판단했다.

앤소니 마스턴과 로저스 부인이 먼저 죽었다. 한 사람은 갑자기, 또 한 사람은 평온한 잠 속에서 죽었다. 마스턴은 우리들 대부분이 지닌 도덕적 의무감을 갖지 않고 태어난 사람임을 알 수 있다. 그는 비도덕적이었다. 이질적이었던 것이다. 로저스 부인은 남편의 명령대로 행동했을 게 분명했다.

이 두 사람이 어떻게 죽음을 맞았는가를 자세히 묘사할 필요는 없다. 경찰이 쉽게 그것을 밝혀낼 수 있을 것이다. 청산가리는 어느 집에서나 말벌을 죽이기 위해서 흔히 가지고 있는 약품이다. 이것을 가지고 있다가 레코드 때문에 혼란한 틈을 타서 마스턴의 빈 잔에 집어

넣는 것은 간단한 일이었다.

나는 그 레코드에서 목소리가 흘러나오는 동안 손님들의 얼굴을 자세히 살펴보았다. 나의 오랜 법정 생활을 통해서 그들 모두에게 죄가 있다는 것은 의심할 여지가 없었다.

요즈음 병으로 고생하는 동안, 나는 의사에게서 포수클로랄 수면제를 정기적으로 받았다. 이것을 치사량이 될 때까지 모으는 것은 쉬운 일이었다. 로저스가 자기 아내에게 줄 브랜디를 가져와서 탁자 위에 올려 놓았다. 나는 그 탁자 곁을 지나가면서 살짝 수면제를 집어넣었다. 그때만 해도 아무도 의심하지 않았던 때라 간단히 할 수 있었다.

매카서 장군은 아무런 고통 없이 죽음을 맞았다. 그는 내가 뒤로 다가가는 것을 알아차리지 못했다. 물론 나는 정원을 떠나는 시기를 매우 신중히 택해야 했다. 그러나 모든 것은 성공적이었다.

예상했던 대로 섬 수색이 있었고, 그곳엔 우리 일곱 명 이외에는 아무도 없다는 것이 밝혀졌다. 그 사실은 곧 섬 안을 불신의 분위기로 몰아넣었다. 나의 계획에 따르면 협조자 한 사람이 필요했다. 그 대상으로 암스트롱 의사를 골랐다. 그는 쉽게 속아 넘어가는 사람이었다. 그는 외모나 직업으로만 나를 판단했다. 그로서는 나와 같은 직업을 가진 사람이 살인자이리라고는 꿈에도 생각할 수 없는 일이었다. 그의 모든 의심은 롬바드에게 집중되었고, 나는 그것을 적당히 부추겨 주었다. 나는 그에게 범인 스스로가 자기의 꾀에 넘어가게 할 만한 함정을 파놓자고 말했다.

모든 방이 구석구석까지 수색되었으나 사람들의 몸에까지는 아직 생각이 미치지 못했다. 그러나 곧 몸도 수색을 받을 것이다.

나는 8월 10일 아침에 로저스를 살해했다. 그는 불을 지피기 위해서 장작을 패고 있었다. 그는 내가 다가가는 소리를 듣지 못했다. 나는 그의 주머니에서 식당문 열쇠를 찾아냈다. 그는 그 전날 밤에 그

문을 꼭 잠갔던 것이다.

로저스의 시체 때문에 혼잡해진 틈을 타서 나는 롬바드의 방에 몰래 들어가 그의 권총을 빼내었다. 나는 그가 권총을 가져오리라는 것을 알고 있었다. 모리스가 그에게 섬으로 가 달라고 이야기할 때 그것을 함께 말하도록 내가 지시했기 때문이다.

아침식사 때 나는 마지막 남은 수면제를 브렌트의 커피 속에 몰래 집어넣었다. 우리는 그녀를 식당에 남겨 두고 나왔다. 나는 잠시 뒤에 그곳으로 살며시 들어갔다——그녀는 거의 정신이 없어서 청산가리를 주사하는 것은 간단한 일이었다. 벌을 가지고 장난친 것은 조금 유치했다——그러나 어쨌든 그것도 나를 즐겁게 해주었다. 나는 가능한 한 동요대로 따르고 싶었던 것이다.

바로 그 일이 있은 뒤 내가 이미 예상했던 일이 일어났다——사실은 내가 그런 분위기를 유도했지만. 우리는 좀더 자세히 조사를 했다. 그러나 나는 안전하게 그 권총을 감추어 놓았고, 청산가리나 수면제도 더 이상 갖고 있지 않았다.

그때 나는 암스트롱에게 드디어 우리의 계획을 실행할 때가 온 것 같다고 말해 주었다. 그것은 이러했다——즉 내가 그 다음 희생자로 나타나는 것이다. 그러면 아마도 범인은 당황하게 될 것이다——그러나 나는 죽은 걸로 되어 있으니까 집안을 마음대로 돌아다니며 누가 범인인지 알아낼 수 있을 것이다. 암스트롱은 그 계획을 당장에 받아 들였다. 우리는 그날 저녁에 행동에 옮겼다. 이마에 붉은 진흙을 묻히고——그 붉은 커튼과 털실로 무대를 꾸며 놓았다. 촛불이 흐려서 자세히 보이지도 않겠지만, 암스트롱만이 내 곁에서 나를 들여다 보기로 했다. 그것은 훌륭하게 이루어졌다. 클레이슨 양이 내가 그녀의 방에 걸어 놓은 해초를 발견하고 온 집 안이 떠나가라 비명을 질렀다. 남자들은 모두 2층으로 뛰어올라갔고, 나는 살해당한 모습을 꾸미기 시작했다.

그들이 나를 발견했을 때의 효과는 아주 바람직한 것이었다. 암스트롱은 무척 노련하게 자기의 역할을 실행했다. 그들은 나를 2층으로 옮겨서 내 침대 위에 눕혔다. 아무도 나에 대해 걱정을 하지 않았다. 그들은 모두 너무 놀랐고, 또 서로에 대해서 공포감을 갖게 되었다.

나는 한밤중인 1시 45분에 집 밖에서 암스트롱과 만났다. 그를 집 뒤쪽 절벽 가장자리로 데리고 갔다. 나는 누군가가 우리를 향해 다가오면 우리가 곧 발견할 수 있으며, 침실이 반대쪽에 있으니 그 집에서는 우리가 보이지 않을 거라고 했다. 그는 아직도 나를 의심하지 않았다──그래도 그는 조심을 했어야 했다──만일, 그가 그 동요의 구절을 기억하고 있었다면.

'한 명이 훈제된 청어에 먹혔다.'

그는 훈제된 청어라는 비유를 생각해 보았어야 했다.

그것은 매우 쉬웠다. 나는 깜짝 놀라면서 절벽 아래쪽으로 몸을 숙이고 그에게 저길 보라고 했다. 저것이 동굴의 입구가 아니냐고. 그는 곧 몸을 숙였다. 내가 재빨리 밀자 그는 허우적거리면서 그 아래의 물결치는 파도 속으로 풍덩 하고 떨어졌다. 나는 곧장 집으로 돌아왔다. 블로어는 내가 올라가는 발자국 소리를 들었을 것이다. 나는 암스트롱의 방으로 들어갔다가 조금 뒤에 다시 나왔다. 이번에는 누군가가 들을 수 있을 정도로 약간 더 큰소리를 냈다. 계단 밑까지 내려오자 문 하나가 열리는 소리가 들렸다. 그 사람은 내가 현관문을 나서는 뒷모습을 희미하게 보았을 것이다. 1~2분 뒤에 그들은 나를 따라나왔다. 나는 얼른 집을 돌아 열어 놓은 식당 창문으로 들어갔다. 그리고는 창문을 닫고 유리를 깼다. 그 뒤에 계단을 올라가서 내 침대 위에 다시 누웠다.

나는 그들이 시체들을 자세히 살펴볼 것이라고 생각했다. 하지만 단지 시트를 걷어서 암스트롱이 숨어 있지 않는가만을 확인할 것이라고 계산했다. 이것은 정확하게 들어맞았다.

롬바드의 방에다 권총을 되돌려놓은 것을 깜빡 잊고 말하지 않았다. 온 집안을 다 뒤져도 나오지 않은 권총이 어디에 숨겨져 있었는가 하는 것은 좋은 흥미 거리인지도 모른다. 식료품 저장실에는 통조림이 잔뜩 쌓여 있었다. 나는 통조림의 밑바닥을 뜯었다——그 속에는 비스킷이 들어 있었던 것 같다——권총을 그 속에 집어넣고 강력한 테이프로 밑바닥을 다시 붙였다. 나는 용케도 겉으로 보기에 손대지 않은 듯한 음식은 아무도 조사하지 않을 거라고 계산해 낸 것이다. 게다가 통조림은 모두 윗부분이 연결되어 있었다.

그 붉은 커튼은 응접실에 있는 의자 커버 아래에 평평하게 펴서 감추어 놓았다. 털실은 의자 쿠션에 작은 구멍을 뚫어서 집어넣었다.

이제 내가 예상했던 순간이 왔다——그 세 사람은 서로에 대해 깊은 불신감을 가지고 있으니 무슨 일이 일어날지 모른다. 게다가 한 사람은 권총을 가지고 있지 않은가! 나는 창문으로 그들을 지켜보았다. 블로어가 혼자서 집으로 오자 나는 그 큰 대리석을 준비해 놓았다. 퇴장하라, 블로어여!

유리창으로 베라 클레이슨이 롬바드를 쏘는 것을 보았다. 대담하고 약삭빠른 젊은 여자. 나는 언제나 그녀가 롬바드보다는 한 수 위일 거라고 생각했다. 그 일이 있자마자 나는 그녀의 방에 무대를 설치해 놓았다.

그것은 흥미 있는 심리학적인 실험이었다. 그녀가 가지고 있는 강한 죄의식과 방금 전에 또 사람을 죽였다는 심리적인 억압이, 최면술적인 환경과 합해지면 스스로 목숨을 끊을 수 있을 정도로 혼란해지지 않을까? 나는 그럴 것이라고 생각했다. 내가 옳았다. 베라 클레이슨은 내가 옷장 그늘에 서서 바라보는 앞에서 목을 매달았다.

이제 마지막 단계가 남았다. 나는 앞으로 나와서 의자를 집어 들어 벽 쪽에 세워 놓았다. 권총은 그녀가 계단 윗부분에 떨어뜨려 놓았다. 나는 그 권총에서 그녀의 지문이 지워지지 않도록 조심하였다.

그리고 다음은? 먼저 나는 이 글을 마쳐야겠다. 그 다음에 병에다 넣고 바다에 던질 것이다. 왜냐고? 그래, 그 이유——? 아무도 해결할 수 없는 수수께끼 살인사건을 만드는 것이 나의 야심이었다. 그러나 그 어떤 예술가도 예술 자체만 가지고는 만족할 수 없다는 것을 나는 깨달았다. 반박할 수 없는 인식에의 본능이 있다. 솔직하게 고백하자면, 내가 얼마나 현명했었는지를 누군가가 알아주기 바라는 가엾은 인간적인 소망의 발로에서였다.

지금까지 말한 인디언 섬의 불가사의한 사건은 영원한 수수께끼로 남으리라고 믿는다. 물론, 경찰이 내가 생각하는 것보다 더 유능할 수도 있다. 세 가지 단서가 남겨져 있으니까 말이다. 하나는 경찰이 에드워드 세튼에게 죄가 있었음을 잘 알고 있다는 사실이다. 따라서 그들은 섬에 있는 열 명 중 한 명은 결코 어느 의미에서도 살인자가 아님을 알게 되리라. 따라서 역설적으로 말하면 그 사람이 살인범이라는 것을 논리적으로 추리해 낼 수 있다. 두 번째 단서는 그 동요의 7행에 숨겨져 있다. 암스트롱의 죽음은 그가 삼킨 훈제된 청어와 관계가 있다. 결과적으로 그를 삼켜 버렸지만! 즉, 그 단계에서는 어떤 속임수가 분명히 나타난다는 것을 알 수 있다——그리고 암스트롱이 바로 그 속임수에 걸려서 죽게 되었다는 점. 그것은 수사의 초점이 될 수 있다. 왜냐하면 그 시기에는 네 사람이 남아 있었고, 그 넷 중에서 그를 꾀어 낼 만한 사람은 나밖에 없으니까 말이다. 세 번째의 것은 상징적이다. 내 이마에 총을 쏘고 죽은 태도, 그것은 카인의 낙인이다.

이야기할 것이 조금 더 있는 것 같다. 병에 이 글을 넣어 바다에 던진 뒤에 나는 내 방으로 가서 침대 위에 누울 것이다. 내 안경에는 길다랗고 가느다란 검은 줄 같은 것이 달려 있다. 그것은 고무줄 같은 줄이다. 나는 몸으로 안경을 누를 것이다. 그리고 고무줄을 문 손잡이에 잡아매고 조금 느슨하게 권총에다 동여맬 것이다. 아마도 이런 일이 일어나리라 예상된다. 나는 손수건으로 권총을 잡고 방아쇠를 당길 것이다. 내 손은 축 늘어지겠지. 그리고 권총은 고무줄의 탄력으로 문 손잡이에 부딪쳐서 바닥에 떨어져 나갈 것이다. 그리고 고무줄은 내 몸에 눌려 있는 안경으로 끌려와서 매달리게 될 것이다. 방바닥에 떨어진 손수건에 대해선 어느 누구도 신경쓰지 않으리라. 나는 침대 위에 단정히 누워서 내 희생자들이 기록한 대로 이마에 총을 맞은 채 발견될 것이다. 우리의 시체가 조사될 무렵에는 사망 시간의 정확성을 보장할 수가 없을 것이다.

파도가 가라앉으면 육지에서 배와 사람들이 올 것이다. 그리고 그들은 열 구의 시체와 인디언 섬의 풀리지 않는 수수께끼를 발견하게 될 것이다.

로렌스 워그레이브

〈끝〉

■ 작품해설 ■

영국에서는 나이트(Knight)라는, 세습제가 아닌 작위가 국가에 공헌한 남자에게 수여되며, 이와 마찬가지로 국가에 공헌한 여자에게는 나이트에 해당되는 데임(Dame)이라는 작위가 수여된다.

애거서 크리스티(Agatha Christie, 영국, 1891~1976)는 1971년에 영국의 엘리자베스 여왕에게서 데임 작위를 받았다.

추리소설 장르의 완성자이며 세계적으로 유명한 명탐정 셜록 홈즈의 창조자인 아서 코넌 도일 경(Sir Arthur Conan Doyle)도 나이트 작위를 받기는 했으나, 그는 추리소설이 아닌 다른 분야의 공로로 받은 것이다. 그러므로 애거서 크리스티가 이러한 영예를 받았다는 것은 추리소설의 나라 영국이 아니고서는 있을 수 없는 흥미로운 일이라 하겠다.

크리스티 여사는 1920년 『스타일즈 저택의 죽음』(The Mysterious Affair at Styles)으로 등장한 이래 56년에 걸쳐 장편 66권, 단편집 20권을 발표하여 추리소설사상 가장 인기 있는 작가가 되었다.

애거서 크리스티는 85세로 세상을 떠나기 1년 전인 1975년에 『커튼』(Curtain)이라는 생전의 마지막 작품을 발표하여 전세계의 독서계에 커다란 센세이션을 일으켰다. 더군다나, 크리스티는 이 작품에서 그녀가 창조한 사립탐정 에르큘 포와로를 죽게 한다고 선언한 바가 있기 때문이다.

1975년 '뉴욕 타임스' 8월 6일호 제1면에 '유명한 벨기에인 에르큘 포와로 별세'라는 부고 기사가 실렸다. 소설 속의 인물이 실제 인물인 양 부고까지 나올 정도였으니 에르큘 포와로가 얼마나 유명했는가를 짐작할 수 있을 것이다.

애거서 크리스티는 영국 데번 주의 토케이에서 미국인 아버지와 영국인 어머니 사이에서 태어났다. 이름은 애거서 메어리 클래리나 밀러

(Agatha Mary Clarina Miller)였다. 어렸을 때 아버지가 세상을 떠났기 때문에 학교는 다니지 않고 어머니에게서 가정교육을 받았다. 애거서는 어려서부터 제인 오스틴, 찰스 디킨스, 코넌 도일의 작품을 즐겨 읽었으며, 이야기 쓰는 것을 무척 좋아했다고 한다. 특히 처녀 때 이웃에 살고 있던 저명한 소설가이며 뛰어난 추리소설가였던 이든 필포츠 (Eden Phillpotts, 1862~1960)에게 가르침을 받은 적도 있다. 크리스티 여사가 추리소설을 쓰게 된 것은 도일과 필포츠의 영향이 컸을 것이다.

애거서는 1912년에 아치볼드 크리스티와 약혼하고, 세계 제1차 대전이 일어난 1914년에 그와 결혼했다. 남편이 영국군 항공대 대령으로 근무하고 있는 동안, 그녀는 고향인 토케이에서 의용구조분견대의 간호사로 근무했다. 이때에 크리스티 여사는 독약에 대한 지식을 얻었다고 한다. 이 무렵에 크리스티 여사는 언니의 도전을 받아들여 『스타일즈저 저택의 죽음』을 썼는데, 이것은 6개 출판사에서 거절당하다가 1920년 런던의 바들리 헤드 출판사에서 겨우 출판되었다. 애거서 크리스티의 처녀 장편소설인 『스타일즈 저택의 죽음』은 추리소설의 황금시대(1920~1940)를 장식하는 걸작일 뿐만 아니라, 셜록 홈즈에 못지않은 명탐정 에르큘 포와로를 유명하게 만든 작품이기도 하다.

셜록 홈즈의 모험을 와트슨 박사가 기록하고 있듯이, 이 작품에서는 헤이스팅스 대위가 에르큘 포와로의 모험을 기록하고 있다. 복잡한 독살사건을 명쾌하게 해결하는 『스타일즈 저택의 죽음』을 발표한 크리스티는, 1926년에 자타가 인정하는 걸작인 6번째 장편 『애크로이드 살인사건』(The Murder of Roger Ackroyd)을 발표하여 추리소설계에 커다란 논쟁을 불러일으켰다.

크리스티는 1928년에 남편과 이혼하고 여행에 나섰다. 이 여행중에 여사는 메소포타미아에서 우르(수메르의 옛도시)의 고대 수메르 도시 발굴대원인 고고학자 맥스 맬로윈을 만난다. 두 사람은 1930년 9월에 결혼하게 된다. 이때 크리스티 여사는 39세이고, 맬로윈은 25세였으니

무려 14년이라는 차이가 있었다.

두 사람의 결혼 생활은 행복했다. 맬로원은 그의 35년 동안의 연구 결과인 『님러드와 그 유적』을 아내에게 헌정했으며, 크리스티 여사도 자서전인 『당신의 인생을 돌려 주세요』에서 남편과의 즐거운 생활을 밝혔다. 맬로원과의 재혼은 크리스티 여사에게 안정된 생활을 가져다 주었다. 그 결과 크리스티 여사가 1930년대에 발표한 작품은 대부분 걸작이라고 인정받고 있다. 행복한 결혼과 더불어 크리스티 여사의 추리적 천재성이 폭발한 셈이다.

크리스티 여사는 1920~1940년에 걸쳐 37권의 추리소설을 발표했는데, 이 시기의 대표작을 3권의 옴니버스(저명한 작가의 작품을 많이 모아 놓은 책)에 수록된 9편으로 나누어 살펴보면 편리하다.

『명탐정 에르퀼 포와로』에는 '애크로이드 살인사건'(1926), '13인의 만찬'(1933), '오리엔트 특급살인'(1934)이 실려 있으며, 『에르퀼 포와로의 위험한 여행』에는 '푸른 열차의 죽음'(1928), '메소포타미아의 죽음(1936)', '나일 강의 죽음'(1937)이, 『에르퀼 포와로의 의외의 결말』에는 '3막의 비극'(1937), 'ABC 살인사건'(1935), '테이블 위의 카드'(1936)가 실려 있다.

이외의 작품으로 에르퀼 포와로가 등장하지 않으나, 수수께끼와 서스펜스가 가장 뛰어난 『그리고 아무도 없었다』(And Then There Were None, 1939)가 있다.

이 작품은 영국에서는 『열 개의 인디언 인형』 (The Ten Little Indians)으로 발표되었다. 이 작품은 크리스티의 전작품 중에서 스릴과 서스펜스가 가장 뛰어나다고 인정받는 걸작이다.

인디언 섬이라는 무인도에 여덟 명의 남녀가 정체 불명의 사람에게 초대받는다. 여덟 명의 손님이 섬에 와 보니 초대한 사람은 없고, 하인 부부만이 그들을 기다리고 있다. 뒤이어 섬에 모인 열 사람이 차례로 죽어간다. 한 사람이 죽자, 식탁 위에 있던 열 개의 인디언 인형 중에서 한 개가 없어진다.

인디언 동요의 가사처럼 열 사람은 차례로 죽어간다.

열 명의 인디언 소년이 식사를 하러 밖으로 나갔다.
한 명이 목이 막혀 죽어서 아홉 명이 되었다.

아홉 명의 인디언 소년이 밤늦게까지 자지 않았다.
한 명이 늦잠을 자서 여덟 명이 되었다.

여덟 명의 인디언 소년이 데번을 여행했다.
한 명이 거기에 남아서 일곱 명이 되었다.

⋮

한 명의 인디언 소년이 혼자 남았다.
그가 목을 매어 죽어서 아무도 없게 되었다.

무인도에 갇힌 열 사람은 모두 죽고 한 사람도 살아 남지 못한다.
이 작품에는 크리스티가 창조한 명탐정 에르큘 포와로나 마플 양도
등장하지 않는다. 게다가, 섬에 갇힌 사람이 모두 살해되었으니 범인은
도대체 누구일까? 이 작품은 아주 독특한 면을 가지고 있다.